中國古典文學基本叢書

中州集校注

第三册

〔金〕元好問 編

張靜 校注

中華書局

中州丁集第四

常山周先生昂 一百首

昂字德卿，真定人〔一〕。父伯禄，字天錫，師事玄真先生褚承亮。承亮，字茂先。宣和六年擢第，調易州户曹〔二〕。會皇子郎君破真定〔三〕，拘境内進士七十三人，赴安國寺試策。策目：「上皇不道，少主失信。」舉人希旨〔四〕，極口毁詆。茂先離席，揖主文劉侍中言〔五〕：「君父之過，豈臣子所當言。」長揖而出，劉爲之動容。比榜除，茂先被黜，餘悉放第。狀元許必輩自號七十二賢榜。帥府重其名，檄茂先以易州司户知藁城〔六〕，漫一應之。尋解印去，年七十終。弟子謚爲玄真先生。大定初，第進士，仕至同知沁南軍節度使事〔七〕。德卿，年二十一擢第〔八〕，釋褐南和簿〔九〕，有異政，遷良鄉令〔一〇〕，入拜監察御史。路宣叔以言事被斥〔一一〕，德卿送以詩，坐謗訕停銓〔一二〕。久之，起爲龍州都軍〔一三〕，以邊功得復召，超三司判官。大安軍興，權行六部員外郎。德卿傳其甥王從之文法〔一四〕，云：「文章工於外而拙於内者，可以驚四筵而不可以適獨坐，可以取口稱而不可以得首肯。」又云：「文章以意爲主，以字語爲役。主强而役弱，則無令不從。今人往往驕其所役，至跋扈難制，甚者反役其主。雖極辭語之工，而豈文之正哉！」德卿初有《常山集》，喪亂後不復見，從之能記三百餘首，因得傳之。屏山《故人外傳》云：「德卿以孝友聞，又喜名節，藹然仁義人也。學術醇正，文筆高雅，以杜子美、韓退之爲法〔一五〕，諸儒皆師尊之。既歷臺省，爲人所擠，竟坐詩得罪，謫東海上十數年，始入翰林。言事愈切，出佐三司，非所好。從宗室承裕軍〔一六〕。承裕失利，跳走上谷，衆欲遁歸，德卿獨不可。城陷，與其從子嗣明同死於難。」嗣明，字晦之，短小精悍，有古俠士風。年未三十，交遊半天下。識高而志大，善談論而中節。作詩喜簡澹，樂府尤温麗。最長於義理之學，下筆數千言，初不見其所從來。試於府、於禮部，俱第一擢第，主淶水簿〔一七〕。從其叔北征，得還而不忍去。使晦之不死，文字不及其叔而理性當過之。嘗謂學不至邵康節、程伊川〔一八〕，非儒者也。其説類此，而天不假年，悲夫！

【注】

〔一〕真定：府名，金代屬河北西路。治今河北省正定縣。

〔二〕易州：州名，金時屬中都路大興府。治今河北省易縣。

〔三〕皇子郎君：完顔宗望，女真名斡離不，金太祖之子。

〔四〕希旨：也作「希指」。迎合在上者的意旨。《漢書·孔光傳》：「上有所問，據經法，以心所安而對，不希指苟合。」顔師古注：「希指，希望天子之旨意也。」

〔五〕劉侍中：劉彦宗，大興宛平人。遼進士，仕爲簽書樞密院事。降金後加侍中，佐宗望伐宋。其主持天會六年真定會試，因憤恨宋聯金滅遼，故出此題，指斥徽宗荒淫無道，欽宗許割讓三鎮講和，後又密令三鎮守將不予一事。

〔六〕藁城：縣名，金代屬真定府。今河北省藁城市。

〔七〕沁南軍節度：治河東南路懷州，今河南省沁陽市。

〔八〕年二十一擢第：《金史》本傳作「年二十四擢第」。

〔九〕釋褐：指進士及第授官。南和：縣名。金代屬河北西路邢州管轄。今河北省邢臺市南和縣。

〔一〇〕良鄉：縣名，金代屬中都路大興府。今北京市房山區良鄉鎮。

〔一一〕路宣叔：路鐸，字宣叔。冀州信度（今河北省冀州市）人。歷官右拾遺、監察御史、翰林待制等職。貞祐二年，調孟州防禦使，城陷，投沁水死。爲人剛正，有直臣風。長於詩文，有《虚舟居士集》。《金史》卷一〇〇有傳，《中州集》卷四有小傳。

〔一二〕坐謗訕：指明昌六年趙秉文上書獲罪，路鐸被牽連外放，周昂作詩送之，涉譏諷事。劉祁《歸潛志》卷一〇：「独省掾周昂《送路鐸外補》詩有云：『龍移鰌鱔舞，日落鴟梟嘯。未須發三歎，但可付一笑。』頗涉譏諷。……翌日，有旨：庭筠坐舉秉文，昂坐譏諷，各杖七十，左貶外官。」停銓：暫停銓選。銓：古代稱量才授官、選拔官吏。

〔三〕龍州：隆州。遼金時州名。遼太祖時有黃龍見於此，遂名黃龍府。治今吉林省長春市農安縣。

〔四〕王從之：王若虛（一一七四——一二四三），字從之。號慵夫，真定藁城（今河北省藁城市）人。承安二年經義進士。歷官國史院編修、應奉翰林文字、著作郎等職。金亡不仕，北歸鄉里。《金史》卷一二六有傳，《中州集》卷六有小傳。

〔五〕杜子美：唐代詩人杜甫，字子美。韓退之：唐代文學家韓愈，字退之。

〔六〕宗室承裕：完顏承裕，本名胡沙。大安三年，拜參知政事，與平章政事獨吉思忠行省戍邊。蒙古大兵至野狐嶺，承裕喪氣，不敢拒戰，退至宣平。率兵南行，北兵踵擊之。至會河川，承裕兵大潰。承裕僅脱身，走入宣德。識者謂金之亡，决於是役。衛紹王猶薄其罪，除名而已。事見《金史》卷九三。

〔七〕淶水：縣名，金時屬易州。今河北省淶水縣。

〔八〕邵康節：邵雍（一〇一一——一〇七七），字堯夫，謚號康節，自號安樂先生、伊川翁。其先范陽（今河北省涿州市）人，幼隨父遷共城（今河南省輝縣）。北宋哲學家、易學家，有内聖外王之譽。著《伊川擊壤集》二十卷。《宋史》卷四二七有傳。程伊川：程頤（一〇三三——一一〇七），字正叔，洛陽伊川人，人稱伊川先生，北宋理學家和教育家。歷官汝州團練推官、西京國子監教授。元祐元年除秘書省校書郎，授崇政殿説書。與其胞兄程顥共創「洛學」，爲理學奠定了基礎。後人輯録其著作爲《河南二程全書》、《程頤文集》等。《宋史》卷四二七有傳。

晚望

煙抹平林水退沙〔一〕，碧山西畔夕陽家〔二〕。無人解得詩人意，只有雲邊數點鴉〔三〕。

【注】

〔一〕平林：平原上的林木。《詩·小雅·車舝》：「依彼平林，有集維鷮。」毛傳：「平林，林木之在平地者也。」

〔二〕「碧山」句：謂自己的家鄉在中都西南山外夕陽下落的地方。

〔三〕「只有」句：用宋秦觀《滿庭芳》（山抹微雲）「斜陽外，寒鴉數點，流水繞孤村」詞意，謂只有雲邊之鴉懂得自己歸鄉的心情，引發自己向西遠望。

香山〔一〕

山林朝市兩茫然〔二〕，紅葉黄花自一川。野水趁人如有約〔三〕，長松閲世不知年。千篇未暇償詩債〔四〕，一飯聊從結淨緣〔五〕。欲問安心心已了〔六〕，手書誰識是生前〔七〕。

【注】

〔一〕香山：位於北京市西郊。金大定二十六年在此修建大永安寺，又稱甘露寺，寺旁建行宫。

〔二〕朝市：朝廷與市集，泛指塵世。

〔三〕趁：迎。

〔四〕詩債：謂他人索詩或要求和作，未及酬答，如同負債。唐白居易《晚春欲攜酒尋沈四著作先以六韻寄之》：「顧我酒狂久，負君詩債多。」自注：「沈前後惠詩十餘首，春來多醉，竟未酬答，今故云爾。」句謂自己立志要作詩千篇，卻因世事煩擾，無暇還願。

〔五〕「一飯」句：言姑且吃了一頓寺院的齋飯便願於佛家淨業結緣。

〔六〕安心心已了：《佛祖統紀》：「師（二祖慧可）曰：『我心未安，乞師安心。』磨（初祖達摩）曰：『將心來與汝安。』師曰：『覓心了不可得。』磨曰：『與汝安心竟。』」

〔七〕手書：指自己以前親筆書寫的詩文。生前：佛教稱人有前生、今生、來生。生前即前生，前世。

有感

壯心未分逐流年〔一〕，衰鬢從渠衆目憐。卻恨詩情消減盡，語言枯淡到中邊〔二〕。

【注】

〔一〕未分：不甘。《文選·曹植·上責躬應詔詩表》：「自分黄耉，永無執珪之望。」李善注：「分，謂甘愜也。」流年：如水般流逝的光陰、年華。唐黄滔《寓言》：「流年五十前，朝朝倚少年。流年五十後，日日侵皓首。」句言其年紀雖大，但抱負依舊。

〔二〕「卻恨」二句：蘇軾《東坡詩話·評韓柳詩》：「所貴乎枯淡者，謂其外枯而中膏……若中邊皆枯澹，亦何足道。」枯淡：質樸平淡。中邊：内外，表裹。

冷嵓行賦冷巖相公所居 冷巖，賢宰相宗室永貞自號也。〔一〕

或爲盂，或爲鐘，人心自異山本同〔二〕。天清雲遠望不極，小孤宛在江流中〔三〕。澗之毛，可筐筥〔四〕。山之木，可斤斧〔五〕。惟有白雲高崔巍〔六〕，風吹不消自太古。峴山何奇，羊子所攀〔七〕？東山何秀，謝公往還〔八〕？今爾胡爲藉甚乎人間〔九〕，于嗟乎冷山〔一〇〕？

【注】

〔一〕冷嵓：完顔守貞，完顔希尹之孫，自號冷嵓。時稱賢宰相。自世宗大定初起用，不久被棄，至大定末再起。章宗明昌年間歷任參知政事、平章政事等職，封蕭國公。通曉法律，熟悉典章，爲章宗更定禮樂、刑政等制度。與胥持國政見不和，遭貶後鬱鬱而終。《金史》卷七三有傳。劉祁

《歸潛志》卷一〇：「余嘗聞故老論金朝女直宰相中，最賢者曰完顔守貞。相章宗，屢正言，有重望。自號冷嵒。接援士流，一時名士如路侍御鐸、周户部德卿諸公，皆倚以爲重。後竟以直罷相，出留守東京。德卿賦《冷嵒行》頌其德。」罷相在明昌五年冬，趙秉文亦作《冷嵒行》。

〔二〕「或爲」三句：謂盂鐘這些青銅製成的食器、酒器，因用途不同而製造時形態各異，但其材料皆出於山中的銅礦，源本是相同的。類似於「人之初，性本善。性相近，習相遠」。

〔三〕小孤：山名。在今江西省彭澤縣北長江中，與大孤山遥遥相對。

〔四〕「澗之」二句：《詩・召南・草蟲》：「于以采蘋，南澗之濱。于以采藻，于彼行潦。于以盛之，維筐及筥。」毛：指茅草等細莖植物。筐筥：筐與筥的並稱。方形爲筐，圓形爲筥。亦泛指竹器。

〔五〕「山之」二句：《孟子・梁惠王上》：「斧斤以時入山林，林木不可勝用也。」斤斧：斧頭。此處用爲動詞。《詩・周頌・良耜》：「或來瞻女，載筐及筥。」鄭玄箋：「筐筥，所以盛黍也。」

〔六〕崔巍：高峻。《楚辭・東方朔・七諫》：「高山崔巍兮，水流湯湯。」王逸注：「崔巍，高貌。」

〔七〕「峴山」二句：峴山：山名，在湖北襄陽縣南。東臨漢水，爲襄陽南面要塞。西晉鎮南將軍羊祜鎮襄陽時，常登此山，置酒吟詠。《晉書・羊祜傳》：「祜樂山水，每風景，必造峴山，置酒言詠，終日不倦。嘗慨然歎息，顧謂從事中郎鄒湛等曰：『自有宇宙，便有此山。由來賢達勝士，登此遠望，如我與卿者多矣，皆湮滅無聞，使人悲傷。如百歲後有知，魂魄猶應登此也。』」

〔八〕「東山」二句：東山在會稽郡山陰縣（今浙江省紹興市）。謝安（三二〇——三八五）曾隱居東山，常與王羲之、孫綽等遊山玩水。後東山再起，官至宰相。

〔九〕爾：代指冷山。藉甚：盛大，卓著。

〔一〇〕于嗟：歎詞。表示贊歎。《松漠紀聞》載：「冷山去燕山三千里，去金所都二百餘里，去寧江州百七十里。」曾是完顔希尹舊居之處。《宋史·洪皓傳》：「雲中至冷山行六十日，距金主所都僅百里。地苦寒，四月草生，八月已雪，穴居百家，陳王悟室（完顔希尹）聚落也。」

早起

覆斗臨霜閣〔一〕，號鐘滿夜城〔二〕。飛揚他日事〔三〕，去住此時情。文字工留滯〔四〕，塵沙管送迎。百年今已半，凜凜畏虛生〔五〕。

【注】

〔一〕覆斗：斗星傾側。北斗星翻轉，表示天色將明。

〔二〕號鐘：古代晨鐘暮鼓以報時作息，故稱。

〔三〕「飛揚」句：言志得意滿、神采飛揚那是將來的事情。

〔四〕「文字」句：用歐陽修《梅聖俞詩集序》「詩窮而後工」意，謂自己因羈留邊塞有感而發而詩文更爲精工。

〔五〕凜凜：指年老。蘇軾《李杞寺丞見和復用元韻答之》：「吾年凜凜今幾餘，知非不去慚衛蘧。」虛生：徒然活着，白活。

曉望

曉樹雲重隱，春城日半陰。蒼茫塵土眼，恍惚歲時心〔一〕。流落隨南北，才華閱古今。柴荆生事窄〔二〕，寧憶二疏金〔三〕。

【注】

〔一〕恍惚：迷茫，心神不寧。歲時：猶歲月。

〔二〕柴荆：指用柴荆做的簡陋門户。生事：指産業。句言己産業單薄，生計困窘。

〔三〕「寧憶」句：用「二疏散金」典故。二疏：指漢宣帝時名臣疏廣、疏受叔侄。廣爲太傅，受爲少傅，同時以年老乞致仕，上賜黄金二十斤，太子贈五十斤。既歸鄉里，日具酒食，請族人故舊賓客相與娱樂。人勸其買田宅，廣曰：「吾顧自有舊田廬，令子孫勤力其中，足以供衣食。此金聖主所以惠養老臣也，故樂與鄉黨宗族共饗其賜，以盡吾餘日。」事見《漢書·疏廣傳》。寧：乃。

羈旅〔一〕

羈旅情方慘，暄寒氣尚膠〔二〕。谷風連遠陣〔三〕，原樹鬱春梢。要路嗟何及〔四〕，浮名久已拋。百年粗飯在，真欲事誅茅〔五〕。

【注】

〔一〕羈旅：寄居異鄉。

〔二〕暄寒：猶寒暑。膠：《漢書·晁錯傳》：「欲立威者，始於膠折。」顔師古注引蘇林曰：「秋氣至，膠可折，弓弩可用，匈奴常以爲候而出軍。」膠在天熱時柔韌，天涼變脆。合觀下二句，句言儘管冬去春來，但寒氣仍然料峭襲人。

〔三〕谷風：東風。《爾雅·釋天》：「東風謂之谷風。」陣：形容風沙滚滚如同戰陣。

〔四〕要路：顯要的地位。《新唐書·崔湜傳》：「丈夫當先據要路以制人，豈能默默受制於人哉！」嗟何及：感傷長歎（理想）何時才能實現。

〔五〕誅茅：芟除茅草。引申爲結廬安居。

早春

小雪寒仍在，煙花意已深。老侵長路鬢，春蕩故園心。幸可追沂詠〔一〕，何勞費越吟〔二〕。微躬應自愛〔三〕，莫作愧千金〔四〕。

【注】

〔一〕沂詠：指知時樂命、逍遥自在、不求爲政的志願。語本孔子弟子曾點語。《論語·先進》：「暮春者，春服既成，冠者五六人，童子六七人，浴乎沂，風乎舞雩，詠而歸。」

〔二〕越詠：喻思鄉憶國之情。戰國時越人莊舄仕楚，爵至執珪。雖富貴，不忘故國，病中吟越歌以寄鄉思。事見《史記·張儀列傳》。

〔三〕微躬：謙詞。卑賤的身子。自愛：自己愛護自己。《老子》：「是以聖人自知不自見，自愛不自貴。」

〔四〕千金：唐孫思邈所撰醫書《千金方》的省稱。思邈認爲人命貴於千金，治人一命，等於施舍千金，故稱。句謂不做對不起自己生命之事。

雪

小雪暮能繁，愁雲久更昏。細燈寒出户，攲樹老當軒。竹葉舊時釀〔一〕，梅花何處村。賦詩空入夜，愁絶與誰論。

【注】

〔一〕竹葉：酒名。即竹葉青。亦泛指美酒。《文選·張協·七命》：「乃有荆南烏程，豫北竹葉，浮蟻星沸，飛華蓱接。」

雨過

雨映高檐過，山開晚日明。動雲方潰擁，虢水未休爭〔一〕。沙岸鼉鼉出〔二〕，荒庭鶴鸛行〔三〕。草泥沾屐齒〔四〕，杖策有餘清〔五〕。

【注】

〔一〕虢水：發出巨響的流水。

〔二〕鼉鼉：大鱉和鱷魚。

〔三〕荒庭：荒蕪的庭院。杜甫《禹廟》：「荒庭垂橘柚，古屋畫龍蛇。」

〔四〕屐齒：屐底的齒。屐爲木製的鞋，底大多有二齒，以行泥地。

〔五〕杖策：所拄手杖。

晚步

鬱鬱孤城隘〔一〕，飄飄絶塞遊〔二〕。短衣忘遠步〔三〕，高興會清秋〔四〕。白水深樵谷，黄雲古戍樓〔五〕。居人半裘毯，横管暮生愁〔六〕。

【注】

〔一〕鬱鬱：幽暗貌。

〔二〕飄飄：輕盈如鳥飛翔之狀。《文選·潘岳·秋興賦》：「蟬嘒嘒而寒吟兮，雁飄飄而南飛。」李善注：「飄飄，飛貌。」絶塞：極遠的邊塞地區。唐駱賓王《晚度天山有懷京邑》：「交河浮絶塞，弱水浸流沙。」

〔三〕短衣：與長袍相對。古代爲平民、士兵等所服。杜甫《送舍弟潁赴齊州》：「短衣防戰地，匹馬逐秋風。」遠步：徒步遠遊。

〔四〕高興：高雅的興致。會：適逢。二句謂興致高雅地觀賞清秋佳景，忘卻了徒步的勞累。

〔五〕黄雲：邊塞之雲。塞外沙漠地區黄沙飛揚，天空常呈黄色，故稱。杜甫《佐還山後寄》：「山晚黄雲合，歸時恐路迷。」仇兆鼇注：「塞雲多黄，故公詩云『黄雲高未動』，又云『山晚黄雲合』。」

〔六〕「横管」二句：用唐王昌齡《從軍行》「烽火城西百尺樓，黄昏獨坐海風秋。更吹羌笛《關山月》，無那金閨萬里愁」詩意，謂那些身處孤城的人們，在日暮牛羊歸欄時，擁毛毯、興發久别難歸的鄉愁。

夜

門巷溪聲爽，衣裳夜氣蘇〔一〕。地清林影散，月靜桂花孤。左省詩頻詠〔二〕，南樓興不辜〔三〕。關山冰雪裏，何處覓天隅〔四〕。

【注】

〔一〕蘇：復蘇。

〔二〕左省詩：指杜甫《春宿左省》：「花隱掖垣暮，啾啾棲鳥過。星臨萬户動，月傍九霄多。不寢聽金鑰，因風想玉珂。明朝有封事，數問夜如何。」

〔三〕南樓興：《晉書·庾亮傳》：「亮在武昌，諸佐吏殷浩之徒，乘秋夜往共登南樓。俄而不覺亮至，諸人將起避之。亮徐曰：『諸君少住，老子於此處興復不淺。』便據胡牀與浩等談詠竟坐。」

〔四〕天隅：天邊，指極遠的地方。杜甫《雨》：「物色歲將晏，天隅人未歸。」

晚望

疊嶂何時出〔一〕，荒城落日低。音書雲去北〔二〕，烽燧客愁西〔三〕。鷹隼乘秋擊〔四〕，狐狸倚莫啼〔五〕。吟詩且排悶，佳句敢攀躋〔六〕。

【注】

〔一〕疊嶂：重疊的山峰。

〔二〕「音書」句：漢蔡琰《胡笳十八拍》：「雁南征兮欲寄邊聲，雁北歸時爲得漢音。」句言眼睜睜地看着高雲由南北去，而無大雁傳來内地的音訊。

〔三〕烽燧：古代邊防報警的信號，白天放煙叫烽，夜間舉火叫燧。此處指戰亂。

〔四〕鷹隼：鷹和隼。泛指猛禽。

〔五〕倚莫啼：在暮色中發出哀鳴。莫通暮。

〔六〕攀躋：相提並論。句謂自己作詩只是爲了排悶遣愁，不敢與古人佳句相比。

獨酌

渺渺清溪闊，悠悠弱藻沉〔一〕。客衣臨水静，鳥影過船深。暫把魚竿坐，因知静者心〔二〕。滄洲高興動〔三〕，巢父可東尋〔四〕。

【注】

〔一〕弱藻：柔弱的水草。杜甫《太平寺泉眼》：「北風起寒文，弱藻舒翠縷。」

〔二〕静者：深得清静之道、超然恬静的人。多指隱士、僧侣和道徒。《吕氏春秋·審分》：「得道者必静，静者無知。」

〔三〕「滄州」句：指習静養心的高雅興致。《文選·謝朓·之宣城出新林浦向板橋》：「既歡懷禄情，復協滄洲趣。」李善注引揚雄《檄靈賦》：「世有黄公者，起於滄洲，精神養性，與道浮游。」滄洲：

瀕水的地方。後世常用以稱隱士的居處。魏阮籍《爲鄭冲勸晉王箋》：「然後臨滄洲而謝支伯，登箕山以揖許由。」

〔四〕巢父：傳説爲堯時的隱士。晉皇甫謐《高士傳·巢父》：「巢父者，堯時隱人也，山居不營世利，年老以樹爲巢而寢其上，故時人號曰巢父。」

秋夜

高閣鐘初殷〔一〕，層城月未光〔二〕。淨空含宇大，臥斗帶星長。暗覺巢烏動，清聞露菊香。誰家砧杵急〔三〕，應怯暮天涼。

【注】

〔一〕殷：聲音洪大貌。

〔二〕層城：重城；高城。

〔三〕砧杵：擣衣石和棒槌。此指擣衣聲。

對月

月近天河白，秋深夜氣清。蛛絲時隱見〔一〕，兔杵正分明〔二〕。欹帽中宵落〔三〕，孤舟幾處行〔四〕。清風殊未發，樹穩鵲休驚。

【注】

〔一〕蛛絲：蜘蛛分泌物結成的絲。亦指蛛網。隱見：或隱或現。

〔二〕兔杵：神話傳説月中有白兔用玉杵搗藥。

〔三〕「欹帽」句：言仰望明月，帽子逐漸後傾脱落。

〔四〕「孤舟」句：晉張華《博物志·雜説下》：「舊説云：天河與海通。近世有人居海渚者，年年八月有浮槎去來，不失期。」後以乘槎上天喻入朝做官。唐宋之問《明河篇》：「明河可望不可親，願得乘槎一問津。」

促織〔一〕

促織來何處，秋風暗與期〔二〕。苦吟人不解，多恨爾如知〔三〕。獨枕難安夜，寒衣欲及時〔四〕。凌晨攬清鏡，一半已成絲〔五〕。

【注】

〔一〕促織：蟋蟀的别名。《古詩十九首·明月皎夜光》：「明月皎夜光，促織鳴東壁。」

〔二〕期：期限。句言周而復始的秋季來臨，又給蟋蟀送來最後的期限。

〔三〕如：或許。

〔四〕「獨枕」二句：謂秋天來了，要及時預做寒衣，爲此絞盡腦汁，徹夜未眠。

〔五〕「凌晨」二句：謂早上拿鏡子一看，一半青絲已成白髮。

溪南

小徑通沙隱〔一〕，清溪帶樹深。岸危低白屋〔二〕，雲近没青岑〔三〕。灑落高秋氣〔四〕，飛騰志士心〔五〕。雲臺與麟閣〔六〕，莫遣二毛侵〔七〕。

【注】

〔一〕「小徑」句：言通向溪岸沙灘的小路堅實，步履平穩。

〔二〕白屋：指不施綵色、露出木材的房屋。一説，指以白茅覆蓋的房屋。爲古代平民所居。句謂溪岸高聳，反襯得白屋更加低小。

〔三〕青岑：青翠的高峰。指青山。二句以「白屋」對「青岑」，奪胎於杜甫《風疾舟中伏枕書懷三十六韻奉呈湖南親友》「水鄉霾白屋，風岸疊青岑」。

〔四〕「灑落」句：言深秋風勁，樹葉散落。晉潘岳《秋興賦》：「庭樹槭以灑落兮，勁風戾而吹帷。」

〔五〕飛騰：猶言飛黄騰達。杜甫《奉寄李十五秘書文嶷》：「飛騰知有策，意度不無神。」仇兆鼇注：

「飛騰，猶韓文言飛黄騰達之意。」

〔六〕雲臺：漢宫中高臺。漢明帝因追念前世功臣，圖畫鄧禹等二十八將於南宫雲臺，後用以泛指紀念功臣名將之所。麟閣：即麒麟閣。漢代閣名。在未央宫中。漢宣帝曾圖霍光等十一功臣像於閣上，以表揚其功績。古代多以畫像於「雲臺」、「麒麟閣」表示卓越功勳和最高的榮譽。

〔七〕二毛：斑白的頭髮。晉潘岳《秋興賦序》：「余春秋三十有二，始見二毛……于時秋也，故以《秋興》名篇。」宋劉筠《館中新蟬》：「日永聲長兼夜思，肯容潘岳到秋悲。」二句言壯志未酬，不能像潘岳那樣因悲秋而未老先衰。意同唐杜牧《贈別》：「蘇秦六印歸何日，潘岳雙毛去值秋。」

繼人韻

高興秋方逸〔一〕，幽居晚見過。歡交寧厭數〔二〕，詩好不論多。五字含風雅〔三〕，千篇費琢磨〔四〕。自知才力拙，相報欲如何。

【注】

〔一〕「高興」句：言高雅之興在天高氣爽之際才更飄逸不群。

〔二〕數：次數多。

〔三〕五字：指五言詩。代指詩句。風雅：指《詩經》中的《國風》和《大雅》、《小雅》。喻詩句之美。

〔四〕琢磨：語本《詩·衛風·淇奥》：「有匪君子，如切如瑳，如琢如磨。」句指與友人相互切磋，精雕細琢，使詩作成爲精品，頗費心思。

送李天英下第〔一〕

不須寂寞恨東歸〔二〕，洗眼三年看一飛〔三〕。試捲波瀾入毫穎〔四〕，莫教歐九識劉幾〔五〕。

【注】

〔一〕李天英：李經，字天英，號無塵道人，錦州人。作詩極刻苦，喜出奇語，不蹈襲前人。李純甫譽爲「今世李白」。《金史》卷一二六有傳，《中州集》卷五、《歸潛志》卷二有小傳。下第：科舉時代稱考試不中，又稱落第。

〔二〕「不須」句：李天英二次應試不第後，東歸遼東。朝中諸賢趙秉文、李純甫、高憲、周昂等皆作詩相送。王慶生《金代文學家年譜·李經》稽考諸人同在京城之時，認爲第一次下第東歸在大安元年，初次在泰和六年。

〔三〕洗眼：猶拭目，拭目以待。三年：金代科考三年一次。一飛：即一飛冲天。比喻平時默默無聞，突然做出驚人之舉。《史記·滑稽列傳》：「此鳥不飛則已，一飛冲天；不鳴則已，一鳴驚人。」此句鼓勵李天英再次科考，定會一鳴驚人。

〔四〕波瀾：比喻詩文的跌宕起伏。杜甫《敬贈鄭諫議十韻》：「毫髮無遺憾，波瀾獨老成。」毫穎：毛筆尖。猶筆端。

〔五〕「莫教」句：宋沈括《夢溪筆談》：「嘉祐中，士人劉幾累爲國學第一人，驟爲怪嶮之語，學者翕然效之，遂成風俗。歐陽公深惡之。會公主文，決意痛懲。凡爲新文者一切棄黜，時體爲之一變。……後數年，公爲御試考官，而幾在庭。公曰：『除惡務本，今必痛斥輕薄子，以除文章之害。』有一士人論曰：『主上收精藏明於冕旒之下。』公曰：『吾已得劉幾矣。』既黜，乃吴人蕭稷也。是時試堯舜性之賦，有曰：『故得靜而延年，獨高五帝之壽；動而有勇，形爲四罪之誅。』公大稱賞，擢爲第一人。及唱名乃劉煇。人有識之者，曰：『此劉幾也，易名矣。』公愕然。」此句旨在勸戒李經改變其險怪文風，以適合主考官的評卷標準。歐九：歐陽修排行第九，故稱。

宿西藍〔一〕

聞道西藍好，能來定有緣。青山避喬木〔二〕，流水信平田〔三〕。步屧迷深竹〔四〕，題詩惜暮煙。塵心厭翻倒〔五〕，一室暫安禪〔六〕。

【注】

〔一〕西藍：西藍寺，又名羅漢寺，在山西省洪洞縣城西。《山西通志》卷一六八「洪洞縣」：羅漢寺，在縣西二里孝思坊。晉永和二年建，又名西藍寺。内有通幽橋、流杯池、寒翠軒。還有雪香亭、邃緑亭、花心亭、月波亭、杯池環碧亭、宜雨亭六亭。

〔二〕避：隱藏。

〔三〕信：通「伸」。伸長。

〔四〕步屧：行走，漫步。杜甫《遭田父泥飲美嚴中丞》：「步屧隨春風，村村自花柳。」深竹：茂密的竹林。

〔五〕「塵心」句：言厭倦塵世功名而將之壓抑。

〔六〕安禪：佛教語。指靜坐入定。俗稱打坐。唐王維《過香積寺》：「薄暮空潭曲，安禪制毒龍。」

北湖清明

碧水隨時酒〔一〕，春風著處花〔二〕。歡娱萬國本〔三〕，富貴五侯家〔四〕。金動樓頭管〔五〕，香迴日暮車〔六〕。老夫唯欲睡，兒女莫相誇。

【注】

〔一〕「碧水」句：暗用商紂王以酒爲池，隨時飲酒典。形容統治者極度豪華奢侈。

〔二〕「春風」句：暗用唐孟郊《登科後》：「春風得意馬蹄疾，一日看盡長安花。」形容權貴們的志得意滿。著處：到處。

〔三〕本：國本，指皇家。

〔四〕五侯：本指公侯伯子男五等諸侯，後泛指權貴豪門。唐韓翃《寒食》：「日暮漢宫傳蠟燭，輕煙散入五侯家。」

〔五〕樓頭：樓上。唐王昌齡《青樓曲》其一：「樓頭小婦鳴箏坐，遥見飛塵入建章。」管：吹奏的樂器。

〔六〕「香迴」句：梁簡文帝《晚景出行》：「細樹含殘影，春閨散晚香。輕花鬢畔墮，微汗粉中光。飛鳧初罷曲，啼鳥忽度行。羞令白日暮，車馬鬱相望。」句言濃妝艷抹的貴夫人們盡興出遊，至日暮才回，車過之處，香氣四溢。

中秋夜高陽對月〔一〕

端正高陽月，空庭又見過。清風禁睡得〔二〕，白髮奈愁何。尚識王良策〔三〕，難知織女梭〔四〕。金波流汩汩〔五〕，應爲照滹沱〔六〕。

【注】

〔一〕高陽：縣名，金代屬河北東路安州。泰和八年正月改隸莫州，四月復。今河北省高陽縣。

〔二〕禁：勝。句言清風驅散了睡意。

〔三〕王良策：即王良策馬。星宿名。《史記·天官書》：「漢中四星，曰天駟。旁一星曰王良。王良策馬，車騎滿野。」正義曰：「王良五星，在奎北河中，天子奉御官也。其動策馬，則兵騎滿野；客星守之，津橋不通；金、火守入，皆兵之憂。」王良是春秋時趙簡子的御者。

〔四〕織女梭：星宿名。在織女星旁，由四顆星星構成的小菱形，相傳爲織女織布用的梭子。

〔五〕金波：喻月光。汩汩：水流溶溶貌。

〔六〕滹沱：即滹沱河。高陽縣位於滹沱河西岸。

丘家莊早發

渡馬危橋立，村雞暗樹號。星稀白水闊，霧重黑山高。外物誰能必〔一〕，人生會有勞。鵾鵬終變化，早晚借風濤〔二〕。

【注】

〔一〕外物：身外之物，多指利欲功名之類。必：確保。句言理想抱負誰能確保一定會實現。

〔二〕「鵾鵬」二句：《莊子·逍遥遊》：「北冥有魚，其名爲鯤。鯤之大，不知其幾千里……摶扶摇而上者九萬里。」二句喻指即使特有才能的人，亦須借助他人薦引提攜才能實現宏偉抱負。終：縱然。

邊月

邊月弓初滿〔一〕，山城角尚孤〔二〕。中天看獨立，永夜興誰俱〔三〕。未覺風生暈〔四〕，空懷斗轉隅〔五〕。含情知白兔〔六〕，欲下更踟躕〔七〕。

【注】

〔一〕弓初滿：指圓月剛從山際全升出來。

〔二〕角：星宿名。角宿爲東方蒼龍第一宿。句言傍晚時分，只有角宿在閃亮。

〔三〕「中天」二句：言直至半夜，浩月當空，只有自己一人獨望，高雅之興無人與會。永夜：長夜。

〔四〕風生暈：風暈。太陽、月亮周圍的光環。多爲起風的預兆。古人認爲暈是兵興之象。《晉書·天文志中》：「日暈者，軍營之象。」《史記·天官書》：「兩軍相當，日暈。」又云：「平城之圍，月暈參、畢七重。」句言未發現邊塞外敵入侵的徵兆。

〔五〕斗轉隅：北斗轉向，表示天色將明。句寓年華虛度，光陰荏苒，無從實現抱負之意。

〔六〕白兔：月亮的代稱。傳説月中有白兔，故稱。北周庾信《宫調曲》其三：「金波來白兔，弱木下蒼烏。」

〔七〕踟躕：徘徊不前、游疑不决貌。二句以己度月，謂西下的月亮也於心不甘，遲遲不落。

侍祠太室〔一〕

設燎彤庭敞〔二〕，懸燈玉殿深。星河含爽朗，城闕動陰沉。祇慄誠初薦〔三〕，馨香德已歆〔四〕。清風動雲幕，有喜見神心。

【注】

〔一〕侍祠：陪從祭祀。《史記·孝文本紀》：「諸侯王列侯使者侍祠天子，歲獻祖宗之廟。」裴駰集解引張晏曰：「王及列侯，歲時遣使詣京師，侍祠助祭也。」太室：太廟中央之室，亦指太廟。《書·洛誥》：「王入太室裸。」孔穎達疏：「太室，室之大者，故爲清廟。廟有五室，中央曰太室。」

〔二〕設燎：設燭，祭祀程式之一。燎：祭禮所用大燭。《金史·禮三》：「享日丑前五刻，太常卿帥執事者，設燭於神位前及户外。」彤庭：宫廷。因以朱漆塗飾，故稱。漢班固《西都賦》：「於是玄墀釦砌，玉階彤庭。」

〔三〕祇慄：敬慎恐懼。薦：進獻，祭獻。

〔四〕馨香：指用作祭品的黍稷。《左傳·僖公五年》：「若晉取虞，而明德以薦馨香，神其吐之乎？」歆：饗。祭祀時神靈享受祭品、香火。

夜步

擊柝鄰居靜〔一〕，開門宿鳥驚。西風秋半急，北斗夜深明。獨立乾坤大，徐行杖屨輕。遥憐漢宫闕，重露濕金莖〔二〕。

【注】

〔一〕擊柝：敲梆子巡夜。

〔二〕金莖：用以擎承露盤的銅柱。《文選·班固·西都賦》：「抗仙掌以承露，擢雙立之金莖。」李善注：「金莖，銅柱也。」

宋文貞公廟〔一〕

開元四荒不動塵，柱石中原有老臣〔二〕。襄土一丘松柏暗〔三〕，長安三日荔枝新〔四〕。

【注】

〔一〕宋文貞公：宋璟，邢州南和（今河北省南和縣）人，唐代名相，謚文貞。新、舊唐書有傳。宋璟廟在河北省沙河縣。

〔二〕「開元」二句：頌揚宋璟輔助唐玄宗，成就開元盛世的歷史功績。開元：唐玄宗李隆基的年號（七一三——七四一）。四荒：四方荒遠之地，四方邊境。不動塵：不興兵打仗。柱石：支撐建築物的立柱和石基。借指肩負國家重任者。

〔三〕「襄土」句：謂宋璟去世。唐王維《達奚侍郎夫人寇氏輓歌二首》：「一朝成萬古，松柏暗平原。」襄：《左傳·定公十五年》：「葬定公，雨，不克襄事。」杜預注：「雨而成事，若汲汲於欲葬。」後因以稱下葬。襄土，指埋藏。

〔四〕「長安」句：用楊貴妃嗜荔枝典故。《新唐書·楊貴妃傳》載：「妃嗜荔枝，必欲生致之，乃置騎傳送，走數千里，味未變，已至京師。」白居易《荔枝圖序》：「若離本枝，一日而色變，二日而香變，三日而味變，四日五日色香味盡去矣。」二句言没有宋璟這樣的賢相在世，唐明皇爲貴妃一己私欲，不惜勞民傷財，唐朝盛世必然遠去。

讀陳後山詩〔一〕

子美神功接混茫〔二〕，人間無路可升堂〔三〕。一斑管内時時見〔四〕，賺得陳郎兩鬢蒼〔五〕。

【注】

〔一〕陳後山：陳師道（一〇五三——一一〇二），字無己，號後山居士，彭城（今江蘇省徐州市）人。歷仕太學博士、潁州教授、秘書省正字。爲蘇門六君子之一，江西詩派重要作家。一生安貧樂道，閉門苦吟。著有《後山先生集》。《宋史》卷四四四有傳。

〔二〕子美：唐代詩人杜甫，字子美。神功：神妙的功力。混茫：指廣大無邊的境界。此句化用杜甫《灩澦堆》「天意存傾覆，神功接混茫」詩句。周昂是金代蘇黄詩風盛行中棄宋宗唐較早學杜者。《中州集》小傳：「以杜子美、韓退之爲法，諸儒皆師尊之。」

〔三〕「人間」句：黄庭堅標舉學杜大旗，陳師道等宗之爲師，到南宋末方回提出「一祖三宗」之説，可見當時人們認爲黄、陳是學杜之成就傑出者。句針對此言江西詩派學杜尚未登堂，更無入室。周昂之甥王若虚《滹南詩話》：「史舜元作吾舅詩集序，蓋得矣。而復云由山谷以入，則恐不然。吾舅兒時便學工部，而終身不喜山谷也。若虚嘗乘間問之，則曰：『魯直雄豪奇險，善爲新樣，固有過人者，然於少陵初無關涉。前輩以爲得法者，皆未能深見耳。』」

〔四〕「一斑」句：用「管中窺豹」典故。《世説新語·方正》：「王子敬（獻之）數歲時，嘗看諸門生樗蒱，見有勝負，因曰：『南風不競。』門生輩輕其小兒，乃曰：『此郎亦管中窺豹，時見一斑。』」意謂從竹管的小孔裏看豹，只看到豹身上的一塊斑紋。比喻只看到事物的一部分，指所見不全面或略有所得。北宋中期，學杜成爲整個詩壇的共識，王安石對杜甫頂禮膜拜，崇敬其仁愛之心和藝術才力。蘇軾提出「一飯未嘗忘君」説（《王定國詩集叙》）以及杜甫「集大成」説（見《後山詩話》），其《書吳道子畫後》曰：「詩至于杜子美……天下之能事畢矣。」而黄庭堅、陳師道學杜的重點，體現在對杜詩藝術經驗的學習，他們特别欽佩杜甫晚年詩歌的藝術境界。故詩人有「一斑管内」之説。

〔五〕「賺得」句：元馬端臨《文獻通考》卷二三七：「世言陳無己每登臨得句，即急歸，卧一榻，以被蒙首，謂之『吟榻』。家人知之，即貓犬皆逐去，嬰兒稚子，亦皆抱持寄鄰家。」宋黄庭堅《病起荆江亭即事十首》其八：「閉門覓句陳正字，對客揮毫秦少游。」賺得：博得，换來。陳郎：指陳師道。詩末二句謂陳師道學杜雖竭盡心力，苦吟一生，其所得只能算是管中窺豹，所得甚少。

偶書

幽陰不放終年樹，好味仍餘盡日茶〔一〕。詩業未降心有種〔二〕，世緣初盡眼無花〔三〕。

【注】

〔一〕「幽陰」二句：言茶樹葉長年濃密，吸收日月造化之精華，故其味芬芳，時已盡日，餘香仍在。

〔二〕業：梵文意譯。佛教謂業由身、口、意三處發動，一般偏指惡業。此指不良的嗜好習慣。句言自己作詩的嗜好不減退，是由於稟性所致。

〔三〕世緣：猶塵緣，佛教語。謂心識所緣色、聲、香、味、觸、法六塵之境。句言世緣盡淨後對聲色香味、功名利禄再不眼花繚亂，心動神摇了。

失子

白髮飄蕭老病身〔一〕，幾因兒女淚沾巾。虛談誤世王夷甫〔二〕，只有情鍾語最真〔三〕。

【注】

〔一〕飄蕭：鬢髮稀疏貌。

〔二〕王夷甫：王衍（二五六——三一一），字夷甫，琅邪臨沂（今山東省臨沂北）人。魏晉名士，喜老莊學説。曾任中書令、司徒、太尉等要職，但任人唯親，明哲保身，清談誤國，遭人鄙視。《晉書》卷四三有傳。

〔三〕情鍾語最真：王衍嘗喪幼子，山簡吊之。衍悲不自勝，簡曰：「孩抱中物，何至於此！」衍曰：「聖人忘情，最下不及於情。然則情之所鍾，正在我輩。」簡服其言，更爲之慟。事見《晉書》本傳。

北行即事二絕句〔一〕

聞道崑崙北，風塵避僕窪〔二〕。至今悲漢節，不合度流沙〔三〕。

【注】

〔一〕即事：以當前事物爲題材的詩。

〔二〕「聞道」二句：崑崙，指《史記》《漢書》中所説崑崙，與今昆侖異。《史記·大宛列傳》：「而漢使窮河源，河源出于窴，其山多玉石，采來，天子案古圖書，名河所出山曰崑崙云。」則此崑崙在今于闐河上源之山。僕窪：指渥窪水，「僕」「渥」應皆爲音譯。傳説中産神馬之處。《史記·樂書》：「又嘗得神馬渥洼水中，復次以爲《太一之歌》。」裴駰集解引李斐曰：「南陽新野有暴利長，當武帝時遭刑，屯田燉煌界。人數於此水旁見群野馬中有奇異者，與凡馬異，來飲此水旁……收得其馬，獻之。」《山海經·北山經》：「又東北二百里，曰馬成之山。其上多文石，其陰多金玉，有獸焉，其狀如白犬而黑頭，見人則飛，其名曰天馬。」《史記·大宛列傳》：「初天子發書《易》，云『神馬當從西北來』。得烏孫馬好，名曰『天馬』。及得大宛汗血馬，益壯，更名烏孫馬曰『西極』，名大宛馬曰『天馬』云。」二句針對漢武帝欲得大宛馬派李廣利大軍征伐死傷慘重而言。

〔三〕「至今」二句：言張騫出使西域，才使漢武帝得知西域良馬，派兵掠奪，且不讓大軍返入玉門關。軍士長期征戰，死傷殆盡。由果溯因，故認爲張騫不該出使。漢節：漢天子所授予的符節。此處指張騫。流沙：指西域地區。

又

五月分衣節，三軍受甲時〔一〕。莫教麟閣將〔二〕，頻發羽林兒〔三〕。

【注】

〔一〕「五月」二句：宋吴曾《能改齋漫録》卷十三「契丹之法」：「司馬文正公言，契丹之法有簡要可尚者。將戰，則選兵爲三等，騎射最精者，給十分衣甲，處於陣後；其次給五分衣甲，處於中間，其下者，不給衣甲，處於前行。故未嘗教閲，而民皆習於騎射。」受甲：接受甲胄。代指武裝出征。

〔二〕麟閣將：功勳卓越的大將。漢宣帝繪霍光等功臣像於麒麟閣上，以表揚其功績。後人多以入「麒麟閣」爲最高的榮譽。

〔三〕羽林兒：禁軍，行使宿衛、侍從之職。代指最精鋭的部隊。漢代多選漢陽、隴西、安定、北地、上郡、西河凡六郡良家子弟充任。

邊月

驅車宿雙浦，極目耿金波〔一〕。不有中秋景，其如永夜何〔二〕。沙分疑白雪〔三〕，練失想明河〔四〕。桂樹元無意〔五〕，南傾獨好柯。

【注】

〔一〕耿：明亮，光明。金波：借指月亮。

〔二〕「不有」二句：言邊月慘澹荒涼，没有内地中秋月景之美，對此漫漫長夜該如何度過。

〔三〕「沙分」句：唐李益《夜上受降城聞笛》：「回樂烽前沙似雪，受降城下月如霜。」

〔四〕「練失」句：南朝齊謝朓《晚登三山還望京邑》：「餘霞散成綺，澄江靜如練。」練：白絹。此喻指雙浦。明河：天河，銀河。宋歐陽修《秋聲賦》：「星月皎潔，明河在天。」此喻指飛黄騰達的途徑。唐宋之問《明河篇》：「明河可望不可親，願得乘槎一問津。」

〔五〕桂樹：傳説月中桂樹高達五百丈，有吴剛揮舞巨斧在此伐桂。宋辛棄疾《聽月詩》：「樂奏廣寒聲細細，斧柯丹桂響叮叮。」

晨起

鼓聲隨曉角〔一〕，合沓起平荒〔二〕。宿火連岡小，寒星墮水長〔三〕。鯨翻驚日動，馬食快宵涼〔四〕。白首登壇將〔五〕，功名好自强〔六〕。

【注】

〔一〕曉角：報曉的號角聲。唐沈佺期《關山月》：「將軍聽曉角，戰馬欲南歸。」

〔二〕合沓：紛至沓來。

〔三〕「宿火」二句：言宿營夜火鋪天蓋地，使綿延起伏的山崗也顯得狹小；它又像滿天繁星，與黎明下墜的群星混合在一起，如大江遠去一般。

〔四〕「鯨翻」二句：言部隊行動如鯨魚翻江倒海，初升的太陽似乎是被他們擡起的；戰馬飽食夜草，在清涼的早晨奔跑起來勁健歡快。

〔五〕登壇將：借指經過隆重儀式正式任命或委以重任的將帥。典出劉邦設壇場、具禮拜韓信爲將事。見《史記·淮陰侯列傳》。

〔六〕「功名」句：言將帥們爲獲取戰功，流芳百世，特別重視操練部隊，提高戰鬭力。

西城道中〔一〕

草路幽香不動塵，細蟬初向葉間聞。溟濛小雨來無際〔二〕，雲與青山淡不分。

【注】

〔一〕西城：州名，在陝西安康縣。完顔承裕曾任陝西都統使副使，於泰和六年與宋軍交戰，占領西城。詩當作於此時。

〔二〕溟濛：模糊不清的樣子。

醉經齋爲虞鄉麻長官賦〔一〕

詩書讀破自融神〔二〕，不羨雲安麴米春〔三〕。黄卷至今真味在〔四〕，莫將糟粕待前人〔五〕。

【注】

〔一〕醉經齋：書齋名。宇文虛中亦作《醉經齋》詩，以漢代邊韶稱齋之主人，有「不識先生真悟處，未離文字已逃禪」句。虞鄉：金縣名，今山西省永濟市東。麻長官：據狄寶心《元好問詩編年校注·麻長官成趣園二首》考證，麻長官即麻邦寧，字平甫。麻秉彝之子，麻革之父。曾任鳳翔縣令。

〔二〕詩書：以《詩經》、《尚書》代指儒家經典。

〔三〕雲安：軍縣名，宋時屬夔州。麴米春：酒名。唐宋時名酒，性烈，入選元宋伯仁《酒小史》。歷代文人作詩稱頌，如杜甫《撥悶》：「聞道雲安麴米春，纔傾一盞即醺人。」

〔四〕黃卷：古人寫書用紙，以黃蘗汁染之以防蟲蠹，故稱書爲黃卷。此指儒經。

〔五〕糟粕：造酒剩下的渣滓。比喻粗劣、廢棄無用的事物。

清放齋〔一〕

平生眼白嫌物俗〔二〕，此身誰要冠帶束〔三〕。茶甌飯飽一飲足，卧聽松風仰看屋〔四〕。

【注】

〔一〕清放：清雅閒逸。

〔二〕「平生」句：用晉阮籍事。《世説新語·簡傲》「嵇康與吕安善」劉孝標注引《晉百官名》：「嵇喜字公穆，歷揚州刺史，康兄也。阮籍遭喪，往弔之。籍能爲青白眼，見凡俗之士，以白眼對之。及喜往，籍不哭，見其白眼，喜不懌而退。康聞之，乃齎酒挾琴而造之，遂相與善。」眼白：以白眼相看。表示輕視。

〔三〕「此身」句：用晉陶潛事。《晉書·陶潛傳》：「素簡貴，不私事上官。郡遣督郵至縣，吏白應束帶見之，潛歎曰：『吾不能爲五斗米折腰，拳拳事鄉里小人邪！』義熙二年，解印去縣，乃賦《歸去來兮辭》。」冠帶：帽子與腰帶。代指官職。

〔四〕松風：松林之風。《南史·隱逸傳下·陶弘景》：「特愛松風，庭院皆植松，每聞其響，欣然爲樂。」

孫資深歲寒堂〔一〕

世態浮雲日夜移〔二〕，春蘭秋菊各爭時〔三〕。此心鐵石無人會，唯有庭前柏樹知〔四〕。

【注】

〔一〕孫資深：孫德淵，字資深，興中府（今遼寧省朝陽縣）人。大定十六年進士，官至工部尚書，攝御史中丞。《金史》卷一二八有傳。歲寒：取《論語·子罕》「歲寒，然後知松柏之後彫也」義。

〔二〕「世態」句：言貧富賤貴權力更替等世事人情時時變化，像浮雲一般。唐杜甫《可歎》：「天上浮雲如白衣，斯須改變如蒼狗。」亦俗語所云「三十年河東，三十年河西」之意。

〔三〕「春蘭」句：《楚辭·九歌·禮魂》：「春蘭兮秋菊，長無絶兮終古。」洪興祖補注：「古語云：『春蘭秋菊，各一時之秀也。』」唐石貫《和主司王起》：「絳帳青衿同日貴，春蘭秋菊異時榮。」

〔四〕「此心」二句：《晉書·忠義傳序》：「捐軀若得其所，烈士不愛其存。故能守鐵石之深衷，厲松筠之雅操。」鐵石：喻堅定不移。

登綿山上方〔一〕

環合青峰插劍長〔二〕，小平如掌寄禪房。危闌半出雲霄上，秘景盡收天地藏〔三〕。野闊群山驚破碎，雲低滄海認微茫〔四〕。九華籍甚因人顯〔五〕，迴秀可憐天一方〔六〕。

【注】

〔一〕綿山：昌平州東十五里。上方：指佛寺。陳衍《金詩紀事》卷七此詩條下引《芹城小志》：「綿山在昌平州東十五里。《元混一方輿勝覽》載有綿山寺，金真定周昂題詩其上。」

〔二〕插劍：形容山峰之壁立千仞。

〔三〕秘景：稀見的奧秘景象。天地藏：天地之秘藏。

〔四〕「雲低」句：言脚下之雲海翻滚，於隱約模糊處辨認群山，如同海上仙山，令人神往。

〔五〕九華：山名。在今安徽省青陽縣。舊稱九子山。因有九峰如蓮花，故改爲今名。李白《改九子山爲九華山聯句》序：「青陽縣南有九子山，山高數十丈。上有九峰如蓮花……予乃削其舊號，加以九華之目。」籍甚：《漢書·陸賈傳》：「賈以此遊漢廷公卿間，名聲籍甚。」王先謙補注引周壽昌曰：「籍甚，《史記》作『藉盛』，蓋籍即藉，用白茅之藉，言聲名得所藉而益盛也。」因人顯：憑藉名人的宣揚而顯著。

〔六〕「迴秀」句：用唐劉禹錫《九華山歌》：「結根不得要路津，迴秀長在無人境。」言九華山原本偏僻，在未經李白等名人宣揚時名聲不大。其旨在爲綿山僻處偏遠無人之地，雖高聳秀拔，卻不甚著名而抱不平。

謁先主廟〔一〕

暗粉陳丹半在亡，短垣殘日共悲涼。不須古碣書綿竹〔二〕，自有荒村紀葆桑〔三〕。塵土衣冠曾繫馬〔四〕，歲時歌舞亦稱觴〔五〕。不應巴蜀江山麗，能使英靈忘故鄉。

【注】

〔一〕先主廟：蜀先主劉備廟，在涿州（今河北省涿州市）。王庭筠有《涿州重修漢昭烈帝廟碑》。

〔二〕古碣：古碑。綿竹：竹帛一類，引申指史乘、典籍。
〔三〕葆桑：即羽葆桑。劉備故居桑樹，大如車蓋。《三國志·先主傳》：「舍東南角籬上有桑樹生，高五丈餘，遥望見童童如小車蓋，往來者皆怪此樹非凡，或謂當出貴人。先主少時與宗中諸小兒於樹下戲，言：『吾必當乘此羽葆蓋車。』」元郝經《郝氏續後漢書》：「涿郡郡南十里而近曰樓桑廟，昭烈故居也。……兒童故老婆娑其下，指是葆桑竹馬之處。」
〔四〕衣冠：代稱搢紳士大夫。
〔五〕歲時：每年一定的季節或時間。《周禮·地官·州長》：「若以歲時祭祀州社，則屬其民而讀灋。」孫詒讓正義：「此云歲時，唯謂歲之二時春、秋耳。」句言後世人們歲時祭祀先主，舉杯敬酒。

送客

相見席不暖〔一〕，送行情更牽。只愁人面隔，不放馬蹄前。塞迥雲垂地，溪平水接天。山川後期闊〔二〕，把臂兩茫然〔三〕。

【注】

〔一〕席不暖：喻相見時間短暫。

〔二〕「山川」句：言别後有山川阻隔，再見遥遥無期。

〔三〕把臂：握持手臂，表示親密難舍。茫然：悵惘失意貌。

莫州道中〔一〕

大陵河東古莫州，居人小屋如蝸牛。屋邊向外何所有，唯見白沙纍纍堆山丘。車行沙中如倒拽〔二〕，風驚沙流失前轍。馬蹄半跛牛領穿〔三〕，三步停鞭五步歇。雞聲人語無四鄰，晚風蕭蕭愁殺人。人有禱，沙應神。遼東老兵非使臣，何必埋卻雙行輪〔四〕。

【注】

〔一〕莫州：古州縣名，金代屬河北東路，治任丘，金貞祐二年降爲鄚亭縣。今河北省任丘市。

〔二〕倒拽：倒拖，倒拉。狀車行沙中阻力之大。

〔三〕牛領：牛的脖子。唐白居易《官牛》：「馬蹄踏沙雖淨潔，牛領牽車欲流血。」

〔四〕「遼東」二句：《後漢書·張綱傳》：「漢安元年，選遣八使徇行風俗……唯綱年少，官次最微，餘人受命之部，而綱獨埋其車輪於洛陽都亭，曰：『豺狼當路，安問狐狸！』遂上書彈劾大將軍梁冀。」二句言自己原只是被貶遼東的老兵，並無張綱爲使埋輪之心，沙神何必埋我車輪，不讓前行呢？

即事二首

憂患年來坐讀書〔一〕，田園抛卻任荒蕪。目前卻得晨昏力〔二〕，碌碌無由似阿奴〔三〕。

【注】

〔一〕坐：定罪。首句指自己因詩文坐譏諷獲罪事。《歸潛志》卷一〇載：趙秉文上書獲罪，牽連王庭筠，「收王庭筠等俱下吏，且搜所作譏訕文字，復無所得。獨省掾周昂《送路鐸補外》詩有云：『龍移鰌鱔舞，日落鵂梟嘯。未須發三歎，但可付一笑。』頗涉譏諷。……昂坐譏諷，各杖七十，左貶外官」。

〔二〕晨昏：「晨昏定省」之略語。謂朝夕慰問奉侍父母。

〔三〕「碌碌」句：《世説新語·識鑒》：「周伯仁母冬至舉酒賜三子曰：『吾本謂度（渡）江託足無所，爾家有相，爾等並羅列吾前，復何憂？』周嵩起，長跪而泣曰：『不如阿母言，伯仁爲人志大而才短，名重而識闇，好乘人之弊，此非自全之道。嵩性狼抗，亦不容於世。唯阿奴碌碌，當在阿母目下耳。』」劉孝標注引鄧粲《晉紀》曰：「阿奴，嵩之弟周謨也。」周謨字叔治，小字阿奴。碌碌：平庸。蘇軾《次韻子由初到陳州二首》：「阿奴須碌碌，門户要全生。」二句言現在閒暇可以昏定晨省了，像阿奴一樣。

又

遠目傷心千里餘〔一〕，凜然真覺近狼須〔二〕。雲邊處處是青冢〔三〕，馬上人人皆白鬚。正憶荒村臨古道，不堪獨樹點平蕪。誰人與話西園路〔四〕，梅竹而今似畫圖。

【注】

〔一〕「遠目」句：言遥望家鄉而感歎相距千里不能歸省。

〔二〕凜然：形容寒冷。唐孟郊《殺氣不在邊》：「殺氣不在邊，凜然中國秋。」狼須：山名。即狼胥山，狼居胥山。漢代霍去病出代郡擊敗匈奴，封狼居胥山。

〔三〕青冢：泛指墳墓。唐于武陵《有感》：「四海故人盡，九原青冢多。」

〔四〕西園：魏曹丕《芙蓉池作》：「乘輦夜遊行，逍遥步西園。」此西園在鄴都，地近詩人家鄉真定。

感秋

秋氣入行帳〔一〕，愁人中夜知。雞聲與人語，耿耿異常時〔二〕。清晨起危坐〔三〕，感難不自持〔四〕。羲和馭飛轂〔五〕，往返無停期。春草如昨日，已復悲離離〔六〕。顧謂鏡中髮，爾衰安得遲。結束媚鞍馬〔七〕，荒山去委蛇〔八〕。黄花泫宵露〔九〕，緑野含晨曦。吾事久不諧〔一〇〕，悠悠隨所之〔一四〕。有懷南澗約，敢賦北山詩〔一五〕。

【注】

〔一〕行帳：行軍或出遊時所搭的篷帳。

〔二〕耿耿：明顯。

〔三〕危坐：古人以兩膝著地，聳起上身爲「危坐」，即正身而跪，表示嚴肅恭敬。後泛指正身而坐。《文選·東方朔·非有先生論》：「吴王懼然易容，捐薦去几，危坐而聽。」吕延濟注：「危坐，敬之也。」

〔四〕感難：感傷難受。

〔五〕羲和：古代神話傳説中的人物。駕御日車的神。《楚辭·離騷》：「吾令羲和弭節兮，望崦嵫而勿迫。」王逸注：「羲和，日御也。」

〔六〕「春草」二句：用唐白居易《賦得古原草送别》：「離離原上草，一歲一枯榮。野火燒不盡，春風吹又生。」言看到春草再次繁茂，感傷一年飛快如昨，心中又再生悲。已：又。離離：指春草的濃密繁盛。

〔七〕結束：指結髮束帶，整治行裝。媚，愛。

〔八〕委蛇：曲折行進貌。

〔九〕泫：滴。

〔一〇〕不諧：不成。

〔二〕悠悠：飄忽不定。

〔三〕「有怀」二句：言自己嚮往真隱，有底氣像孔稚圭那樣賦詩。南澗：《詩·召南·采蘋》：「于以采蘋，南澗之濱。于以采藻，于彼行潦。」後用指隱居之地。晉陸機《招隱詩》：「朝采南澗藻，夕息西山足。」北山詩：用南朝齊孔稚圭《北山移文》典。五臣注《文選》吕向云：「鍾山在都北。其先，周彦倫隱於此山，後應詔出爲海鹽縣令，欲卻過此山。孔生乃假山靈之意移之，使不許得至。故云『北山移文』。」

對月

月滿秋仍早，臺高夜未徂〔一〕。水光先剡淡〔二〕，星影失踟躕〔三〕。玉帳傳更急〔四〕，荒城擊柝孤〔五〕。去年雙淚眼，依舊入平蕪〔六〕。

【注】

〔一〕徂：逝去。

〔二〕「水光」句：李白《夢遊天姥吟留别》：「我欲因之夢吴越，一夜飛渡鏡湖月。湖月照我影，送我至剡溪。謝公宿處今尚在，渌水蕩漾清猿啼。」句用此意，言月光水波，粼粼蕩漾，更甚於剡溪。剡溪：即曹娥江的上游，在今浙江省嵊州市。

〔三〕踟躕：相連貌。見《文選·王延壽·魯靈光殿賦》「西廂踟躕以閑宴」李善注。句言水中星影在粼波蕩漾中不相連接。

〔四〕玉帳：主帥所居的帳幕，取如玉之堅的意思。傳：報告消息的人。

〔五〕擊柝：軍中擊打刁斗報時。

〔六〕平蕪：草木叢生的平曠原野。此指塞外。

鵲山

西征疲短服〔一〕，北望慘衰顔〔二〕。再宿殊雞舍〔三〕，相看獨鵲山。旆沾新雨過，鳥逐暮雲還。白首瞻星漢，何時鼓角閑〔四〕。

【注】

〔一〕短服：與長袍相對，指便於騎射的緊身短衣。

〔二〕「北望」句：金世宗時，已感到蒙古部落的威脅，修長城以防禦。章宗時更是邊釁不斷。二句就此而言。

〔三〕殊：仍。雞舍：像飼養群雞的小房。

〔四〕「白首」二句：表達對戰爭的厭惡，對和平的祈盼。星漢：天河，銀河。古人以星移斗轉寓時間的流逝。又，《晉書・天文志》言北斗主兵。唐崔泰之《奉和聖製送張尚書巡邊》：「南庭胡運盡，北斗將星飛。」故有此句。鼓角：戰鼓和號角。軍隊用以報時、警衆或發出號令。代指戰爭。

望山中松

地險蟠根古，人稀小徑消。雨皴開白雪〔一〕，風響入青霄〔二〕。未畏斧斤逼〔三〕，惟愁霹靂燒〔四〕。解鞍那避遠，冷色故相招〔五〕。

【注】

〔一〕皴：皮開裂。句言松樹被雨打風吹，樹皮開裂，露出白色樹幹。

〔二〕「風響」句：言風吹松樹，其聲在天空中回蕩。

〔三〕斧斤：亦作「斧釿」。泛指斧子。

〔四〕霹靂：雷火。

〔五〕冷色：與黃紅等暖色相對而言，此指青松。

利涉道中寄子端〔一〕

行武昌〔二〕，望利涉。高青煙〔三〕，低白雪。岡陵瀰漫溝澮滅〔四〕。氤氳冷日從東來〔五〕，照我清影，忽作溪水卧明月。凌兢羸馬蝟毛縮〔六〕，詰曲微行蛇腹裂〔七〕。遺鞭脱鐙初不知，指僵欲墮骨欲折。氊裘毛襪良可念，我自無備誰從輟〔八〕。人家土榻借微暖，坐久清冰落鬚頰。黄花臞仙怯風馭〔九〕，久向笙歌窟中蟄〔一〇〕。徑須持此遠相餉，一洗夜堂花酒熱〔一一〕。

【注】

〔一〕利涉：縣名，金時屬隆州。今吉林省農安縣。子端：王庭筠，字子端，號黄華山主，蓋州熊岳（今遼寧省蓋州市）人。大定十六年進士，仕爲翰林直學士。《金史》卷一二六有傳，《中州集》卷三有小傳。王慶生《金代文學家年譜·周昂》定此詩於泰和元年任隆州都軍時作。

〔二〕武昌：縣名，金時屬上京路信州。今遼寧省公主嶺市。

〔三〕青煙：青雲。

〔四〕溝澮：泛指田間水道。澮，田間水渠。

〔五〕氤氲：迷茫貌。

〔六〕凌兢：恐懼顫慄貌。羸：瘦弱。蝟毛縮：杜甫《前苦寒行》：「漢時長安雪一丈，牛馬毛寒縮如蝟。」

〔七〕詰曲：屈曲，屈折。微行：小路。蛇腹裂：以蛇腹下的横鱗喻崎嶇不平的小路。

〔八〕輟：通「掇」。此處爲置辦意。

〔九〕黄花臞仙：指王庭筠。王庭筠自號黄華老人。臞仙：舊時借稱身體清瘦而精神矍鑠者。風馭：

古代神話傳説中由風駕馭的神車。此處代風。

〔一〇〕笙歌窟：泛指奏樂唱歌之所。蟄：蟄伏，躲藏。

〔一一〕花酒：有女子陪侍的飲宴。

即事二首

不堪華髮半頭生，老去偏添愛嫪情〔一〕。新得家書來報喜，舊時龜子遶牀行〔二〕。

【注】

〔一〕愛嫪：愛惜，留戀。此處指想家戀子之情。

〔二〕龜子：指小兒。

又

一牀安置似僧居，白髮忘梳動月餘。懶性漸成愁把筆，小詩常擬倩人書〔一〕。

【注】

〔一〕倩人：謂請托別人。《文選·陳琳·爲曹洪與魏文帝書》：「謂爲倩人，是何言歟！」張銑注：「謂我文辭皆倩人所作，是何言歟！」

九日[一]

不堪馬上逢佳節，况是天涯望故鄉[二]。高會未容陪戲馬[三]，舊遊空復憶臨香。凝雲黯黯方垂地[四]，小雪霏霏欲度牆[五]。猶賴多情數枝菊，肯留金蕊待重陽[六]。

【注】

〔一〕九日：指農曆九月九日重陽節。《藝文類聚》卷四引南朝梁吴均《續齊諧記》：「今世人每至九日，登山飲菊酒。」

〔二〕「不堪」二句：用唐王維《九月九日憶山東兄弟》「獨在異鄉爲異客，每逢佳節倍思親」詩意。

〔三〕戲馬：戲馬臺，即項羽掠馬臺，在今江蘇徐州市南。宋武帝劉裕曾於重陽在此大會賓客，置酒賦詩。後遂成爲重九登高的勝地。

〔四〕凝雲：停滯不動的雲。黯黯：光線昏暗。漢陳琳《遊覽》：「蕭蕭山谷風，黯黯天路陰。」

〔五〕霏霏：飄灑。

〔六〕金蕊：菊花。

對月

萬里寥天月，相隨不憚勞[一]。屢添華髮滿，曾傍黑山高。影動新瓊杵[二]，光含舊寶刀。

常娥應見訝〔三〕，獨宿弊綈袍〔四〕。

【注】

〔一〕憚勞：怕苦，嫌累。

〔二〕瓊杵：玉杵，月中玉兔搗藥之物。

〔三〕常娥：嫦娥。月中仙子。

〔四〕綈袍：厚繒製成之袍。

翠屏口七首〔一〕

去歲翠屏下，東流看湧波。愁將新鬢髮，還對舊關河。翅健翻秋隼〔二〕，峰高並晚駞〔三〕。草深饒虎跡〔四〕，夜黑欲誰過。

【注】

〔一〕詩題：大安三年（一二一一）二月，蒙古犯境，八月占領野狐嶺。金朝任完顏承裕爲參知政事，率兵四十萬鎮守翠屏口。周昂從征。此戰金兵潰敗失守。翠屏口：翠屏山口。在今河北省張家口市萬全縣。

〔二〕隼：又名鶻，鷹類中最小者。

〔三〕駞：駝。句言山峰並峙，如同駝峰。

〔四〕饒：多。

又

地擁河山壯，營閼劍甲重〔一〕。馬牛來細路〔二〕，燈火出寒松。刁斗方嚴夜〔三〕，羔裘欲禦冬。可憐天設險，不入漢提封〔四〕。

【注】

〔一〕劍甲：兵器和鎧甲，此處泛指武器裝備。

〔二〕細路：狹小的路徑。

〔三〕刁斗：古代行軍用具。斗形有柄，銅質；白天用作炊具，晚上擊以巡更。嚴夜：嚴密警巡之夜。

〔四〕「可憐」二句：意謂翠屏口一帶再也不屬金朝的版圖了。可憐：可惜。提封：猶版圖，疆域。漢提封：代指金代疆域。

又

玉帳初鳴鼓〔一〕，金鞍半偃弓〔二〕。傷心看塞水①，對面隔華風〔三〕。山去何時斷〔四〕，雲來本自通。不須驚異域〔五〕，曾在版圖中〔六〕。

【校】

① 塞：李本、毛本作「寒」。

【注】

〔一〕玉帳：主帥所居的帳幕。借指主將。

〔二〕「金鞍」句：言將士隱藏軍械，悄悄撤退。

〔三〕華風：漢族或中原的風俗。

〔四〕斷：指交通因敵占區而斷絶。

〔五〕異域：指蒙古軍隊駐扎的地方。

〔六〕版圖：指疆域圖。句謂塞水對面原本是屬金國的領土。

又

野蔓梢馳架〔一〕，輕泥濺馬鞍。徑斜來險石，溪急上清灘。羽檄千山静〔二〕，羔裘六月寒。長松空夾道，蕭颯不成看〔三〕。

【注】

〔一〕「野蔓」句：言盤纏在樹叢中的藤蔓枝梢低垂，拂掛着行軍的馱架。

〔二〕羽檄：古代軍事文書，插鳥羽以示緊急，必須迅速傳遞。

〔三〕蕭颯：蕭條冷落；蕭索。

又

旌節瞻前帳，風塵識舊坡。眼平青草短，情亂碧山多。晚起方投筆〔一〕，前驅效執戈〔二〕。
馬蹄須愛惜，留渡北流河。

【注】

〔一〕晚起：言經歷時久才起復任用。投筆：謂棄文就武。唐魏徵《述懷》：「中原初逐鹿，投筆事戎軒。」

〔二〕「前驅」句：《詩·衛風·伯兮》：「伯兮朅兮，邦之桀兮。伯也執殳，爲王前驅。」

又

萬里來崩豁〔一〕，終年氣慘悽。地窮清澗斷，天近玉繩低〔二〕。孛窟黄沙北，崑崙白雪西。
故園何處覓，搔首意空迷。

【注】

〔一〕崩豁：斷裂的山谷。

〔二〕玉繩：星名。常泛指群星。《文選·張衡·西京賦》：「上飛闥而仰眺，正睹瑶光與玉繩。」李善注引《春秋元命苞》曰：「玉衡北兩星爲玉繩。」

又

塞古秋風早，山昏落日低。積雲鴉度久，荒岸馬歸齊。燈火看時出，茅茨漸欲迷〔一〕。塵沙恨于役，况乃對雞棲〔二〕。

【注】

〔一〕茅茨：亦作「茆茨」。茅草蓋的屋頂。亦指茅屋。

〔二〕「塵沙」二句：用《詩經》詩句。《詩·王風·君子于役》：「君子于役，不知其期。曷至哉？雞棲於塒，日之夕矣，羊牛下來。」于役：行役。謂因兵役、勞役或公務奔走在外。雞棲：雞回窩上架。

邊俗

返闔看平野〔一〕，斜垣逐慢坡〔二〕。馬牛雖異域〔三〕，雞犬竟同窠〔四〕。木杵舂晨急〔五〕，糠燈照夜多〔六〕。淳風今已破〔七〕，征斂爲兵戈。

【注】

〔一〕闔：門扇。代居室，房屋。

〔二〕「斜垣」句：謂山區農家院牆依山坡而建。

〔三〕「馬牛」句：謂馬與牛分别圈養。

〔四〕窠：築在地洞裏的鳥窩。也泛指其他動物的巢穴。

〔五〕木杵：舂米或搗物的木棒。《漢書·陳萬年傳》：「爲地臼木杵，舂不中程。」

〔六〕糠燈：一種照明用具。以蘇子油渣雜粟糠搏在蓬梗上點燃。舊時吉林民間多用之。清阮葵生《茶餘客話》卷一三：「蓬梗爲幹，搏穀糠爲膏，搏之以代燭，燃之青光熒熒，煙結如雲，俗呼曰糠燈。」

〔七〕淳風：敦厚古樸的風俗。

山家七首

秋日山田熟，山家趣轉奇。壠苞銀粟綴〔一〕，牆蔓緑雲垂。野飯留佳客〔二〕，青錢付小兒〔三〕。主人愁喪亂，數數問邊陲〔四〕。

【注】

〔一〕粟：穀實飽滿。《詩·大雅·生民》：「實堅實好，實穎實栗。」朱熹集傳：「栗，不秕也。」句言田壟的莊稼顆粒色白排列緊密。

〔二〕野飯：指粗淡的農家飯食。杜甫《從驛次草堂服復至東屯茅屋》其二：「山家蒸栗暖，野飯射麋新。」

〔三〕青錢：用青銅鑄的錢幣。也泛指一般銅錢。

〔四〕數數：猶汲汲。迫切貌。《莊子·逍遥遊》：「彼其於世，未數數然也。」陸德明釋文：「司馬云：『猶汲汲也。』崔云：『迫促意也。』」問邊陲：指詢問邊境安危的情況。

又

蕭颯晚風涼〔一〕，高杠引旆長。嶺雲殘宿陣，陵日湛晨光。已作依劉表〔二〕，終須問葛强〔三〕。俯身馳萬里，未覺鬢毛蒼。

【注】

〔一〕蕭颯：形容風雨吹打草木發出的聲音。

〔二〕「已作」句：「建安七子」之一的王粲避亂南下，到荆州依附劉表，未被重用，遂作《登樓賦》抒發久留客地、才能不得施展而産生的思鄉之悲。劉表（一四二——二〇八）：字景升，山陽郡高平

（今山東省微山縣）人。東漢末年名士，漢室宗親，荊州牧，漢末群雄之一。

〔三〕葛强：山簡手下愛將。永嘉三年，山簡鎮襄陽。值四方寇亂，朝野危懼，而簡優遊卒歲，唯酒是耽。時有兒歌曰：「山公出何許，往至高陽池。日夕倒載歸，茗芋無所知。時時能騎馬，倒着白接䍦。舉鞭向葛彊：何如并州兒？」葛强家在并州，簡之愛將。事見《晉書・山簡傳》。句言自己雖壯志難酬而雄心仍在，依然嚮往幽并豪傑。

又

年深師欲老〔一〕，秋至敵還輕〔二〕。但使財思義〔三〕，猶多死易生〔四〕。指揮無險阻〔五〕，感激在精誠〔六〕。萬古麒麟閣〔七〕，何曾浪得名〔八〕。

【注】

〔一〕師：軍隊。老：因歷時長久而疲憊困乏。《左傳・僖公三十三年》：「勞師費財。」杜預注：「師久爲老。」

〔二〕「秋至」句：古代北方遊牧民族往往在秋高馬肥之際南侵掠奪。句言雖到敵人常犯之秋季，但金軍仍然未加重視。

〔三〕財思義：臨財思義。

〔四〕死易生：效死輕生。二句言只要主帥平時疼愛部卒，分配財物有情義，那麼將士們就會在險絕處奮勇獻身。

〔五〕「指揮」句：言將士服從指揮，勇往直前，所向無敵。

〔六〕精誠：真誠。《莊子·漁父》：「真者，精誠之至也，不精不誠，不能動人。」《後漢書·廣陵思王劉荆列傳》：「精誠所加，金石爲開。」

〔七〕麒麟閣：漢代閣名。在未央宮中。漢宣帝圖霍光等十一功臣像於閣上，以表揚其功績。

〔八〕浪：隨意亂爲。

又

簡易軍中事〔一〕，川原入望多。草平鋪碧錦，山遠出青螺〔二〕。遠愧桃花水〔三〕，重臨杏子河〔四〕。去年關塞意，蕭颯起悲歌〔五〕。

【注】

〔一〕「簡易」句：言軍旅之中輕裝疾行，一切從簡。

〔二〕青螺：喻青山。唐劉禹錫《望洞庭》：「遥望洞庭山水翠，白銀盤裏一青螺。」

〔三〕桃花水：即桃花汛。《漢書·溝洫志》：「如使不及今冬成，來春桃華水盛，必羨溢，有填淤反壤之害。」顔師古曰：「《月令》：『仲春之月，始雨水，桃始華。』蓋桃方華時，既有雨水，川谷冰泮，衆流猥集，波瀾盛長，故謂之桃華水耳。」金時在西北邊築長城，壘内外牆，下挖溝。後溝多掩合，勞而無功，句疑指此。

〔四〕杏子河：又名龍尾河，源出陝西省靖邊縣南，東南流經安塞縣，又東至延安入延水。

〔五〕蕭颯：淒涼。

又

赤碉蟠雙闕〔一〕，青山壯一門。放歌遊遠目，箕踞得高原〔二〕。地險勞天設，邊戈厭日屯〔三〕。廟謨新控扼，萬里可雄吞〔四〕。

【注】

〔一〕蟠：屈曲，環繞。雙闕：古代宮殿、祠廟、陵墓前兩邊高臺上的樓觀。此處用以狀赤碉之貌。

〔二〕箕踞：隨意張開兩腿坐着，形似簸箕。

〔三〕邊戈：代稱邊兵。日屯：天天戍守。

〔四〕廟謨：即廟算。《後漢書·光武紀贊》：「明明廟謨，赳赳雄斷。」李善注：「廟謨，廟算也。」指朝廷或帝王對戰事進行的謀劃。《孫子·始計》：「夫未戰而廟算勝者，得算多也；未戰而廟算不勝者，得算少也。」張預注：「古者興師命將，必致齋於朝，授以成算，然後遣之，故謂之廟算。」控扼：控制。宋司馬光《張巡評》：「攻城拔邑之衆，斬首捕虜之多，非功也。控扼天下之咽喉，蔽全天下之大半，使其國家定於已傾，存於既亡，斯可謂之功矣。」

又

官舍暫投轄〔一〕，塞垣還着鞭〔二〕。路移新歲月，心醉好山川。方丈何由到〔三〕，桃源恐浪傳〔四〕。相看不隔水，遺恨惜他年〔五〕。

【注】

〔一〕官舍：專門接待來往官員的賓館。轄：車軸的鍵，去轄則車不能行。典出《漢書·陳遵傳》。此處取卸鞍投宿、稍作駐留之意。

〔二〕塞垣：本指漢代爲抵禦鮮卑所設的邊塞。後泛指北方邊境地帶。着鞭：快馬加鞭。

〔三〕方丈：傳説中的東海神山名，仙人所居之處。

〔四〕桃源：桃花源，晉陶潛《桃花源記》所寫的世外桃源、理想社會。浪傳：空傳；妄傳。杜甫《得舍弟消息》其二：「浪傳烏鵲喜，深負鶺鴒詩。」仇兆鼇注：「弟不能歸，空傳烏鵲之喜。」

〔五〕遺恨：事情過後的悔恨。二句言此地的大好河山不用像東海仙山那樣隔水相望，定要就近盡情觀賞，不然將來會惋惜後悔的。

又

翡翠長松秀〔一〕，氍毹細草斑〔二〕。屢經新渡水，不數舊看山。太華愁登陟〔三〕，終南費引攀〔四〕。豈知圖畫景，長在馬蹄間。

【注】

〔一〕翡翠：即硬玉。色彩鮮豔的天然礦石，以翠緑色居多。此狀松樹之顏色。

〔二〕氍毹：一種毛織或混織的毯子。可用作地毯、壁毯、牀毯、簾幕等。此形容小草五顏六色，斑駁好看。

〔三〕太華：西嶽華山。因其西有少華山，故稱太華。登陟：登攀。

〔四〕終南：一稱南山，秦嶺主峰之一，在陝西省西安市南。

北行二首

卸鞍休馬倦〔一〕，解橐罷駞鳴〔二〕。細雨侵衣急，長郊入卧平。溪喧看水滿，山黑厭雲生。莫怪龍行數〔三〕，應知欲洗兵〔四〕。

【注】

〔一〕卸鞍：解下馬鞍。

〔二〕解橐：卸下口袋等行李。駞：馱運行李的駱駝。

〔三〕龍行：俗語「龍行有雨」。數：屢次。

〔四〕洗兵：傳説周武王出師遇雨，認爲是老天洗刷兵器，後擒紂滅商，戰爭停息。事見漢劉向《説苑·權謀》。後以「洗兵」表示結束戰爭，天下太平。

又

比歲頻分甲〔一〕，今年賀息兵。競誇新戰士，誰識舊書生。北塞甘長別，南天欲遠征〔二〕。二年迎復送，空媿泰州城〔三〕。

【注】

〔一〕比歲：近幾年來。分甲：分授盔甲兵械，代指作戰。

〔二〕「南天」句：言朝廷準備征伐南宋。泰和四年南宋權臣韓侂胄議伐金，故有此句。

〔三〕泰州：《金史·地理上》：「泰州，德昌軍節度使……大定二十五年罷之。承安三年復置於長春縣（今吉林省大安市）。」王慶生《金代文學家年譜》據此認爲隆州郡軍任滿後改官泰州，任東北路招討司幕官，時在泰和三年。按此，詩作於泰和五年。

山丹花〔一〕

浪蕊誰能記〔二〕，山丹舊所聞。卷花翻碧草，低地落紅雲。塞雨沾衣久，溪風入把勤〔三〕。莫言羌婦醜〔四〕，誰識漢昭君〔五〕。

【注】

〔一〕山丹花：野生花卉，屬百合科，在北方分布極廣。春末夏初開花，花下垂，花瓣向外反卷，色澤鮮紅，清香美麗。

〔二〕浪蕊：盛開的花。亦指只開花而不結實的空花。

〔三〕「塞雨」二句：言儘管塞雨沾衣，溪風透骨，仍貪愛山丹花，殷勤把玩，戀戀不舍。

〔四〕羌婦：羌族婦女。指邊塞的少數民族婦女。

〔五〕漢昭君：漢元帝時宫女王昭君，以貌美著稱。二句借喻山丹花在塞外衆芳蕪荒之地，仍能美豔絶倫，卻無人識别愛憐。有孤芳自賞，不爲世知之意。

春日即事〔一〕

凍柳僵榆未改容，狐裘貂帽尚宜風。欲尋把酒渾無處〔二〕，春在鳴鳩谷谷中〔三〕。

【注】

〔一〕即事：以當前事物爲題材的詩。

〔二〕渾：全。

〔三〕鳴鳩：即斑鳩。《吕氏春秋·季春》：「鳴鳩拂其羽，戴任降于桑。」高誘注：「鳴鳩，班鳩也。」谷谷：即咕咕，象聲詞。狀禽鳥鳴叫聲。

寄金山老〔一〕

庭前雙柏樹，作别似晨朝〔二〕。書信隨溪茗〔三〕，音聲落海潮〔四〕。嶺雲閑可玩，邊月苦無憀〔五〕。相見愁他日，風沙兩鬢凋。

【注】

〔一〕金山老：其人不詳。

〔二〕晨朝：早晨參拜。

〔三〕溪茗：剡溪茗。古代名茶。唐釋皎然《飲茶歌誚崔石使君》：「越人遺我剡溪茗，采得金芽爨金鼎。」

〔四〕「音聲」句：言烹煮友人寄贈溪茗，其聲如潮退之聲。

〔五〕無憀：無聊。

寄王子明〔一〕

病起身仍懶，眠多意尚迷。筆成今夕把，書似隔年題。久恨心期阻〔二〕，難邀物理齊〔三〕。

燈花應解事〔四〕，岑寂向人低〔五〕。

【注】

〔一〕王子明：王晦，字子明，澤州高平（今山西省高平市）人。明昌二年進士。布衣時以慷慨任俠名聞於時。後守順州，以節死。詔贈榮禄大夫、樞密副使。入《金史》忠義傳。劉祁《歸潛志》卷一〇有小傳。

〔二〕心期：心願，心意。

〔三〕物理齊：《莊子·齊物論》認爲宇宙間一切事物，如生死壽夭、是非得失、物我有無等，都應當同等看待。句言自己難以達到忘我齊物的境界。

〔四〕燈花：燈心餘燼結成的花狀物。解事：懂事。

〔五〕岑寂：寂寞，孤獨冷清。

無題

西風吹白水，日暮動寒威〔一〕。野帳收旗盡，奚兒飲馬歸〔二〕。梢梢聞鳥過〔三〕，慘慘見雲飛〔四〕。夜黑多貙虎，荒村定敢依〔五〕。

【注】

〔一〕寒威：嚴寒的威力。

〔二〕奚兒：奚族少年。奚族分布在今内蒙古西拉倫河流域。入遼後漸被契丹人同化。

〔三〕梢梢：勁挺貌。《文選·謝朓·酬王晉安》：「梢梢枝早勁，塗塗露晚晞。」吕向注：「梢梢，樹枝勁彊無葉之貌。」

〔四〕慘慘：昏暗貌。慘，通「黲」。《文選·王粲·登樓賦》：「風蕭瑟而並興兮，天慘慘而無色。」李善注：「《通俗文》曰：『暗色曰黲。』慘與黲古字通。」

〔五〕定：究竟。見張相《詩詞曲語辭彙釋》。句言這偏僻荒涼、人煙稀少的荒村，是否安全，究竟敢不敢入住。

萱草〔一〕

萬里黄萱好，風煙接路傍。跡疏雖異域〔二〕，心密竟中央〔三〕。染練成初色〔四〕，移瓶得細香。客愁無路遣，始爲看花忘〔五〕。

【注】

〔一〕萱草：俗稱金針菜、黄花菜。古人以爲種植此草，可以使人忘憂，因稱忘憂草。

〔二〕異域：指塞外。句言萱草因生長於塞外而不茂盛，株叢稀疏。

〔三〕中央：黄色。古人以五方五色配五行，中央爲土，黄色，故稱。句言萱草用心細密，爭先恐後竟開黄花。

〔四〕「染練」句：言黄花色彩鮮豔如同剛染成的布帛。

〔五〕「客愁」二句：言客居塞外之愁無法排遣，因看萱草才得忘憂。

得家書

窮愁非昔境，白髮有深根。淚破孤城郡，書來萬里村〔一〕。雁聲寒日夜，秋色老乾坤〔二〕。爲問遊方子〔三〕，何時慰倚門〔四〕。

【注】

〔一〕「淚破」二句：言在塞外孤城頻危之地，得到來自萬里之外的家書，淚水奪眶而出。北周庾信《寄王琳》：「獨下千行淚，開君萬里書。」

〔二〕「雁聲」二句：句式效李白《秋登宣城謝朓北樓》：「人煙寒橘柚，秋色老梧桐。」

〔三〕遊方子：遠遊他方的人。

〔四〕倚門：謂父母望子歸來之心殷切，此處代父母。《戰國策·齊策六》：「王孫賈年十五，事閔王。王出走，失王之處。其母曰：『女朝出而晚來，則吾倚門而望；女暮出而不還，則吾倚閭而望。』」

書齋

夜雨書齋冷，西風木葉拋〔一〕。暗蛩侵壞壁〔二〕，低雁落寒郊。壯志初嘗膽〔三〕，吾生豈繫匏〔四〕。草玄雖閉户，未用客相嘲〔五〕。

【注】

〔一〕木葉：樹葉。

〔二〕蛩：蟋蟀。

〔三〕嘗膽：比喻刻苦自勵，發憤圖强。語出越王勾踐「卧薪嘗膽」。

〔四〕繫匏：比喻隱居未仕或棄置閒散。語出《論語·陽貨》：「吾豈匏瓜也哉，焉能繫而不食？」因匏瓜味苦，故常被棄置不食。

〔五〕「草玄」二句：用西漢揚雄典故。《漢書·揚雄傳下》：「哀帝時，丁傅、董賢用事，諸附離之者或起家至二千石。時雄方草《太玄》，有以自守，泊如也。或嘲雄以玄尚白，而雄解之，號曰《解嘲》。其辭曰：客嘲揚子曰：……意者玄得毋尚白乎，何爲官之拓落也。」後因以「草玄」謂淡於勢利，潛心著述。閉户：指不預外事，刻苦讀書。揚雄宦途失意，人罕至其門，閉户著書。客相嘲：即客嘲。謂別人的嘲笑。

聞蟬

冥機辭委蜕〔一〕，天籟發幽嘶〔二〕。迥露增晨洗〔三〕，清風借晚攜〔四〕。暫成千里隔，還作一枝低。客思饒相觸，愁時故不齊。

【注】

〔一〕冥機：猶天機，天意。委蜕：指蟬由幼蟲蜕化而成。

〔二〕天籟：自然界的聲響，如風聲、鳥聲、流水聲等。此指蟬聲之清揚動聽。

〔三〕「迥露」句：蟬以吸樹汁爲生。古代認爲蟬棲高吸露，唐虞世南《蟬》有「垂緌飲清露」之句。句言高樹上的晨露將蟬清洗得更加高潔。

〔四〕「清風」句：反用唐虞世南《蟬》「居高聲自遠，非是藉秋風」詩意，言蟬的夜鳴聲借助清風傳播得更遠。

晚陰不成〔一〕

落日明西極，高雲暗朔方〔二〕。樓臺分照耀，宇宙一蒼茫〔三〕。不借蛟龍便〔四〕，虚成燕雀忙。何須遣雷怒〔五〕，鬱鬱繞高梁〔六〕。

【注】

〔一〕晚陰：傍晚時分的陰雲。

〔二〕朔方：北方。

〔三〕蒼茫：廣闊無邊的樣子。

〔四〕蛟龍：古代傳説的兩種動物，居深水中。相傳蛟能發洪水，龍能興雲雨。

〔五〕雷怒：指雷聲轟大。

〔六〕「鬱鬱」句：暗用《列子·湯問》「餘音繞梁，三日不絶」典。鬱鬱：指雷聲的深沉重烈，震盪回旋。

竇氏園亭二首

雲樹春秋色，風泉日夜聲。過庭高幕暗〔一〕，吹簟轉雷驚〔二〕。翠袖擎詩罷〔三〕，銀壺得酒傾。平生耽野趣〔四〕，到此眼偏明〔五〕。

【注】

〔一〕「過庭」句：言庭屋之高深。

〔二〕簟：竹名。此代指管樂聲。

〔三〕翠袖：青緑色衣袖。也指女子。宋辛棄疾《水龍吟·登建康賞心亭》：「倩何人喚取，紅巾翠袖，揾英雄淚?」句言侍女在酒宴上手持客人寫的詩歌演唱完畢。

〔四〕耽:沉溺,入迷。野趣:野逸的情趣。

〔五〕眼明:指眼前突然發亮,狀意外或激動貌。偏:特。

又

磴鑿蒼崖破〔一〕,池通碧澗流。憩深憐洞室〔二〕,吟穩憶扁舟〔三〕。谷口堪高隱〔四〕,河梁厭遠遊〔五〕。卜居真此地〔六〕,幽寂更何求〔七〕。

【注】

〔一〕磴:即石臺階。

〔二〕憩:歇息。句言在山洞石室中歇脚時久,就喜歡上它。

〔三〕扁舟:小船。句言乘扁舟時詩興大發,詩作工穩妥帖,就追戀這種情形。

〔四〕「谷口」句:晉皇甫謐《高士傳》卷中:「鄭樸,字子真,谷口人也。修道靜默,世服其清高。成帝時,元舅大將軍王鳳以禮聘之,遂不屈。揚雄盛稱其德,曰:『谷口鄭子真,耕於巖石之下,名振京師。』馮翊人刻石祠之,至今不絕。」句借用此典,實指竇氏園亭中山谷之口。

〔五〕「河梁」句:舊題漢李陵《與蘇武》其三:「攜手上河梁,遊子暮何之……行人難久留,各言長相思。」句借用此典,言竇氏園水之佳,讓人眷戀。

〔六〕卜居：擇地居住。

〔七〕幽寂：清靜。

即事二首〔一〕

南苑霓旌動繚牆〔二〕，天街蓮燭照修廊〔三〕。斗南絳氣風吹盡〔四〕，小雨濛濛濕建章〔五〕。

【注】

〔一〕即事：以當前事物爲題材之詩。

〔二〕南苑：御苑名。因在皇宫之南，故名。霓旌：綴有五色羽毛的旗幟，爲古代帝王儀仗之一。亦借指帝王。杜甫《哀江頭》：「憶昔霓旌下南苑，苑中萬物生顏色。」繚牆：圍牆。

〔三〕天街：京城中的街道。唐韓愈《早春呈水部張十八員外》其一：「天街小雨潤如酥，草色遥看近卻無。」蓮燭：猶蓮炬，蓮花形的蠟燭。修廊：長廊。

〔四〕斗南：北斗星以南。猶言中國或海内。語出《新唐書·狄仁傑傳》：「狄公之賢，北斗以南，一人而已。」絳氣：赤色霞光。句言宫城以南的蓮燭之光被風吹滅。

〔五〕建章：建章宫的省稱。漢代長安宫殿名。《三輔黄圖·漢宫》：「武帝太初元年，柏梁殿災。粤巫勇之曰：『粤俗，有火災即復大起屋，以厭勝之。』帝於是作建章宫，度爲千門萬户。宫在未央宮西，長安城外。」

又

楊花顛倒入簾櫳〔一〕，睡鴨香殘碧霧空〔二〕。盡日尋詩尋不得，鵓鴣聲在夢魂中〔三〕。

【注】

〔一〕顛倒：迴旋翻轉。

〔二〕睡鴨：古代一種香爐。銅製，狀如卧鴨，故名。

〔三〕鵓鴣：鳥名。又稱鵓鳩。宋陸游《東園晚興》：「竹雞群號似知雨，鵓鴣相喚還疑晴。」

代書寄大元伯〔一〕

南園臘蟻記同傾〔二〕，一紙書來萬里情。日夜愁心隨柳色，東風吹滿大梁城〔三〕。

【注】

〔一〕代書：替别人撰寫信件、詩文。大元伯：其人不詳。

〔二〕臘蟻：即臘酒。蟻，酒面上的浮沫，代稱酒。

〔三〕大梁：古地名。戰國魏都。在今河南省開封市西北。隋唐以後，通稱今開封市爲大梁。二句奪胎於李白《聞王昌齡左遷龍標遥有此寄》：「我寄愁心與明月，隨君直到夜郎西。」

和路宣叔《梅》〔一〕

月底明肌粲壽陽〔二〕，道人呼入竹西堂〔三〕。安排臘味千鍾酒〔四〕，消破春風萬斛香〔五〕。花鳥有情應見惜，蛾眉傾國故難藏〔六〕。西湖骨朽東坡遠〔七〕，又爲君詩惱一場〔八〕。

【注】

〔一〕路宣叔：路鐸，字宣叔。冀州信度（今河北省冀州市）人。歷官右拾遺、監察御史、翰林待制等職。貞祐二年，調孟州防禦使，城陷，投沁水死。爲人剛正，有直臣風。長於詩文，有《虛舟居士集》。《金史》卷一〇〇有傳，《中州集》卷四有小傳。路鐸梅詩《中州集》未收，已佚。

〔二〕壽陽：壽陽公主。梅花妝第一人。《太平御覽》卷三〇《時序部·十五·人日》引《雜五行書》：「宋武帝女壽陽公主人日卧於含章殿檐下，梅花落公主額上，成五出花，拂之不去。皇后留之，看得幾時，經三日，洗之乃落。宫女奇其異，竟效之，今梅花妝是也。」

〔三〕道人：學道之人，此指路化。竹西堂，當是路氏家中實有。

〔四〕臘味：臘月釀的酒。杜甫《正月三日歸溪上有作簡院内諸公》：「蟻浮仍臘味，鷗泛已春聲。」

〔五〕消破：安排。春風：指茶。宋黄庭堅《謝送碾壑源揀牙》：「春風飽識大官羊，不慣腐儒湯餅腸。」

〔六〕「蛾眉」句：用唐白居易《長恨歌》「漢皇重色思傾國，御宇多年求不得。楊家有女初長成，養在深閨人未識。天生麗質難自棄，一朝選在君王側」詩意。傾國：形容女子極其美麗。

〔七〕西湖：代林逋。林逋：字君復，錢塘（今浙江省杭州市）人，北宋詩人。一生未做官，長期隱居西湖孤山，賞梅養鶴，終身不仕，也不婚娶。其《山園小梅》中的「疏影横斜水清淺，暗香浮動月黄昏」是古今傳唱的名句。骨朽：謂死亡已久。東坡：蘇軾號東坡居士。蘇軾寫梅花的詩詞很多，皆形神兼備。

〔八〕君詩：指路鐸《梅》詩。惱：撩撥。宋楊萬里《釣雪舟倦睡》：「無端卻被梅花惱，特地吹香破夢魂。」

新秋

畏日經時暑〔一〕，清秋一夕涼。真堪近燈火〔二〕，不復病衣裳〔三〕。宋玉悲摇落〔四〕，安仁愧老蒼〔五〕。鄙夫那及此〔六〕，睡美百憂忘。

【注】

〔一〕畏日：夏天的太陽，意爲炎熱可畏。語自《左傳·文公七年》：「趙衰，冬日之日也；趙盾，夏日之日也。」杜預注：「冬日可愛，夏日可畏。」經時：歷久。

〔二〕「真堪」句：用「飛蛾投火」典，言喜向温暖。晉支曇諦《赴火蛾賦》：「燭曜庭宇，燈朗幽房。紛紛群飛，翩翩來翔。赴飛燄而體焦，投煎膏而身亡。」晉崔豹《古今注·蟲魚》：「飛蛾善拂燈，一名火花，一名慕光。」

〔三〕病：嫌棄。

〔四〕「宋玉」句：戰國楚宋玉《九辯》：「悲哉，秋之爲氣也！蕭瑟兮，草木摇落而變衰。」杜甫《詠懷古跡五首》其二：「摇落深知宋玉悲。」

〔五〕「安仁」句：潘岳，字安仁，西晉文學家。其《秋興賦序》云：「余春秋三十有二，始見二毛……僕野人也，偃息不過茅屋茂林之下，談話不過農夫田父之客。攝官承乏，猥廁朝列。」句以潘岳拙宦，仕途蹇滯，壯志未酬，未老先衰而自嘲。意同唐杜牧《贈別》：「蘇秦六印歸何日，潘岳雙毛去值秋。」

〔六〕鄙夫：庸俗淺陋的人。此爲自稱的謙詞。

靳子温款春亭〔一〕

曾數花鬚傍藥闌〔二〕，春風不到酒杯寬〔三〕。自憐白首荒三徑〔四〕，桃李年年檐上看。

【注】

〔一〕靳子温：其人不詳。

〔二〕药闌：芍药之欄。

〔三〕寬：杜甫《遣悶戲呈路十九曹長》：「晚節漸於詩律細，誰家數去酒杯寬。」仇兆鼇注：「寬，多也。」句明言春風不到，以多飲酒來抵禦寒氣，暗寓恩澤不至，以酒解愁。

〔四〕荒三徑：陶淵明《歸去來兮辭》：「三逕就荒，松菊猶存。」

底柱圖〔一〕

鬼門幽險深百篙，人門逼窄逾兩牢〔二〕。舟人叫渡口流血〔三〕，性命咫尺輕鴻毛。開圖頓覺風雷怒〔四〕，素髪飄蕭激衰腐〔五〕。河來天上石不移〔六〕，安得此心如底柱。

【注】

〔一〕底柱：也作砥柱，山名。在三門峽黄河急流中，其形如柱，故名。現已炸毀。《墨子·兼愛中》：「灑爲底柱，鑿爲龍門。」《中州集》卷九閻長言及元好問皆有《三門集津圖》詩，其圖當即《底柱圖》。畫者不詳。

〔二〕「鬼門」二句：三門峽三門爲南鬼門，中神門，北人門。鬼門、神門頗險，唯人門可行舟。賀敬之《放歌集·三門峽歌》：「神門險，鬼門窄，人門以上百丈崖。」自注：「三門之一『鬼門』巖上，有石坑，狀如馬蹄印。」逼窄：猶狹窄。蘇軾《灩澦堆賦》：「忽峽口之逼窄兮，納萬頃於一盃。」兩牢：

杜甫《秋風》：「秋風淅淅吹巫山，上牢下牢修水關。」上牢指巫峽，下牢指夷陵。

〔三〕「舟人」句：言船隻飛渡三門峽時，艄公於驚險處聲嘶力竭地喊叫。

〔四〕風雷怒：形容風急浪大，濤聲轟隆。元好問《水調歌頭·賦三門津》：「黄河九天上，人鬼瞰重關。長風怒卷高浪，飛灑日光寒。」

〔五〕飄蕭：飛揚貌。衰腐：衰老病弱。

〔六〕河來天上：李白《將進酒》詩句「黄河之水天上來」。

寒林七賢〔一〕

苦寒如此欲何之，雪帽風裘意自奇。縱有清詩三百首〔二〕，未應肯得党家兒〔三〕。

【注】

〔一〕寒林七賢：竹林七賢。魏晉之間陳留阮籍、譙郡嵇康、河内山濤、河南向秀、籍兄子咸、琅邪王戎、沛人劉伶相與友善，常宴集於竹林之下，時人號爲「竹林七賢」。此詩爲題畫詩。

〔二〕清詩：清新的詩篇。杜甫《解悶》之六：「復憶襄陽孟浩然，清詩句句盡堪傳。」

〔三〕肯得：能使滿意。党家兒：當指金中葉著名詩人党懷英。其先祖党進爲宋初著名將領，以膂力隸軍伍，形貌魁岸，淳樸直率，深得宋太祖厚愛。故稱。二句言竹林七賢之詩儘管清新可嘉，但不一定能得到具有雄豪之氣的党懷英的首肯。

過省冤谷〔一〕

嬰兒偃蹇正堪孩〔二〕，换得山西老將回〔三〕。往者不追來不戒〔四〕，莫將家世論人材〔五〕。

【注】

〔一〕省冤谷：谷名。在今山西省高平市。宋樂史《太平寰宇記》卷四四河東道五「高平」：「省冤谷，東西南北各六十步，在縣西北二十五里秦壘西面一百步，即趙括被殺、餘衆四十萬降白起之處。起懼趙變，盡坑之，露骸千步，積血三尺，地名『煞谷』。唐開元十年正月，玄宗行幸，親祭，改名爲『省冤谷』。」

〔二〕嬰兒：初生幼兒。《老子》：「我獨泊兮其未兆，如嬰兒之未孩。」此處代趙括。趙括：戰國時期趙國人，趙國名將趙奢之子。熟讀兵書，但不曉活用，只會紙上談兵。於長平之戰後期代替廉頗擔任趙軍主帥，由於指揮錯誤而使得趙軍全軍覆没，自己也沖陣戰死，趙軍四十萬人盡數被秦將白起活埋。偃蹇：驕傲，傲慢。《左傳·哀公六年》：「彼皆偃蹇，將棄子之命。」杜預注：「偃蹇，驕敖。」孩：用作動詞，當作嬰兒看待。

〔三〕山西老將：《漢書·趙充國辛慶忌傳贊》：「秦漢以來，山東出相，山西出將。」言崤山或華山以西地區迫近羌胡，民俗尚武，名將層出不窮。此指廉頗，戰國末期趙國的名將，與白起、王翦、李牧並稱「戰國四大名將」。曾率兵討伐齊國，取得大勝，奪取了晉陽，趙王封其爲上卿。以勇猛果敢而聞名於諸侯。長平之戰中任趙軍主帥，後爲趙括代替。

〔四〕「往者」句：謂不總結前事之經驗教訓，還是一如既往地沿襲錯誤。此就金朝用兵任人唯親，只用女真人而言。與金末趙元《修城去》「君不見，得一李勣賢長城，莫道世間無李勣」之譏諷金朝用人政策意同。

〔五〕「莫將」句：針對趙括因是名將之子而被驟用爲主帥，沒有實戰經驗而導致全軍覆没的教訓，指出把家庭出身視爲評定人才的標準，是極其錯誤的。

魯直墨跡〔一〕

詩健如提十萬兵，東坡真欲避時名〔二〕。須知筆墨渾閑事〔三〕，猶與先生抵死爭〔四〕。

【注】

〔一〕魯直：黄庭堅，字魯直，北宋詩人、詞人、書法家。詩歌方面，與蘇軾並稱爲「蘇黄」；書法方面，與蘇軾、米芾、蔡襄並稱爲「宋代四大家」。

〔二〕東坡：蘇軾之號。時名：指當時的聲名或聲望。宋元祐詩壇蘇黄並稱，被視爲唐之李杜。後學黄者衆，稱黄優於蘇。蘇軾對黄詩成就頗爲看重，其《送楊孟容》自注云：「效黄魯直體。」
〔三〕筆墨：指書法。渾閑事：猶言尋常不重要之事。
〔四〕抵死：拚死，竭盡全力。

讀柳詩〔一〕

功名翕忽負初心〔二〕，行和騷人澤畔吟〔三〕。開卷未終還復掩〔四〕，世間無此最悲音〔五〕。

【注】

〔一〕柳詩：指唐柳宗元詩。
〔二〕翕忽：猶倏忽。急速貌。《文選·左思·吴都賦》：「神化翕忽，函幽育明。」劉逵注：「翕忽，疾貌。」負：違背。初心：起初之志願。唐韓愈《柳子厚墓誌銘》：少時嗜進，謂功業可就，因得罪權貴。雖名蓋一時而人「畏其才高」，遂致久貶不用。
〔三〕騷人：指屈原。澤畔吟：屈原離開郢都後，十分傷感，于漢北和江南作《哀郢》、《涉江》、《離騷》等詩篇。《楚辭·漁父》：「屈原既放，游於江潭，行吟澤畔。」
〔四〕「開卷」句：謂讀柳詩時感動傷心，不忍卒讀。
〔五〕悲音：悲哀之音。漢王粲《七哀詩》其二：「絲桐感人情，爲我發悲音。」元好問《論詩三十首》之二十：「謝客風容映古今，發源誰似柳州深。朱絃一拂遺音在，卻是當年寂寞心。」

憶劉及之〔一〕

千株何處封君橘〔二〕，二頃誰家負郭田〔三〕。長路風塵空費日〔四〕，故園書札動經年〔五〕。未能免俗真聊爾〔六〕，不爲懷憂亦悄然〔七〕。襟抱何人與開釋〔八〕，論文除得老臞仙〔九〕。

【注】

〔一〕劉及之：劉濤，字及之。夏津（今山東省夏津縣）人。明昌二年同進士出身，用户部尚書孫鐸薦舉入翰林。興定元年致仕。《中州集》卷四有小傳。其與周昂的唱和詩有《和德卿雪詩》。

〔二〕「千株」句：用「橘千頭」典故。《三國志·吴志·孫休傳》「丹陽太守李衡」裴松之注引《襄陽記》：「衡每欲治家，妻輒不聽，後密遣客十人於武陵龍陽汜洲上作宅，種甘橘千株。臨死，敕兒曰：『汝母惡我治家，故窮如是。然吾州里有千頭木奴，不責汝衣食，歲上一匹絹，亦可足用耳。』」李衡呼橘爲奴，畜橘養家。後遂用指可維持生計的些許家産。宋李曾伯《水調歌頭》詞：「人生適意，封君何似橘千頭。」

〔三〕「二頃」句：用蘇秦「二頃田」典。《史記·蘇秦列傳》：「蘇秦喟然歎曰：『……且使我有洛陽負郭田二頃，吾豈能佩六國相印乎？』」

〔四〕「長路」句：言自己長期奔波，風塵僕僕，壯志未酬，白費時力。
〔五〕書札：書信。句言家鄉的書信經常是一年才得一覽。
〔六〕「未能」句：《世説新語・任誕》載，阮咸家貧，七月七日，北阮富人在庭中曬衣，皆紗羅錦綺，阮咸也以竿掛大布犢鼻褌於中庭。人或輕之，答曰：「不能免俗，聊復爾耳。」聊爾：姑且如此。
〔七〕懷憂：憂思鬱結。悄然：憂傷貌。
〔八〕襟抱：襟懷抱負。開釋：解釋，勸解。
〔九〕除得：除非。老臞仙：稱身體清瘦而精神矍鑠的老者。此處代劉濤。

家園

五畝園連竹，三間屋向陽。氣和春浩蕩，心靜日舒長。花鳥成相識，琴書付兩忘〔一〕。陶然一尊酒〔二〕，誰復記羲皇〔三〕。

【注】
〔一〕兩忘：將物我、身世一併忘記。
〔二〕陶然：醉樂貌。晉陶潛《時運》：「揮兹一觴，陶然自樂。」
〔三〕羲皇：伏羲氏。伏羲爲三皇之一，故曰羲皇。指代上古時無憂無慮、閒適的生活。

晚望

獨立孤城上，關山望不休。異鄉驚絶域〔一〕，遠目豁清秋。未擬登樓作〔二〕，空歌出塞愁〔三〕。故園飛鳥外，溪水正南流。

【注】

〔一〕絶域：極遠之地。

〔二〕登樓作：魏王粲《登樓賦》，代指詠歎流落他鄉而懷念故土之作。《文選·王粲·登樓賦》李善注：「盛弘之《荆州記》：當陽縣城樓，王仲宣登之而作賦。」唐劉良注：「仲宣避難荆州，依劉表，遂登江陵城樓，因懷舊而有此作，述其進退危懼之狀。」

〔三〕出塞：指《昭君怨》，琴曲名。相傳爲漢王昭君嫁匈奴後所作。

水南晚眺〔一〕

小徑通沙穩，清溪帶樹深。岸危低白屋，雲近没青岑。灑落高秋氣，飛騰志士心。賦詩增感激，流水是知音〔二〕。

【注】

〔一〕詩首六句：與《溪南》同。注見《溪南》詩。

〔二〕「流水」句：《列子·湯問》：「伯牙善鼓琴，鍾子期善聽。伯牙鼓琴……志在流水，鍾子期曰：『善哉，洋洋兮若江河。』伯牙所念，鍾子期必得之。」後用爲知音難得之典。二句感歎世無知己者。

正月大風雨

風如渤澥勢凌虛〔一〕，寒破貂裘力尚餘。不是化工難倚賴〔二〕，也知青帝有驅除〔三〕。

【注】

〔一〕渤澥：渤海的古稱。凌虛：高升到天空。

〔二〕化工：指自然的造化者。語本漢賈誼《鵩鳥賦》：「且夫天地爲鑪兮，造化爲工。」

〔三〕青帝：又稱蒼帝、木帝。古代神話中五天帝之一，位於東方，爲司春之神。驅除：驅趕，掃除。

弔張益之〔一〕

當年讀書山堂中，夜喜與君燈火同。塵編壞簡如蠹攻〔二〕，弱質鄙鈍煩磨礲〔三〕。新詩如洗露芒鋒，逸氣欲倒浮雲驄〔四〕。輕裘肥馬世上雄〔五〕，吾徒一飯嘗未充。君如孔翠愁彫籠〔六〕，我亦哀鴻避鳴弓〔七〕。孤城一别天西東，幾見黄葉飛霜風。寄書無由魂夢通，西望落日銜千峰。他時雲雨儻相逢，猶思驚雷起池龍〔八〕。鬼神無賴欺天公，哀哉若人竟死窮〔九〕。自聞君亡阜生胸〔一〇〕，上訴九關無路從〔一一〕。百年過眼如轉蓬〔一二〕，夢時憂樂覺即空。長夜漫漫何時終，作詩寄哀投殯宫〔一三〕。别本長夜漫漫何時終爲落句。

【注】

〔一〕張益之：周昂同窗好友。

〔二〕「塵編」句：言書籍因翻閲頻繁破爛得像蟲蠹一樣。

〔三〕磨礲：二種質地和顔色不同的磨石。句言自己禀賦愚笨有賴讀書砥礪。

〔四〕逸氣：飄逸不群之氣。浮雲驄：駿馬。《西京雜記》卷二：「文帝自代還，有良馬九匹，皆天下之駿馬也，一名浮雲。」

〔五〕輕裘肥馬：穿着輕暖的皮袍，乘着肥馬拉的車。形容富貴豪華的生活。

〔六〕孔翠：孔雀和翠鳥。《文選·左思·蜀都賦》：「孔翠群翔，犀象競馳。」李善注：「孔，孔雀也；翠，翠鳥也。」代指精英。彫籠：雕花的精美鳥籠。此處代束縛。

〔七〕「我亦」句：用「驚弓之鳥」典。《戰國策·楚策四》：更嬴與魏王處京臺之下，仰見飛鳥，更嬴謂魏王曰：「臣爲王引弓虚發而下鳥。」有間，雁從東方來，更嬴以虚發而下之。魏王曰：「然則射可至此乎？」對曰：「其飛徐而鳴悲。飛徐者，故瘡痛也；鳴悲者，久失群也。故瘡未息而驚心未去也，聞絃音引而高飛，故瘡隕也。」

〔八〕「他時」二句：《三國志·吴書·周瑜傳》：「劉備以梟雄之姿，而有關羽、張飛熊虎之將，必非久屈爲人用者……恐蛟龍得雲雨，終非池中物也。」

〔九〕若人：其人。張益之天賦傑出，故視爲天公之人。死窮：死於不得志。

〔一〇〕阜生胸：言悲憤鬱結如土山生胸，猶骨鯁在喉。

〔一一〕九關：謂九重天門或九天之關。《楚辭·招魂》：「魂兮歸來，君無上天些。虎豹九關，啄害下人些。」王逸注：「言天門凡有九重，使神虎豹執其關閉。」王夫之通釋：「九關，九天之關。」

〔一二〕百年：一生，終身。轉蓬：隨風飄轉的蓬草。

〔一三〕殯宫：停放靈柩的房舍。或指墳墓。

黄山趙先生渢 三十首

渢字文孺，第進士。明昌末，終於禮部郎中。性冲澹〔一〕，學道有得，黄山其自號也。閑閑趙公云〔二〕：「黄山正書體兼顔蘇〔三〕，行草備諸家體，超放又似楊凝式〔四〕，當處黄魯直、蘇才翁伯仲間〔五〕。党承旨篆〔六〕，陽冰以來一人而已〔七〕。而以黄山配之，至今人謂之『党趙』。」有《黄山集》行於世。《涼陘》云：「峨峨景明宫，五雲湧蓬萊。山空白晝永，野曠清風來。」《放遠亭》云：「晴日未消千嶂雪，暖風先放一川花。青天低處是平野，白鳥去邊明落霞。」《秦村道中》云：「桃花都被風吹卻，楊柳似將煙染成。」其餘多稱此。

【注】

〔一〕冲澹：冲和淡泊。

〔二〕閑閑趙公：趙秉文（一一五九——一二三二），字周臣，晚號閑閑老人。磁州滏陽（今河北省磁縣）人。大定二十五年進士，累拜禮部尚書、翰林學士。能詩文，又工草書，著有《閑閑老人滏水文集》。《金史》卷一一〇、《中州集》卷三有傳。

〔三〕正書：楷書。顔蘇：唐宋書法家顔真卿和蘇軾。顔真卿，字清臣。琅邪臨沂（山東省臨沂市）人，封魯郡公，世稱「顔魯公」。唐代書法家。與歐陽詢、柳公權、趙孟頫並稱「楷書四大家」。新、舊唐書有傳。

〔四〕楊凝式（八七三——九五四）：字景度，號虛白，華陰人。五代時著名書法家。初學歐陽詢、顔真卿，後學王羲之、王獻之，一變唐法，用筆奔放奇逸，令人耳目一新。他是書法史上承唐啟宋的重要人物，「宋四家」都深受其影響。新舊五代史有傳。《珊瑚網》卷二四上蘇軾評其書法云：自顔柳氏没，筆法衰絶，加以唐末喪亂，人物凋落，文采風流掃地盡矣。獨楊公凝式，筆跡雄傑，有二王顔柳之餘，此真可謂書之豪傑，不爲時世所汩没者。

〔五〕黄魯直：黄庭堅，字魯直，北宋詩人、詞人、書法家。詩歌方面，與蘇軾並稱爲「蘇黄」；書法方面，與蘇軾、米芾、蔡襄並稱爲「宋代四大家」。蘇才翁：蘇舜元（一〇〇六——一〇五四），字才翁。蘇舜欽兄。爲人精悍任氣節，爲歌詩亦豪健，尤善草書。事見《宋史·文苑傳四·蘇舜欽傳》。

〔六〕党承旨：党懷英（一一三四——一二一一），字世傑，號竹溪，祖籍馮翊（今陝西省馮翊縣）人，後居奉符（今山東省泰安市）。大定十年進士，官至翰林學士承旨，世稱「党承旨」。工詩善文，兼工篆籀，著有《竹溪集》三十卷。《金史》卷一二五有傳，《中州集》卷三有小傳。

〔七〕陽冰：李陽冰，字少温，譙郡（治今安徽亳州）人。官至國子監丞、集賢院學士，世稱少監。唐代書法家，以篆學名世，精工小篆，圓淳瘦勁，被譽爲李斯之後小篆第一人。

晚宿山寺

松門明月佛前燈〔一〕，庵在孤雲最上層〔二〕。犬吠一山秋意靜〔三〕，敲門時有夜歸僧〔四〕。

【注】

〔一〕松門：以松枝編搭的門。猶柴門。門前有松樹也可稱松門。此處指寺門，當取後者。

〔二〕庵：小廟。

〔三〕「犬吠」句：用唐王籍《至若耶溪》「蟬噪林逾靜，鳥鳴山更幽」意境。

〔四〕「敲門」句：用唐賈島《題李凝幽居》「僧敲月下門」意境。

僊和尚坐脱〔一〕

識得從來覺性圓〔二〕，西歸隻履更翛然〔三〕。永嘉穩步曹溪路〔四〕，臨濟飽參黄檗禪①〔五〕。桶底脱時無一物〔六〕，機輪轉處有三玄〔七〕。火中留得一莖草〔八〕，依舊光明爍大千〔九〕。

【校】

① 黄檗：原作「黄柏」，據毛本改。

【注】

〔一〕坐脱：即坐化。謂佛教徒端坐安然而死。元耶律楚材《寄萬松老人書》：「又安知視死生如逆旅，坐脱立亡，乃衲僧之餘事耳。」

〔二〕覺性：佛教語。謂能斷離一切迷惘而開悟真理的本性。

〔三〕隻履：用禪宗初祖菩提達摩「隻履西歸」典故。《景德傳燈録》卷三：達摩因人所嫉而屢遭毒害，一連幸免五次，至第六次，以化缘已畢，遂不復救之，端居而逝。三載後，魏臣宋雲奉使西域，於葱嶺見手攜只履的菩提達摩。問其何往，對曰：西天去。宋雲歸來，向孝宗奏明其奇遇。詔令開棺驗屍，僅一隻革履存焉。詔令取遺履於少林寺供養。翛然：超脱貌。《莊子・大宗師》：

「倏然而往，倏然而來而已矣。」成玄英疏：「倏然，無繫貌也。」

〔四〕永嘉：永嘉禪師。法名玄覺，號一宿覺，温州人。六祖慧能弟子。唐李邕《神道碑》：「有六祖以來，禪師頗衆，顯者三人：南嶽懷讓、清源行思、永嘉宿覺也。」曹溪：禪宗南宗別號。以六祖慧能在曹溪寶林寺説法而得名。唐柳宗元《曹溪大鑒禪師碑》：「凡言禪，皆本曹溪。」

〔五〕臨濟：臨濟義玄，六祖慧能的六世法孫。從黄檗希運禪師學法三十三年，之後往鎮州（今河北省正定縣）滹沱河畔建臨濟院，弘揚希運禪師所倡禪宗新法。黄檗：黄檗禪師，時人稱黄檗希運。福建福清人，唐代高僧。於洪州黄檗山大弘禪法，有《傳心法要》、《宛陵録》等傳世，開創了臨濟宗禪風。

〔六〕桶底脱時：禪宗因以喻悟脱之境。《五燈會元·長蘆清了禪師》：「師一日入廚看煮麵次，忽桶底脱。衆皆失聲曰：『可惜許！』師曰：『桶底脱自合歡喜，因甚麼卻煩惱？』」

〔七〕機輪轉處：指禪家開示學人的機鋒變換。三玄：臨濟義玄禪師接引學人之方法。《臨濟語録》：一句語須具三玄門，一玄門須具三要，有權有用。即體中玄，句中玄，玄中玄。

〔八〕一莖草：又作一枝草。形容微細之物。佛教用語。《趙州和尚語録》：「老僧把一枝草作丈六金身用，把丈六金身作一枝草用。」句謂和尚已悟得圓滿覺性，不拘生死，等無障礙。

〔九〕大千：三千大千世界之省稱，佛教語。指廣闊無邊的世界。

黄山道中〔一〕

小穀城荒路屈盤〔二〕，石根寒碧漲秋灣〔三〕。千章秀木黄公廟〔四〕，一點飛雲白塔山。好景落誰詩句裏，蹇驢駝我畫圖間〔五〕。膏肓泉石真吾事〔六〕，莫厭乘閑數往還。

【注】

〔一〕黄山：一名穀城山，在山東東阿縣東北五里處。因山上石色頗黄，又稱黄山。上有黄石公廟。《水經注》載：「谷有黄石臺，黄石與子房（張良）期處也。」

〔二〕屈盤：盤曲，曲折盤繞。

〔三〕石根：巖石的底部；山脚。寒碧：指深淨的秋水，因碧爲冷色，故稱。

〔四〕千章：指大樹千株。黄公廟：黄石公廟，在穀城山。《史記·留侯世家》載：「圯上老人」三試張良後，授與《素書》。臨别言：十三年後，在濟北穀城山下，黄石公即我矣。張良熟讀所授兵書後，助漢高祖奪得天下，從高祖過濟北，在穀城山果見黄石，遂爲之立廟祀之，即黄石公祠。唐人李卓《黄石公祠記》載：「秦滅六國，遂併區宇。張良哀韓之亡，怒秦之暴，義感天地，降神於圯。神授良之書，良爲帝師。滅秦報韓，成功遂志，祠黄石於濟北穀城山下。」

〔五〕「好景」二句：趙渢詩歌名句。劉祁《歸潛志》卷八：「黄山嘗於黄山道中作詩，有云：『好景落誰詩句裏，蹇驢馱我畫圖間。』世號『趙蹇驢』。」後李遹爲其畫黄山蹇驢圖，趙秉文作《題李平夫所畫黄山蹇驢詩圖》二首：「浮光林杪水參差，意想先生得句時。千古黄山山下路，蹇驢不是少人騎。」「三十年前濟水東，詩中曾識蹇驢翁。而今畫出推敲勢，卻恐相逢是夢中。」

〔六〕膏肓：比喻難治的病症。《左傳·成公十年》：「疾不可爲也，在肓之上，膏之下，攻之不可，達之不及，藥不至焉，不可爲也。」杜預注：「肓，鬲也。心下爲膏。」膏肓泉石：亦作「泉石膏肓」。形容熱愛山林泉水已成爲難以改變的頑症痼疾。

郊外

迥野饒秋色〔一〕，高臺半夕陽。鷗眠沙渚静，鳥没嶺雲長。薄宦違幽興〔二〕，浮生更異鄉〔三〕。歲華成白首〔四〕，丘壑愈難忘〔五〕。

【注】

〔一〕迥野：曠遠的原野。

〔二〕薄宦：卑微的官職。晉陶潛《尚長禽慶贊》：「尚子昔薄宦，妻孥共早晚。」逯欽立注：「薄宦，作下吏。」幽興：幽雅的興味。

〔三〕「浮生」句：語本《莊子·刻意》：「其生若浮，其死若休。」以人生在世，虚浮不定，故稱。

〔四〕歲華：時光，年華。南朝梁沈約《卻東西門行》：「歲華委徂貌，年霜移暮髮。」

〔五〕丘壑：泛指山水幽美、可隱居的地方。

貢院中懷山中故居〔一〕

歲晚西溪路，誰過舊草堂。苔紋侵柱礎〔二〕，竹色度鄰牆。白首光陰疾，青山意緒長〔三〕。相思老兄弟，夜夜夢還鄉。

【注】

〔一〕貢院：科舉時代考試士子的場所。唐李肇《唐國史補》卷下：「開元二十四年，考功郎中李昂，爲士子所輕詆。天子以郎署權輕，移職禮部，始置貢院。」趙渢知貢舉，當在大定、明昌間。

〔二〕柱礎：承柱的礎石；柱下的基礎。唐岑參《敬酬李判官使院即事見呈》：「草根侵柱礎，苔色上門關。」

〔三〕意緒：心意，情緒。南朝齊王融《詠琵琶》：「絲中傳意緒，花裏寄春情。」

貢院聞雨〔一〕

燈暗風翻幔〔二〕，蛩吟葉擁牆。人如秋已老，愁與夜俱長。滴盡堦前雨〔三〕，催成鏡裏霜〔四〕。黄花依舊好〔五〕，多病不能觴〔六〕。

【注】

〔一〕詩題：此詩爲趙渢知貢舉時在貢院的唱和之作。党懷英《次文孺韻》，即次此詩韻而作。

〔二〕幔：遮擋門窗的布簾。

〔三〕「滴盡」句：雨滴臺階是唐宋詩詞中常用意象，如唐温庭筠《更漏子·玉爐香》：「梧桐樹，三更雨，不道離情正苦。一葉葉，一聲聲，空階滴到明。」宋蔣捷《虞美人·聽雨》：「而今聽雨僧廬下，鬢已星星也。悲歡離合總無情，一任階前，點滴到天明。」等等。

〔四〕鏡裏霜：指白髮。

〔五〕黄花：指菊花。

〔六〕觴：酒杯。作動詞用，指飲酒。

聚遠臺

獨上平臺上，風雲萬里來。青山一尊酒，落日未能回。

秋日感懷

歲月不相饒，秋風颯已至〔一〕。蚊雷稍收聲〔二〕，團扇且復置。久雨不宜人〔三〕，新涼差快意〔四〕。數篇東皋詩〔五〕，引我北窗睡〔六〕。林泉久隔闊〔七〕，塵土作憔悴〔八〕。但有適人適，何嘗事吾事〔九〕。一貧既忘懷〔一〇〕，所好無不遂〔一一〕。世無陶靖節〔一二〕，何人知此味。

【注】

〔一〕颯：風聲。

〔二〕蚊雷：蚊群飛時所發出的巨大聲音。《漢書·劉勝傳》：「衆喣漂山，聚蟁成靁。」顔師古注：「蟁，古蚊字；靁，古雷字。言衆蚊飛聲有若雷也。」收聲：止聲；銷聲。《禮記·月令》：「是月也，日夜分，雷始收聲。」

〔三〕宜人：謂合人心意。杜甫《寄楊五桂州譚》：「五嶺皆炎熱，宜人獨桂林。」

〔四〕差：稍微，略微。

〔五〕東皋：王績，號東皋子。絳州龍門（今山西省河津市）人。唐貞觀初，以疾罷歸河渚間，躬耕東皋，自號「東皋子」。性簡傲，嗜酒，能飲五斗，自作《五斗先生傳》，撰《酒經》、《酒譜》、《醉鄉》等。其詩真率疏放，有曠懷高致，直追魏晉。新、舊唐書入《隱逸傳》。

〔六〕北窗睡：用陶淵明典。其《與子儼等疏》：「五六月中，北窗下卧，遇涼風暫至，自謂是羲皇上人。」

〔七〕林泉：山林與泉石。代隱居之處。

〔八〕塵土：指塵世；塵事。唐沈亞之《送文穎上人遊天台》：「莫説人間事，崎嶇塵土中。」

〔九〕「但知」二句：言爲官只是爲别人辦事，何曾做自己想做的事。

〔一〇〕忘懷：不介意，不放在心上。晉陶潛《五柳先生傳》：「忘懷得失，以此自終……銜觴賦詩，以樂其志。」

〔一一〕遂：順，如意。

〔一二〕陶靖節：陶潛，字元亮，私謚靖節徵士。南朝宋顔延之《陶徵士誄》：「若其寬樂令終之美，好廉克己之操……詢諸友好，宜謚曰靖節徵士。」

用仲謙元夕詩韻〔一〕

聞道藍田輞口莊〔二〕，欹湖前日具飛航〔三〕。李膺定已回仙棹〔四〕，王績無由入醉鄉〔五〕。薄宦繫人如坐井〔六〕，窮愁染鬢欲成霜。早知上界多官府〔七〕，只向人間作酒狂〔八〕。

【注】

〔一〕仲謙：其人不詳。元夕：舊稱農曆正月十五日爲上元節，是夜稱元夕，與「元夜」、「元宵」同。

〔二〕藍田輞口：地名。在今陝西藍田縣。唐詩人王維藍田别業所在地。《舊唐書·王維傳》：「得宋之問藍田别墅，在輞口，輞水周於舍下。」後借指退隱之地。

〔三〕欹湖：藍田的湖泊。源於藍田西南堯山的輞川，與兩岸山間的幾條小河同時流向欹湖，由高山俯視下去，川流環湊漣漪，好像車輞形狀，故云「輞川」。唐代詩人王維、裴迪所寫送別詩《欹湖》歷來膾炙人口。王詩曰：「吹簫凌極浦，日暮送夫君。湖上一回首，山青卷白雲。」唐汝詢《唐詩解》：「摩詰輞川詩並偶然托興，初不着題模擬。此蓋送客欹湖而吹簫以別，回首山雲，有悵望意。」裴詩曰：「空闊湖水廣，青熒天色同。艤舟一長嘯，四面來清風。」飛航：飛快的航船。

〔四〕「李膺」句：用李膺、郭太典故。喻知己相處，親密無間。《後漢書·郭太傳》：「郭太字林宗，太原介休人也。家世貧賤……乃遊於洛陽。始見河南尹李膺，膺大奇之，遂相友善，於是名震京師。後歸鄉里，衣冠諸儒送至河上，車數千輛。林宗唯與李膺同舟而濟，衆賓望之，以爲神仙焉。」

〔五〕王績：絳州龍門（今山西省河津市）人。唐貞觀初，以疾罷歸河渚間，躬耕東皋，自號「東皋子」。性簡傲，嗜酒。其《醉鄉記》曰：「醉之鄉，去中國不知其幾千里也。其土曠然無涯，無丘陵阪險。其氣和平一揆，無晦明寒暑。其俗大同，無邑居聚落。其人甚精，無愛憎喜怒。吸風飲露，不食五穀。其寢于于，其行徐徐，與鳥獸魚鱉雜處，不知有舟車械器之用。」後以「醉鄉」指醉酒後的境界。

〔六〕薄宦：卑微的官職。坐井：喻困窘促迫。

〔七〕上界：天界。指仙佛所居之地。

〔八〕酒狂：指縱酒使氣的人。《漢書·蓋寬饒傳》：「無多酌我，我迺酒狂。」

分韻賦雪得雨字〔一〕

大雪初不知，開門已無路。驚喜視曆日〔二〕，此瑞固有數〔三〕。池冰凍欲合，林鴉噤仍聚。已成玉壺瑩〔四〕，尚作寶花雨〔五〕。造物固多才，中有無盡句。大兒擬圭璧〔六〕，小兒比鹽絮〔七〕。後人例蹈襲〔八〕，彌復入窘步〔九〕。聚星號令嚴〔一〇〕，亦自警未悟。誰有五色筆〔一一〕，繪此天地素〔一二〕。好語覓不來，更待偶然遇。

【注】

〔一〕分韻：數人相約賦詩，選擇若干字爲韻，各人分拈，依所拈之字爲韻作詩，謂之分韻。宋嚴羽《滄浪詩話·詩體》：「有分韻，有用韻，有和韻，有借韻，有協韻，有今韻，有古韻。」此詩爲趙渢與路鐸、趙秉文分韻賦雪所作。趙秉文詩《陪趙文孺路宣叔分韻賦雪》，見《滏水集》卷三。路鐸詩《中州集》未選，已佚。

〔二〕曆日：曆書；日曆。

〔三〕有數：指以前卜斷的下雪日期。

〔四〕玉壺：東漢費長房欲求仙，見市中有老翁懸一壺賣藥，市畢即跳入壺中。費便拜叩，隨老翁入壺。但見玉堂富麗，酒食俱備。後知老翁乃神仙。事見《後漢書·方術傳下·費長房》。句言冰天雪地日瑩如仙境。宋王沂孫《無悶·雪景》詞：「待翠管吹破蒼茫，看取玉壺天地。」

〔五〕寶花雨：《維摩詰經·觀衆生品》：「時維摩詰室有一天女，見諸天人聞所説法，便現其身，即以天華（花）散諸菩薩大弟子上。」後以「天女散花」喻大雪紛飛。宋陸游《夜大雪歌》：「初疑天女下散花，復恐麻姑行擲米。」

〔六〕圭璧：古代帝王、諸侯祭祀或朝聘時所用的一種玉器。此以白玉比擬雪花。

〔七〕鹽絮：用謝家詠雪典故。《晉書·王凝之妻謝氏傳》載：謝安侄女道韞，才思敏捷，嘗居家遇雪，安曰：「何所似也？」安兄子朗曰：「散鹽空中差可擬。」道韞曰：「未若柳絮因風起。」獲謝安贊賞。

〔八〕蹈襲：模仿。

〔九〕窘步：以步履艱難喻創作中思維想像因模仿而受限制。

〔一〇〕「聚星」句：蘇軾《聚星堂雪》：「當時號令君聽取，白戰不許持寸鐵。」號令嚴：宋歐陽修任潁州太守，曾與客會飲，作詠雪詩，禁用玉、月、梨、梅、練、絮、白、舞諸字，蘇軾稱之謂「白戰」。號令嚴指此。

〔一一〕五色筆：五彩妙筆。相傳南朝梁江淹與宋代王質都曾夢得神人授五色筆，文采大增。後用以喻文才。

〔一二〕天地素：指冰雪晶瑩的世界。

和茂才韻〔一〕

十年爲客未還家，贏得毵毵兩鬢華〔二〕。别後故人應念我，不來踏雪看梅花。

【注】

〔一〕茂才：楊庭秀，字茂才，號晦叟，華州（今陝西省華縣）人。大定中進士。泰和五年，移澤州刺史。遷平凉府同知，致仕，閒居鄉里。大安三年，京師被圍，與李公直等集州民，號忠義扈駕都統府，舉兵勤王，被誣謀反，族誅。嘗從張建學詩，雅尚文詞，有《楊晦叟集》，已佚。《中州集》卷七有小傳。茂才原詩已佚。

〔二〕毵毵：散亂貌。

題西溪三絶〔一〕

誰開玉鑑瀉天光〔二〕，占斷人間六月凉〔三〕。日落沙禽猶未散〔四〕，也知受用藕花香〔五〕。

【注】

〔一〕西溪：按趙渢前作《貢院中懷山中故君》，此「西溪」當在其家鄉山東東阿黄山一帶。

〔二〕玉鑑：鏡的美稱。此處用以形容溪水。天光：日光；天空的光輝。
〔三〕占斷：全部占有，占盡。
〔四〕沙禽：沙洲或沙灘上的水鳥。
〔五〕受用：享受，享用。

又

波光湛碧冷無痕〔一〕，眇眇輕風起縠紋〔二〕。認得朝來疏雨過，卻因水底見飛雲。

【注】
〔一〕湛碧：水清緑之色。金吴激《夜泛渦河龍潭》：「淵沉三千丈，湛碧寒無波。」
〔二〕眇眇：風吹動貌；飄動貌。縠紋：縐紗似的皺紋。常用以喻水的波紋。

又

總道西溪畫不如，豈知造物用功夫。蟾光忽作靈犀透〔一〕，表裏通明兩玉壺〔二〕。

【注】
〔一〕蟾光：月色；月光。靈犀：舊説犀角中有白紋如線直通兩頭，感應靈敏。

〔二〕兩玉壺：形容冰清玉潔的物境與心境。

九日懷尹無忌〔一〕

茅屋秋蕭索〔二〕，幽居盡日閑〔三〕。碧雲看欲暮，遠客幾時還。書劍成何事〔四〕，風塵只强顔〔五〕。思君千里夢，夜夜到燕山〔六〕。

【注】

〔一〕尹無忌：名拓，避國諱改姓師，見《金史》卷一〇八《師拓傳》。平涼（今甘肅省平涼縣）人。屢試不中，與王磵、趙渢等交遊。詩學李杜，有氣象，而工於煉句，五言尤工。《中州集》卷四有小傳。

〔二〕蕭索：蕭條冷落。

〔三〕幽居：僻靜的居處。

〔四〕書劍：學書學劍。謂學文學武。指功名。

〔五〕風塵：喻宦途。强顔：忍恥厚顔。

〔六〕燕山：代金中都燕京。

立秋

日月如川流，去矣不復回〔一〕。萬物各有營〔二〕，榮悴更相催①〔三〕。餘生苦多艱〔四〕，壯志久摧頹〔五〕。念欲學還丹〔六〕，鬱紆殊未諧〔七〕。今朝立新秋，庭樹西風來。舉首望天宇，飛雲獨徘徊。呼兒且沽酒，浩歌豁秋懷〔八〕。醉中得妙理〔九〕，逸興何悠哉〔一〇〕。

【校】

①催：李本作「摧」。

【注】

〔一〕「日月」二句：謂時光流逝，一去不回。《論語·子罕》：「子在川上，曰：『逝者如斯夫，不舍晝夜。』」

〔二〕營：營求。

〔三〕榮悴：喻盛衰。

〔四〕餘生：猶殘生，指晚年。

〔五〕摧頹：摧折，未能實現。

〔六〕還丹：道家合九轉丹與朱砂再次提煉而成的仙丹，自稱服後即刻成仙。晉葛洪《抱朴子·金丹》：「若取九轉之丹，内神鼎中，夏至之後，爆之鼎熱，内朱兒一斤於蓋下……即化爲還丹。」此代指學道。

〔七〕鬱紆：憂思縈繞貌。

〔八〕豁：消散豁達。

〔九〕妙理：精微的道理。

〔一〇〕逸興：超逸豪放的意興。李白《宣州謝朓樓餞别校書叔雲》：「俱懷逸興壯思飛，欲上青天覽明月。」悠哉：悠閒自在。

和崔深道《春寒》〔一〕

長風忽落青林端〔二〕，風聲洶若江聲寒。太陰盤礴亂天序〔三〕，推書撲筆成長歎〔四〕。美人何許媚幽獨〔五〕，使我不見心無歡。頗聞隱居誦莊屈〔六〕，篷窗坐擁塵編殘〔七〕。琴歌酒賦兩寂寞〔八〕，懸知此興殊未闌〔九〕。遲君一來吐款要〔一〇〕，舉杯放目雲天寬。

【注】

〔一〕崔深道：其人不詳。

〔二〕青林：清靜的山林。青，通「清」。《文選·潘岳·射雉賦》：「涉青林以遊覽兮，樂羽族之群飛。」李善注引薛君《韓詩章句》：「青，靜也。」劉良注：「清林，清靜之林。」

〔三〕太陰：陰陽五行家以北方爲太陰，屬水，主冬。盤礴：盤屈牢固。亂天序：指顛倒了冬去春來的時序。

〔四〕撲筆：擲筆。唐韓愈《盧郎中雲夫寄示送盤谷子詩兩章歌以和之》：「閉門長安三日雪，推書撲筆歌慨慷。」

〔五〕美人：品德美好的人。《孟子·盡心下》「充實之謂美」漢趙岐注：「充實善信，使之不虛，是爲美人。」幽獨：静寂孤獨。

〔六〕莊屈：莊子和屈原。此處指《莊子》及《楚辭》。

〔七〕塵編：指古舊之書。

〔八〕「琴歌」句：言彈琴唱歌和飲酒賦詩，都表達了不得知賞的寂寞心情。

〔九〕懸想：料想。

〔一〇〕遲：等待。款要：猶真情。

西城觀水

西山秋水來天地〔一〕，巨野横流浩無際〔二〕。長風蹙浪鱗甲生〔三〕，兩角斜分半山際〔四〕。繚堤北去接飛橋〔五〕，鼓鼙洶洶翻驚濤〔六〕。中流突兀玉山起〔七〕，直疑河伯驅靈鼉〔八〕。冷光摇蕩秋雲白，渾似夢中遊震澤〔九〕。隔林我欲喚漁郎，孤帆忽如過鳥翼。安得酒船常拍浮，四時甘味置兩頭〔一〇〕。何人與我同此樂，潁陽試覓元丹丘〔一一〕。

【注】

〔一〕「西山」句：仿杜甫《登樓》：「錦江春色來天地，玉壘浮雲變古今。」

〔二〕巨野：廣袤的原野。

〔三〕蹙浪：謂波浪湧聚。鱗甲：有鱗或甲殼的水生物的統稱。漢蔡邕《漢津賦》：「鱗甲育其萬類兮，蛟螭集以嬉遊。」

〔四〕兩角：當指西山秋水上游的兩道支流。

〔五〕繚堤：圍堤。

〔六〕鼓鼙：古代軍中常用的樂器。指大鼓和小鼓。此喻波濤聲之大。

〔七〕突兀：高聳貌。玉山：形容浪頭之高大。

〔八〕河伯：河神。靈鼉：傳説中海裏的大鼉或大鱉。

〔九〕渾似：完全像。震澤：湖名。即今江蘇太湖。晉李顒《涉湖》：「震澤爲何在，今唯太湖浦。」

〔一〇〕「安得」二句：《晉書·畢卓傳》：「卓嘗謂人曰：『得酒滿數百斛船，四時甘味置兩頭，右手持酒杯，左手持蟹螯，拍浮酒船中，便足了一生矣。』」拍浮：浮游。

〔一一〕潁陽：地名，今河南省登封市潁陽鎮。元丹丘：生卒年不詳，盛唐時期著名隱士，常年隱居於潁陽、嵩山，李白友人。李白《元丹丘歌》：「元丹丘，愛神仙；朝飲潁川之清流，暮還嵩岑之紫煙。三十六峰長周旋。」

盆池荷花〔一〕

一泓寒碧甃波光〔二〕，雨後妖紅獨自芳。不許纖塵汙天質〔三〕，政須清吹發幽香〔四〕。洛神初試凌波襪〔五〕，妃子來從礜石湯〔六〕。休笑埋盆等兒戲，要令引夢水雲鄉〔七〕。

【注】

〔一〕盆池：以盆貯水，用以種植供觀賞的水生花草。唐韓愈《盆池》其二：「莫道盆池作不成，藕梢初種已齊生。」

〔二〕泓：量詞，注。寒碧：給人以清冷感覺的碧色。代指水。甃：本指用磚瓦等砌成的井壁。此作動詞用，指盆池容納的水。

〔三〕纖塵：微塵。天質：天生麗質。句用宋周敦頤《愛蓮説》「出淤泥而不染」句意。

〔四〕清吹：清風。幽香：指荷花清淡的香氣。

〔五〕「洛神」句：用洛神典故。三國魏曹植《洛神賦》：「體迅飛鳧，飄忽若神。凌波微步，羅襪生塵。」

〔六〕礜石湯：指温泉。唐李賀《堂堂》：「華清源中礜石湯，徘徊白鳳隨君王。」王琦匯解：「礜石性熱，置水甕中則水不冰，故驪山之温泉，古人以爲下有礜石所致。」句用唐白居易《長恨歌》「春寒賜浴華清池，温泉水滑洗凝脂。侍兒扶起嬌無力，始是新承恩澤時」，以楊貴妃喻出水荷花。

〔七〕水雲鄉：水雲彌漫、風景清幽的地方。多指隱者游居之地。

扈從車駕至荆山〔一〕

海上飛來碧玉峰，瑶林琪樹更青葱〔二〕。參差樓觀浮雲表〔三〕，顛倒山光落鏡中。侍從有臣司碧落〔四〕，笑談無處不清風。好分靈沼爲膏澤〔五〕，乞與人間作歲豐〔六〕。

【注】

〔一〕扈從：隨從皇帝出巡。車駕：帝王所乘的車。亦用爲帝王的代稱。《漢書·高帝紀下》：「車駕西都長安。」顔師古注：「凡言車駕者，謂天子乘車而行，不敢指斥也。」荆山：山名。詩應作於明昌間扈從章宗外出時，山當在今内蒙一帶。

〔二〕瑶林：玉林。泛指仙境。琪樹：仙境中的玉樹。

〔三〕雲表：雲外。

〔四〕碧落：指天。

〔五〕靈沼：池沼的美稱。《文選·班固·西都賦》：「神池靈沼，往往而在。」吕延濟注：「稱神、靈，美之。」膏澤：滋潤作物的雨水。三國魏曹植《贈徐幹》：「良田無晚歲，膏澤多豐年。」

〔六〕歲豐：年穀豐收。

中秋

秋氣平分月正明〔一〕，蕊珠宫闕對蓬瀛〔二〕。已驅急雨消殘暑，不遺微雲點太清〔三〕。簾外清風飄桂子〔四〕，夜深涼露滴金莖〔五〕。聖朝不奏霓裳曲〔六〕，四海歌謳即樂聲〔七〕。史舜元嘗從文孺學詩〔八〕，説道陵中秋賞月瑞光樓〔九〕，召文孺對御賦詩，以清字爲韻。道陵讀至落句〔一〇〕，大加賞異，手酌金鍾以賜，且字之曰：「文孺，以此鍾賜汝作酒直。」〔一一〕士林榮之。高祖言：「吾不如子房。」〔一二〕君父字呼臣下〔一三〕，不爲無故事也。

【注】

〔一〕秋氣平分：指中秋。七、八、九月爲秋季，八月十五爲中界，故云。

〔二〕蕊珠宫：亦省稱「蕊宫」。道家傳説天上有蕊珠宫。《黄帝内景經》：「太上大道玉晨君，閒居蕊珠作七言。」清蔣國祚注：「蕊珠者，天上宫名。」此處代指月宫。蓬瀛：蓬萊和瀛洲。神山名，相傳爲仙人所居之處。此處代指金章宗賞月之瑞光樓。

〔三〕點：玷污。太清：天空。《鶡冠子·度萬》：「唯聖人能正其音，調其聲，故其德上及太清，下及太寧，中及萬靈。」陸佃注：「太清，天也。」

〔四〕「簾外」句：金吴激《滿庭芳》：「飄桂子，時人疏簾。」桂子：桂花。八月的桂花香味濃郁。唐宋之問《靈隱寺》：「桂子月中落，天香雲外飄。」

〔五〕金莖：銅柱。用以擎承露盤。

〔六〕聖朝：聖明的朝廷。霓裳曲：《霓裳羽衣曲》，唐代樂曲名，相傳爲唐玄宗所製。此指淫佚的樂曲。

〔七〕四海歌謳：《孟子·萬章上》：「堯崩，三年之喪畢，舜避堯之子於南河之南。天下諸侯朝覲者，不之堯之子而之舜……謳歌者，不謳歌堯之子而謳歌舜。故曰：天也。」後用作帝王賢明、天下歸心的典故。

〔八〕史舜元：史肅，字舜元，號澹軒。京兆（今屬陝西）人。曾從趙渢學詩，作詩精緻有理，尤善用事。《中州集》卷五有小傳。

〔九〕道陵：金章宗廟號。

〔一〇〕落句：律詩的尾聯。宋嚴羽《滄浪詩話·詩體》：「有頷聯，有頸聯，有發端，有落句（結句也）。」郭紹虞校釋：「落句亦名尾聯。」

〔一一〕酒直：酒錢。直，通「值」。蘇軾《和周正孺墜馬傷手》：「賣卻老驄爲酒直，大呼鄉友作新年。」

〔一二〕「高祖言」句：語自《史記·高祖本紀》：「高祖曰：『夫運籌策帷帳之中，決勝於千里之外，吾不如子房。……此三者，皆人傑也，吾能用之，此吾所以取天下也。』」高祖：漢高祖劉邦。子房：張良，字子房。劉邦重要謀臣，漢朝開國元勳之一。事見《史記·留侯世家》。

〔一三〕君父字呼臣下：皇帝以字稱呼臣下，表親近、賞識、器重之意。

題齊物堂〔一〕

至人識破浮生理〔二〕，萬變何嘗有不同〔三〕。果蝶夢周周夢蝶〔四〕，爲風乘我我乘風〔五〕。得時未必全無識〔六〕，窮處方知卻有通〔七〕。畢竟欲齊齊底物〔八〕，世間元是一虚空。

【注】

〔一〕齊物堂：堂取莊子「齊物」意。莊子《齊物論》認爲宇宙間一切事物，如生死壽夭，是非得失，物我有無等，都應當同等看待。

〔二〕至人：道家指超凡脱俗，達到無我境界的人。《莊子·逍遥遊》：「至人無己。」浮生：人生。《莊子·刻意》：「其生若浮，其死若休。」以人生在世，虚浮不定，故稱。

〔三〕「萬變」句：言從齊物論着眼，萬變不離其宗，現象變化多樣，其本質及最終歸宿是相同的。

〔四〕「果蝶」句：《莊子·齊物論》：「昔者莊周夢爲蝴蝶，栩栩然蝴蝶也，自喻適志與，不知周也；俄然覺，則蘧蘧然周也。不知周之夢爲蝴蝶與，蝴蝶之夢爲周與？」

〔五〕「爲風」句：唐吴筠《沖虚真人》：「未知風乘我，爲是我乘風。」

〔六〕無識：《荀子·法行》：「怨人者窮，怨天者無識。」楊倞注：「無識者，不知天命也。」

〔七〕「窮處」句：《莊子·讓王》：「古之得道者，窮亦樂，通亦樂，所樂非窮通也；道德於此，則窮通爲寒暑風雨之序矣。」窮：困厄。通：顯達。

〔八〕底物：何物。

秋郊晚望

桃竹猶堪杖，幽尋興頗嘉。池荷能幾葉，籬菊不多花。地坼成龜兆〔一〕，林枯出犬牙〔二〕。村農慶豐歲，社鼓已三撾〔三〕。

【注】

〔一〕地坼：地裂。龜兆：占卜時龜甲受炙灼所呈現的裂紋。此處狀乾涸的土地。

〔二〕犬牙：喻乾枯的樹丫。

〔三〕社鼓：社日祭神所鳴奏的鼓樂。撾：打，敲打。

元日〔一〕

馬上逢元日，東風送客愁。滹沱春水渡〔二〕，瀛海夕陽樓〔三〕。雪照潘郎鬢〔四〕，塵侵季子裘〔五〕。勞生已强半〔六〕，更欲玷清流〔七〕。

【注】

〔一〕元日：正月初一。《書・舜典》：「月正元日，舜格于文祖。」孔傳：「月正，正月；元日，上日也。」

〔二〕滹沱：水名。即滹沱河。源出山西省繁峙縣東之泰戲山，穿割太行山，東流入河北平原，在獻縣和滏陽河匯合爲子牙河。至天津市，會北運河入海。

〔三〕瀛海：浩瀚的大海。

〔四〕潘郎鬢：也稱潘鬢，用潘岳典故。晉潘岳《秋興賦》：「余春秋三十有二，始見二毛。」後用以稱中年鬢髮初白。

〔五〕季子裘：用蘇秦入秦求仕，資用耗盡而歸典。《戰國策・秦策一》：「説秦王書十上而説不行。黑貂之裘弊，黄金百斤盡，資用乏絶，去秦而歸。」後以「季子裘」謂旅途中處境困頓。

〔六〕勞生：語本《莊子・大宗師》：「夫大塊載我以形，勞我以生。」後指辛苦勞累的一生。强半：大半，過半。

〔七〕清流：喻指德行高潔、負有名望者。此指翰林院。趙渢於大定二十七年由党懷英等薦入翰林。句言欲托友人實現入翰林院的願望。

過良鄉縣學〔一〕

儒宫宜地僻〔二〕，竟日有餘清〔三〕。殿古碑仍在，庭空草自生。風高時脱木，雲重欲摧城〔四〕。

客興已消灑〔五〕，秋堂更雨聲。

【注】

〔一〕良鄉：縣名，金時屬中都路大興府。今北京市房山區良鄉鎮。縣學：金時官辦縣級學校。

〔二〕儒宫：古代官立學校。

〔三〕餘清：指遠離市聲嘈雜之處的清静氣氛。

〔四〕「雲重」句：黑雲密布，好像要壓塌城牆。唐李賀《雁門太守行》：「黑雲壓城城欲摧。」

〔五〕消灑：消散。

和詵上人雪詩〔一〕

貧巷仍飛雪，空庭迥絶塵。照窗疑不夜，着樹忽驚春〔二〕。枕冷夢魂短，山明天宇新。賦詩分氣象〔三〕，定有灞陵人〔四〕。

【注】

〔一〕詵上人：其人不詳。

〔二〕着樹忽驚春：用唐岑參《白雪歌送武判官歸京》「忽如一夜春風來，千樹萬樹梨花開」詩意。

〔三〕氣象：氣候天象。句言分題寫雪景之詩。

〔四〕灞陵人：灞橋詩客，孟浩然和鄭綮。明張岱《夜航船》：「孟浩然情懷曠達，常冒雪騎驢尋梅，曰：『吾詩思在灞橋風雪中驢背上。』」宋孫光憲《北夢瑣言》載，有人問鄭綮：「相國近有新詩否？」對曰：「詩思在灞橋風雪中驢子上，此處何以得之？」

澗上

遠徑留殘照，疏林出小園。山川半豺虎，歲月且琴尊〔一〕。杜老新雞柵〔二〕，龐公舊鹿門〔三〕。不才真忝竊〔四〕，人道典刑存〔五〕。

【注】

〔一〕琴尊：即琴樽。琴與酒樽。謂彈琴飲酒，閑雅度日。

〔二〕杜老新雞柵：杜甫有《催宗文樹雞柵》詩。宗文爲杜甫子。

〔三〕龐公：龐德公，襄陽（今湖北省襄樊市）人，漢末名士。《後漢書·逸民列傳》：龐公者，南郡襄陽人也。居峴山之南。荆州刺史劉表數延請，不就。謂曰：「夫保全一身，孰若保全天下乎？」龐公笑曰：「鴻鵠巢于高林之上，暮而得所棲；黿鼉穴於深淵之下，夕而得所宿。夫趣舍行止，亦人之巢穴也。且各得其棲宿而已，天下非所保也。」後遂攜其妻子登鹿門山，因采藥不返。鹿門山：在湖北襄陽城東南。

〔四〕不才：没有才能的人。對自己的謙稱。忝竊：謙言辱居其位或愧得其名。杜甫《長沙送李十一》：「李杜齊名真忝竊，朔雲寒菊倍離憂。」

〔五〕「人道」句：典出《詩·大雅·蕩》：「雖無老成人，尚有典刑。」鄭玄箋：「猶有常事故法可案用也。」句言有杜甫、龐公等典範人物事跡可效法。

新涼

頗覺小眠快，便知秋意真。清風論世舊〔一〕，老圃得時新〔二〕。移竹觀君子〔三〕，翻書訪古人。可人陶靖節，隨意葛天民〔四〕。

【注】

〔一〕世舊：世之耆舊年高望重者。

〔二〕時新：指按時節成熟的新鮮時蔬食品。

〔三〕君子：竹之雅號。竹耐寒挺立，心虚節貞，德比君子，故稱。宋蘇轍《林筍復生》：「偶然雷雨一尺深，知爲南園衆君子。」

〔四〕「可人」二句：用晉陶潛典故。可人：有才德的人。《禮記·雜記下》：「其所與遊辟也，可人也。」孔穎達疏：「可人也者，謂其人性行是堪可之人也。」陶靖節：陶潛，字元亮，私謚靖節徵士。南朝宋顔延之《陶徵士誄》：「若其寬樂令終之美，好廉克己之操……詢諸友好，宜謚曰靖節徵士。」葛天民：即葛天氏之民。葛天氏爲上古傳説中一位賢能的首領。宋羅泌《路史》卷七「葛天氏」：「其爲治也，不言而自信，不化而自行。」喻生活安定，人民自適其樂。陶淵明《五柳先生傳》：「銜觴賦詩，以樂其志。無懷氏之民歟？葛天氏之民歟？」

過蓨縣董大夫廟〔一〕

漢朝元不用真儒〔二〕，豈信忠嘉益帝圖〔三〕。賈誼長沙鼂錯死〔四〕，不須獨恨老江都〔五〕。

【注】

〔一〕蓨縣：縣名，金海陵王貞元二年改屬景州。今河北省景縣。董大夫：董仲舒（前一七九——前一〇四），廣川（今河北省景縣）人。漢代思想家。提出了「天人感應」、「大一統」學説和「罷黜百家，表彰六經」的主張。曾任江都易王劉非、膠西王劉端國相，後辭職回家，著書立説。

〔二〕真儒：真正的儒者。猶大儒。漢揚雄《法言·寡見》：「如用真儒，無敵於天下。」

〔三〕忠嘉：忠厚善良。帝圖：帝王治國的謀略。

〔四〕賈誼（前二〇〇——前一六八）：洛陽（今河南省洛陽市）人。漢朝著名的思想家、文學家。因遭群臣忌恨，被貶爲長沙王太傅。鼂錯（前二〇〇——前一五四）：潁川（今河南省禹縣）人。漢文帝時爲太子家令，有辯才，號稱「智囊」。漢景帝時爲内史，後升遷御史大夫。多次上書主張加强中央集權、削減諸侯封地、重農貴粟。吴、楚等七國叛亂時，被腰斬於西安東市。

〔五〕老江都：指董仲舒任江都易王劉非國相長達十年，不被朝廷重用。

寓居寫懷〔一〕

平陸温風雪半消，孤煙籬落隔溪橋〔二〕。趁墟人去林皋静〔三〕，時有晚鴉銜墮樵。

【注】

〔一〕寓居：寄居；僑居。寫懷：抒發情懷。

〔二〕籬落：即籬笆。

〔三〕趁墟：趕集。林皋：指樹林高阜，猶山林。

劉左司昂 一十一首

昂字之昂，興州人〔一〕，大定十九年進士。曾高而下，以科名相踵者七世矣。昂天資警悟〔二〕，律賦自成一家〔三〕。輕便巧麗，爲場屋捷法〔四〕。作詩得晚唐體〔五〕，尤工絶句，往往膾炙人口。張秦娥者，頗能小詩，其賦《遠山》云：「秋水一抹碧，殘霞幾縷紅。水窮霞盡處，隱隱兩三峰。」其後流落。之昂贈詩云：「《遠山》句好畫難成，柳眼才多總是情。今日衰顔人不識，倚爐空聽煮茶聲。」又云：「一頃山田半欲蕪，子孫零落一身孤。寒窗昨夜蕭蕭雨，紅日花梢入夢無。」娥爲之泣下。屏山《故人外傳》記〔六〕：之昂早得仕，年三十三省掾考滿〔七〕，授平涼路轉運副使〔八〕，人謂卿相可坐致矣〔九〕。術士有言之昂官止五品者〔一〇〕，之昂自望者甚厚，不信也。俄丁母憂。爲當塗者所忌，連蹇十年〔一一〕，卜居洛陽〔一二〕，有終焉之志。有薦其才於道陵者〔一三〕。泰和初，自國子司業擢左司郎中，將大用矣〔一四〕，會遼陽人大中欲摇執政賈鉉〔一五〕，爲言者所劾，辭連之昂。道陵震怒，一時聞人如史肅、李著、王宇、宗室從鬱皆譴逐之〔一六〕，鉉尋亦罷政。之昂降上京留守判官，道卒。竟如術者之言。

【注】

〔一〕興州：金承安五年置，治興化縣。今河北省承德市。

〔二〕警悟：機敏聰慧。

〔三〕律賦：有一定格律的賦體。要求對偶工整，音韻和諧，爲唐宋以來科舉考試所采用，也稱「時文」。

〔四〕場屋：科舉考試的地方，又稱科場。引申爲科舉考試。

〔五〕晚唐體：晚唐的詩體。以華豔纖巧爲主要特徵。宋嚴羽《滄浪詩話·詩體》：「以詩而論，則有建安體……晚唐體、本朝體。」郭紹虞校釋：「《詩史》：『晚唐人詩多小巧，無《風》《騷》氣味。』俞文豹《吹劍録》亦謂：晚唐體『局促於一題，拘攣於律切，風容色澤。輕淺纖微，無復渾涵氣象』。滄浪所謂晚唐體，當同此意。」

〔六〕屏山：李純甫，號屏山居士。

〔七〕考滿：舊時指官吏的考績期限已滿。一考或數考爲一任，故考滿亦常稱任滿。

〔八〕平涼路轉運副使：應爲陝西西路轉運副使，平涼府屬陝西西路。

〔九〕坐致：輕易獲得；輕易達到。《孟子・離婁下》：「天之高也，星辰之遠也，苟求其故，千歲之日至，可坐而致也。」

〔一〇〕術士：方術之士。指以占卜、星相等爲職業的人。

〔一一〕連蹇：引申指遭遇坎坷。《漢書・揚雄傳下》：「孟軻雖連蹇，猶爲萬乘師。」顔師古注引張晏曰：「連蹇，難也，言值世之屯難也。」

〔一二〕卜居：擇地居住。

〔一三〕道陵：金章宗廟號。

〔一四〕大用：重用，委以重任。《史記・孔子世家》：「冉求將行，孔子曰：『魯人召求，非小用之，將大用之也。』」

〔一五〕大中：遼陽人。泰和八年，大中時任審官院掌書。因漏言朝廷除授事，以私議朝政罪被杖罰。

多人受牽連，是爲「大中黨事」。賈鉉：字鼎臣。茌平人。大定十三年進士。任刑部尚書、參知政事等職。後因洩漏官員除授事而獲罪，外任武安軍節度使，又改濟南知府。

〔一六〕史肅：字舜元，京兆人。入爲監察御史，遷治書，出刺通州。大中黨獄起，謫静難軍節度副使。李著：時爲户部員外郎。王宇：前監察御史。從鬱：完顔從鬱。字文卿，本名璹，字子玉。金宗室。《中州樂府》：「文卿以父任充符寶。章宗試，一日百篇，賜第。」

醉後

禪僧勸讀傳燈録〔一〕，道士教行進火功〔二〕。今日興來俱破戒〔三〕，黄花籬落醉西風。

【注】

〔一〕傳燈録：又稱燈録。指記載禪宗歷代傳法機緣之著作。燈或傳燈，意謂以法傳人，如燈火相傳，輾轉不絶。

〔二〕進火：道教修煉術語。煉丹時給丹爐點火燃燒。内丹術中指以神御氣。

〔三〕破戒：泛指違反戒約。此指盡興飲酒。宋陸游《買魚》：「一夏與僧同粥飯，朝來破戒醉新秋。」

山中雨

嵩高山下逢秋雨〔一〕，破傘遮頭過野橋。此景此時誰會得，清如窗下聽芭蕉〔二〕。

【注】

〔一〕嵩高：即嵩山。《史記·封禪書》：「昔三代之居，皆在河、洛之間，故嵩高爲中嶽。」晉戴祚《西征記》：「嵩高山，東太室，西少室，相去七十里。嵩高，總名也。」

〔二〕窗下聽芭蕉：取宋李清照《添字采桑子》詞意：「窗前誰種芭蕉樹？……傷心枕上三更雨，點滴霖霪；點滴霖霪，愁損北人、不慣起來聽。」

都門觀別〔一〕

買酒消閑愁，剪刀剪流水。閑愁不可消，流水無窮已〔二〕。悠悠窗下斷腸波，總是行人墮淚多。門外馬嘶思遠道〔三〕，小噸猶唱渭城歌〔四〕。歌聲未斷征鞍發，望斷垂楊人影滅〔五〕。斜陽照影卻歸來，兩地相望今夜月。閱人多矣主人翁〔六〕，離別都歸一笑中。陌上行人終不悟，年年楊柳怨春風〔七〕。

【注】

〔一〕都門：京都城門。

〔二〕「買酒」四句：本李白《宣州謝脁樓餞別校書叔雲》：「抽刀斷水水更流，舉杯消愁愁復愁。」

〔三〕思遠道：想着遠方。漢樂府《飲馬長城窟行》：「青青河畔草，綿綿思遠道。遠道不可思，宿昔夢見之。」此指遠别的感傷。

〔四〕小噸：歌女名。渭城歌：又稱渭城曲、陽關曲。出唐王維《送元二使安西》：「渭城朝雨浥輕塵，客舍青青柳色新。勸君更進一杯酒，西出陽關無故人。」後因譜入樂府，取首句前二字題作《渭城曲》。以深摯的惜别之情，成爲離筵别席上最流行、傳唱最久的古曲。

〔五〕「望斷」句：用漢人東出長安在灞橋折柳贈别典。《三輔黄圖·橋》：「灞橋，在長安東，跨水作橋。漢人送客至此橋，折柳贈别。」

〔六〕閲人多矣：宋姜夔《長亭怨慢》詞：「閲人多矣，誰得似、長亭樹。樹若有情時，不會得青青如此。」

〔七〕「年年」句：用唐王之涣《凉州詞》：「黄河遠上白雲間，一片孤城萬仞山。羌笛何須怨楊柳，春光不度玉門關。」楊柳：指柳樹。路旁常植，多用指分别之處。《詩·小雅·鹿鳴》：「昔我往矣，楊柳依依。」故樂府《横吹曲》有《折楊柳》，曲調哀怨。

客亭

折盡官橋楊柳枝〔一〕，春風依舊緑絲絲〔二〕。啼鶯爲向行人道，離别何時是盡時。

【注】

〔一〕官橋：官路上的橋梁。古人有折柳送别之習俗。句指此。

〔二〕絲絲：形容纖細之物。猶言一絲一絲。此處形容條條垂柳。

山堂

山雨溪邊過，山堂夜獨吟。悠悠松上月〔一〕，照見壁間琴。

【注】

〔一〕悠悠：閑適貌。

弔張維翰、維中兄弟〔一〕

蓮幕清曹粉署仙〔二〕，福兮禍倚豈其天〔三〕。座隅異物鵩來止〔四〕，地底佳城馬不前〔五〕。萬里青雲今已矣〔六〕，兩枝丹桂竟徒然〔七〕。阿奴莫愛聲名好〔八〕，碌碌持家亦自賢〔九〕。

維翰名甫，第一人擢第，維中名庸，此榜乙科〔一〇〕。阿奴謂冉，冉字維賢，後以省元登科〔一一〕。兄弟科名如此，近世所未有也。

【注】

〔一〕張維翰：張甫，字維翰，大定二十二年詞賦狀元。張庸，字維中，同年進士。

〔二〕蓮幕：幕府。典出《南史・庾杲之傳》：「（王儉）用杲之爲衛將軍長史。安陸侯蕭緬與儉書曰：『盛府元僚，實難其選。庾景行汎淥水，依芙蓉，何其麗也。』時人以入儉府爲蓮花池，故緬書美之。」清曹：清要的官署。粉署：又稱粉省，尚書省的別稱。漢應劭《漢官儀》：「省皆胡粉塗畫古賢人烈女，郎握蘭含香，趨走丹墀奏事。」世因稱尚書省爲「粉省」。

〔三〕福兮禍倚：《老子・五十八章》：「禍兮福之所倚，福兮禍之所伏。」禍與福互相依存，互相轉化。

〔四〕「座隅」句：用賈誼典故，寫張維翰、維中兄弟離世事。賈誼《鵩鳥賦》：「單閼之歲兮，四月孟夏，庚子日斜兮，鵩集予舍。止於坐隅兮，貌甚閒暇。異物來崒兮，私怪其故。發書占之兮，讖言其度，曰：『野鳥入室兮，主人將去。』」座隅：坐位的旁邊。異物：怪物。此指鵩鳥。鵩鳥俗稱貓頭鷹，民間認爲它是不祥之鳥，至人家，主人死。

〔五〕「地底」句：用滕公典故。《西京雜記》卷四：「滕公駕至東都門，馬鳴跼不肯前，以足跑地久之。滕公使士卒掘馬所跑地，入三尺所，得石槨。滕公以燭照之，有銘焉……曰：『佳城鬱鬱，三千年見白日。籲嗟滕公居此室！』滕公曰：『嗟乎天也！吾死，其即安此乎！』死遂葬焉。」《文選・沈約・冬節後至丞相第詣世子車中作》：「誰當九原上，鬱鬱望佳城。」李周翰注：「佳城，墓之塋域也。」

〔六〕萬里青雲：喻超凡絕倫的人才。《文選・顔延年・五君詠》：「仲容青雲器，實禀生民秀。」也喻高遠的抱負。唐張九齡《照鏡見白髮》：「宿昔青雲志，蹉跎白髮年。」

〔七〕二枝丹桂：指張家兄弟二人。《宋史·竇禹鈞傳》：「（竇儀）弟儼、侃、偁、僖，皆相繼登科。馮道與禹鈞有舊，嘗贈詩，有『靈椿一株老，丹桂五枝芳』之句。」

〔八〕阿奴：張冉，字維賢，應是張家老三，以省元登科。

〔九〕碌碌：平庸無爲。二句用周謨「阿奴碌碌」典，見《世説新語·識鑒》。蘇軾《次韻子由初到陳州二首》：「阿奴須碌碌，門户要全生。」

〔一〇〕乙科：此指詞賦科及第中的乙等。

〔一一〕省元：宋金禮部試進士第一名稱「省元」。禮部屬尚書省，故稱。又稱省魁。金沿宋制。登科：科舉時代應考人被録取。

即事二首〔一〕

雨洗明河畫扇收〔二〕，胡牀露冷藥闌秋〔三〕。牆陰未得中庭月，一點螢光草際流〔四〕。

【注】

〔一〕即事：以當前事物爲題材的詩。

〔二〕明河：天河，銀河。畫扇：指有畫飾的扇子。句用杜甫《傷秋》「高秋收畫扇，久客掩荆扉」詩意。

〔三〕胡牀：一種可折迭的輕便坐具。藥闌：即藥欄。芍藥之欄。泛指花欄。杜甫《賓至》：「不嫌野外無供給，乘輿還來看藥欄。」

〔四〕螢光：螢火蟲發出的光。

又

山花山雨相兼落，溪水溪雲一樣閑。野店無人問春事，酒旗風外鳥關關〔一〕。

【注】

〔一〕酒旗：即酒簾。酒店的標幟。關關：像聲詞，鳥的鳴叫聲。

歌風臺〔一〕

劉項興亡轉燭過〔二〕，亂蟬吟破漢山河。長陵卧老咸陽月〔三〕，沛上猶傳擊筑歌〔四〕。

【注】

〔一〕歌風臺：古臺名，在沛縣城東。宋樂史《太平寰宇記》卷一五「沛縣」：「歌風臺在縣城東南一百八十步。古老傳云漢祖征英布還，過沛，於此臺歌曰：『大風起兮雲飛揚。』因爲名。」

〔二〕劉項：劉邦與項羽。轉燭：風摇燭火。比喻世事變幻莫測。

〔三〕長陵：漢高祖陵墓名。在陝西咸陽市東。

〔四〕擊筑歌：即《大風歌》。《史記·高祖本紀》：酒酣，高祖擊筑，自爲歌詩曰：「大風起兮雲飛揚，威加海内兮歸故鄉，安得猛士兮守四方！」高祖擊筑而歌，故稱。

弔李仲坦

仲坦物故後，省試魁，始有特恩之命。〔一〕

文章巧與世相違，身後新恩事已非〔二〕。不及萋萋原上草，一番春雨緑如衣〔三〕。

【注】

〔一〕李仲坦：或爲河南人。于欽《齊乘》卷四「益都宣聖廟」：「河南李仲坦志。」物故：亡故，去世。特恩：皇帝所給予的特殊的恩典。《金史·選舉志》：「恩例，明昌元年，定制，省元直就御試，不中者許綴榜末。」省試魁：指在禮部主持的舉試中獲得第一名。

〔二〕身後新恩：指李氏故後朝廷以省試魁而下達的特恩之命。

〔三〕「不及」二句：化用唐白居易《賦得古原草送别》「離離原上草，一歲一枯榮。野火燒不盡，春風吹又生」詩意。萋萋：草木茂盛貌。

王官谷〔一〕

潛溪時照塵埃客，微雨不遮天柱峰。斜日落花人去盡，淡煙樓閣數聲鐘。

【注】

〔一〕王官谷：谷名。位於山西省永濟市東的中條山麓。《山西通志》卷二四「虞鄉縣」：「王官谷在縣東南十里。有唐司空圖别墅。谷内有天柱峰，峰東西胥有瀑布。」

魏内翰摶霄　三首

摶霄字飛卿，初用蔭補〔一〕，以薦書從事史館〔二〕。明昌中，宏詞中選〔三〕，授應奉翰林文字〔四〕。未幾，卒。飛卿詩以富艷稱〔五〕，如《張公子席間賦嵩山》，筆力豪逸〔六〕，党承旨許其在劉無黨之上云〔七〕。

【注】

〔一〕蔭補：舊指因祖先功勳而補官。

〔二〕薦書：推薦人的文書或信件。從事史官：《金史·百官一》「國史院」條下：「檢閲官，從九品，書寫。」《中州集》卷一〇《李汾傳》：「元光末用薦書得從事史館。舊例……若從事，則職名謂之書寫，特抄書小吏爾。凡編修官得日録，分授之。纂述既定，以稿授從事。從事録潔本呈翰長。」

〔三〕宏辭：指博學宏辭科，是在正常科考外不定時設立的、以待非常之士的高級别的考試。

〔四〕應奉翰林文字：翰林院最低層官員，從七品。

〔五〕富豔：美盛，華麗。《三國志·魏志·任城陳蕭王傳贊》：「陳思文才富豔。」

〔六〕豪逸：猶言奔放灑脱。宋梅堯臣《别後寄永叔》：「孟盧張賈流，其言不相昵。或多窮苦語，或特事豪逸。」

〔七〕党承旨：党懷英（一一三四——一二一一），字世傑，號竹溪，祖籍馮翊（今陝西省馮翊縣）人，後居奉符（今山東省泰安市）。大定十年進士，官至翰林學士承旨，世稱「党承旨」。工詩善文，兼工篆籀，著有《竹溪集》三十卷。《金史》卷一二五、《中州集》卷三有傳。劉無黨：劉迎，字無黨，號無諍居士。東萊（今山東省萊州市）人。大定十三年進士。官至太子司經。以詩名世。其詩氣骨蒼勁、健樸。所著詩詞集《山林長語》六卷，已佚。《中州集》卷三有小傳。

送河南府尹張壽甫赴闕〔一〕

夜半恩綸出漢宫〔二〕，朝家虚席待燕公〔三〕。春風已徧湖山外〔四〕，元氣還歸鼎鼐中〔五〕。侍從定誰陪白鳳〔六〕，低回空自惜冥鴻〔七〕。洛川萬頃蒲桃碧〔八〕，長與清愁日夜東。

【注】

〔一〕張壽甫：張景仁，字壽甫，遼西人。累官翰林承旨。大定中任河南府尹，二十一年，召爲御史大夫，不久卒。《金史》卷八四有傳。赴闕：入朝。指陛見皇帝。宋沈括《夢溪筆談·樂律一》：

「有旨令召此人赴闕。」

〔二〕恩綸：語本《禮記・緇衣》：「王言如絲，其出如綸。」猶恩詔，即皇帝降恩的詔書。漢宮：指金朝皇宮。

〔三〕朝家：指皇帝。虚席：空着座位等候，表示禮賢。燕公：唐代燕國公張説。此處用以稱美張壽甫。

〔四〕春風：喻皇恩。

〔五〕鼎鼐：大鼎。古代兩種烹飪器具。古以鼎鼐調和五味比喻宰相治理國事。故以鼎鼐喻指宰相等執政大臣之職。唐蘇頲《唐紫微侍郎贈黄門監李乂神道碑》：「鼎鼐遞襲，簪纓相望。」杜甫《上韋左相二十韻》：「沙汰江河濁，調和鼎鼐新。」

〔六〕白鳳：比喻出衆的才華或才華出衆之士。相傳漢揚雄著《太玄經》時夢吐白鳳。《西京雜記》卷二載：揚雄「著《太玄經》，夢吐鳳凰，集《玄》之上，頃而滅」。

〔七〕冥鴻：語本漢揚雄《法言・問明》：「鴻飛冥冥，弋人何篡焉。」李軌注：「君子潛神重玄之域，世網不能制禦之。」後因以「冥鴻」喻遠離朝廷、避世隱逸之士。詩人用以自喻。

〔八〕洛川：洛水。即今河南省洛河。蒲桃：葡萄。

田若虚遊龍門寶應，用天隨子體賦詩，因次其韻二首〔一〕

少室右臂禹所斷，開排清伊來高寒〔二〕。土肉養石自古秀〔三〕，山腰流泉無時乾。佛髻滴滴染濕翠〔四〕，松風颼颼鳴驚湍。白傅已矣不可見〔五〕，予誰從之投歸鞍。

【注】

〔一〕田若虛：其人不詳。龍門：龍門山。在今河南省洛陽市南。寶應：寶應寺。在洛陽龍門山。因建於唐肅宗寶應元年，故名。天隨子：唐代詩人陸龜蒙別號。《新唐書・陸龜蒙傳》：「陸龜蒙字魯望……時謂江湖散人，或號天隨子、甫里先生。」

〔二〕「少室」二句：少室右臂指中嶽少室山以西山脈。二句用大禹開鑿龍門伊闕引伊水之傳説，言伊水的來源。《漢書・溝洫志》賈讓奏道：「昔大禹治水，山陵當路者毀之，故鑿龍門，辟伊闕。」

〔三〕土肉：謂泥土。宋蘇軾《佛日山榮長老方丈五絶》之三：「不堪土肉埋山骨，未放蒼龍浴渥窪。」

〔四〕佛髻：呈盤曲狀髮髻的美稱。相傳佛髮旋曲爲螺形，故稱。此喻山形。滴滴：用以形容色、光和味的濃郁、充沛。表示「滿量」、「很」之意。宋歐陽修《初夏劉氏竹林小飲》：「猗猗色可餐，滴滴翠欲溜。」

〔五〕白傅：唐代詩人白居易曾官太子少傅，故稱。白居易晚年以太子賓客的身份司東都，大部分時間在洛陽度過。與洛陽遺老結成「香山九老會」，捐錢修繕香山寺，死後葬於香山，即今之龍門東山白園。

又

闞塞若廐馬，奔騰多奇庬〔一〕。慦爾不可沮〔二〕，西來何悾悾〔三〕。駿足忽勒破〔四〕，英才如拘龐〔五〕。有客善體物〔六〕，新詩留僧窗。晏輩豈足道〔七〕，微瀾生盆缸〔八〕。徑續杞菊意〔九〕，來浮玻璃江〔一〇〕。吏部昔竄謫，猶能題臨瀧〔一一〕。况此六大寺〔一二〕，硿堂時鳴椿〔一三〕。紫翠出萬瓦，天風旋珠幢。興寄百斛鼎，無才誰其扛〔一四〕。會聽項籍約〔一五〕，吾將從之降〔一六〕。

【注】

〔一〕奇厖：奇偉，雄壯。

〔二〕愨：篤實貌。沮：遏止。

〔三〕悾悾：猶愨。《論語·泰伯》：「狂而不直，侗而不願，悾悾而不信，吾不知之矣。」邢昺疏：「悾悾，愨也。謹愨之人宜信而乃不信。」

〔四〕勒破：勒住。句本蘇軾《徑山》：「衆峰來自天目山，勢若駿馬奔平川。中途勒破千里足，金鞭玉鐙相迴旋。」

〔五〕龐：巨大貌。

〔六〕有客：指田若虚。體物：摹狀事物。

〔七〕晏輩：晚輩。

〔八〕微瀾：微小的波紋。自謙之詞。

〔九〕杞菊：枸杞與菊花。其嫩芽、葉可食。菊，或説爲菊花菜，即茼蒿。唐陸龜蒙《杞菊賦》序：「天隨子宅荒，少牆屋，多隙地，著圖書所前後皆樹杞菊。夏苗恣肥日，得以採擷之，以供左右杯案。」

〔一〇〕玻璃江：亦作「玻瓈江」。江名。在四川省眉山縣境。波流澄瑩，故名。蘇軾《送楊孟容》：「相望六十里，共飲玻瓈江。」

〔一一〕「吏部」二句：用唐韓愈事。元和十四年正月八日，唐憲宗奉迎佛骨，韓愈上《論佛骨表》極言其弊，觸怒憲宗遭貶。十四日，離京赴潮。途經臨瀧時作《臨瀧寺》：「不覺離家已五千，仍將衰病入瀧船。潮陽未到吾能説，海氣昏昏水拍天。」吏部：韓愈曾任吏部侍郎，故稱韓吏部。竄謫：貶官放逐。

〔一二〕六大寺：龍門六大寺。龍門古寺院有「十寺」説和「八寺」説。十寺説見白居易《修香山寺記》：「洛都四野山水之勝，龍門首焉。龍門十寺觀遊之勝，香山首焉。」八寺説見元薩天錫《龍門記》：「舊有八寺無一存，但東崖巔有壘石址兩區，餘不可辨。」龍門寺院從北魏到宋代見於史書者有：靈巖寺、香山寺、奉先寺、龍華寺、寶應寺、天竺寺、廣化寺、敬善寺、乾元寺、菩提寺、勝善寺、潛溪寺、皇龕寺、看經寺等近二十座。「六大寺」，其確指不詳。

〔一三〕磓：又作槌。指「楗槌」。寺院中的鐘鼓及集衆時擊打發聲的一切器具。《一切經音義》：「楗槌……僧堂中打靜砧磓也。以木打木，集衆議事，或科罰有過，或和合舉事以白衆。」故磓堂指寺院僧堂。鳴樁：即以木打木發聲。

〔一四〕「興寄」二句：化用韓愈《病中贈張十八》詩句：「龍文百斛鼎，筆力可獨扛。」二句皆出自《史記》，前用《秦本紀》「秦武王與孟説舉龍文之鼎」，後用《項羽本紀》「力能扛鼎」，韓愈以此贊張籍文字有力。此處用以贊美田若虛。

〔一五〕項籍：項羽，字籍。代田若虛。

〔一六〕降：悦服。

王隱君磵 一十三首

磵字逸賓，先世家臨洺〔一〕，至逸賓遂爲汴梁人。博學能文，不就科舉，孝友天至，非其食不食，家無甔石之儲〔二〕，晏如也〔三〕。明昌中，故相馬吉甫迪惠判開封〔四〕，舉逸賓、王彦功、游宗之德行才能〔五〕。逸賓得鹿邑主簿〔六〕，就乞致仕。彦功以親老調鞏州教官〔七〕，宗之讓不受。三人者雖出處不齊〔八〕，而時人皆以高士目之〔九〕。閑閑公嘗集党承旨、趙黄山、路司諫、劉之昂、尹無忌、周德卿與逸賓七人詩〔一〇〕，刻木以傳，目爲《明昌辭人雅製》云。

【注】

〔一〕臨洺：漢唐縣名。宋金時期稱洺州，屬河北西路，今河北省永年縣。

〔二〕甔石：指少量的糧食。宋王觀國《學林·甔甀》：「甔石乃二物。一甔一石之糧，言甚少也。」

〔三〕晏如：安寧，恬適。

〔四〕馬吉甫：馬惠迪，字吉甫。溯陰（今北京市通州區溯縣鎮）人。天德三年進士。累官西京留守判官、左司郎中、昭義軍節度使。明昌元年爲南京留守。《金史》卷九五有傳。

〔五〕王彥功：王世賞，字彥功，號浚水老人，汴（今河南省開封市）人。金章宗明昌中保舉才能德行，賜進士出身。爲鞏州教授，終於鹿邑簿。《中州集》卷九有小傳。游宗之：臨洺人。元好問《遺山集》卷五《南湖先生雪景乘騾圖》引曰：「與所遊如臨洺王逸賓、游宗之，大定劉之昂，其人皆天下名士。」

〔六〕鹿邑：縣名，金時屬南京路亳州。今屬河南省。

〔七〕鞏州：今河南省鞏縣。金時屬河南府。

〔八〕出處：謂出仕和隱退。

〔九〕高士：志行高尚的人。多指隱士。

〔一〇〕閑閑公：趙秉文。党承旨：党懷英。趙黄山：趙渢。路司諫：路鐸。劉之昂：劉昂。尹無忌：師拓。周德卿：周昂。

暮春郭南

大梁城外孤臺傍〔一〕，煙昏水碧春林芳。憑高極目見歸雁，風物令人思故鄉。紫金山下斜陽暮〔二〕，萬里川光照雲樹。山間細雨花落時，何人來往東風路。

【注】

〔一〕大梁城：戰國時期魏國的都城。在今開封市城外西北。後用作開封的代稱。

〔二〕紫金山：山名，位於河北永年縣西部山區。詩人故鄉臨洺的山。

記南塘所見，簡孟友之〔一〕

大橋南郭野橋東，十里垂楊十里風。渺渺煙波連御道〔二〕，離離雲稼入郊宫〔三〕。雨滋蔓草曉逾緑，日映荷花晚更紅〔四〕。登覽只宜開笑口，尊前六客四衰翁。

【注】

〔一〕孟友之：孟宗獻，字友之，開封人。大定初年，鄉、府、省、御四試皆第一。金世宗時爲翰林供奉。爲文典雅，性情恬淡，著有詩集及《金丹賦》，已佚。《中州集》卷九有小傳。

〔二〕御道：指宋開封城正門至宫城的大道。

〔三〕離離：茂盛貌。雲稼：三國魏李康《運命論》：「褰裳而涉汶陽之丘，則天下之稼如雲矣。」後因用「雲稼」形容茂盛的莊稼。郊宫：天子祭天地的處所。《漢書·終軍傳》：「陛下盛日月之光，垂聖思於勒成，專神明之敬，奉燔瘞於郊宫。」顔師古注：「郊宫，謂泰畤及后土也。」此指汴京城南五里的南青城，爲祭天齋宫。

〔四〕「日映」句：宋楊萬里《曉出淨慈寺送林子方》：「映日荷花別樣紅。」

次文遠韻〔一〕

野性唯便闃寂居〔二〕，蒼苔鳥跡滿庭書〔三〕。林花過雨紅猶重，籬竹和煙翠亦疏。已與農人成保社〔四〕，更令兒輩學耕鋤。賞音只有東郊客〔五〕，日袖新詩到敝廬。

【注】

〔一〕文遠：其人不詳。

〔二〕闃寂：靜寂；寧靜。

〔三〕「蒼苔」句：化用宋司馬光《夏日西齋書事》句：「小院地偏人不到，滿庭鳥跡印蒼苔。」抒發幽靜、孤寂情懷。

〔四〕保社：舊時鄉村的一種民間組織，因依保而立，故稱。

〔五〕賞音：知音。

謝竹堂先生見過〔一〕

學稼古寺側〔二〕，結廬高柳陰〔三〕。音書故交絕，歲月杜門深〔四〕。新雪添衰鬢，寒灰死壯心〔五〕。

西州賢別駕〔六〕，連日肯相尋。

【注】

〔一〕竹堂先生：張公藥，字元石，宰相張孝純之子。以文蔭入仕，嘗爲郾城令。工詩，有《竹堂集》。《中州集》卷二有小傳。見過：謙辭。猶來訪。

〔二〕學稼：猶躬耕、務農。

〔三〕結廬：構築房舍。晉陶潛《飲酒》其五：「結廬在人境，而無車馬喧。」

〔四〕杜門：閉門。

〔五〕「寒灰」句：言少時的雄心壯志已成寒灰，不再復熾。

〔六〕別駕：官職名，全稱爲別駕從事史，也叫別駕從事。漢置，爲州刺史的佐吏。張公藥曾任昌武軍節度副使，故以別駕相稱。

次友之秋日雨後韻〔一〕

洺州秋雨後〔二〕，幽勝可供閑。白首留他縣，歸心遶故山。野泉來竹底，危磴入雲間〔三〕。尚記登高會，重巖細菊班〔四〕。

【注】

〔一〕友之：孟宗獻，字友之，開封人。大定三年，鄉、府、省、御四試皆第一。金世宗時爲翰林供奉。爲文典雅，性情恬淡，著有詩集及《金丹賦》，已佚。《中州集》卷九有小傳。

〔二〕洺州：州名，金時屬河北西路，今河北省永年縣。詩人故鄉。

〔三〕危磴：高峻的石級山徑。

〔四〕「尚記」二句：用杜甫《九日奉寄嚴大夫》詩句：「小驛香醪嫩，重巖細菊斑。」寫重九所見之景。菊班：即菊斑。

寓居南村

朝來出門無所適，野徑雨晴沙不泥。鼓笛誰家賽春社〔一〕，杖藜隨過柘岡西〔二〕。

【注】

〔一〕賽：酬報。舊時祭祀酬神之稱。春社：古時於春耕（立春後第五個戊日）祭祀土神，以祈豐收。《禮記·明堂位》：「是故夏礿、秋嘗、冬烝、春社、秋省而遂大蜡，天子之祭也。」鄭玄注：「春田祭社。」

〔二〕杖藜：藜，野生植物，莖堅韌，可爲杖，後用作拐杖的通稱。柘岡：山名。此處當指寓所附近山岡。

雜詩七首〔一〕

陰陰緑樹閣庭除〔二〕，散盡鳴禽静有餘。獨對爐薰坐終日，會心惟有漆園書〔三〕。

【注】

〔一〕雜詩：謂興致不一，不拘流例，遇物即言之詩。《文選》有雜詩一目，凡内容不屬獻詩、公宴、遊覽、行旅、贈答、哀傷、樂府諸目者，概列雜詩項。即有題如張衡《四愁》、曹植《朔風》等，内容相近，亦歸此項，如王粲、劉楨、曹植兄弟等作皆即以「雜詩」二字爲題，後世循之。《文選·王粲·雜詩》李善注：「雜者，不拘流例，遇物即言，故云雜也。」唐李周翰注：「興致不一，故云雜詩。」

〔二〕庭除：庭院。

〔三〕漆園書：指《莊子》。莊子曾爲漆園吏，故稱。金馬定國《讀〈莊子〉》：「吾讀漆園書，《秋水》一篇足。安用十萬言，磊落載其腹？」

又

瓦爐柏子細煙消〔一〕，閑讀禪經破寂寥〔二〕。風細月高人已静，隔窗疏竹夜蕭蕭〔三〕。

【注】

〔一〕瓦爐：用陶土燒製的香爐。柏子：香名，即柏子香。宋賀鑄《宿芥塘佛祠》：「開門未掃梅花雨，待晚先燒柏子香。」

〔二〕禪經：禪宗典籍。

〔三〕蕭蕭：象聲詞。形容草木摇落聲。

又

晴日南溪物色饒〔一〕，草芽新緑凍全消。金絲柳底洲沙没〔二〕，數尺流波拍野橋。

【注】

〔一〕饒：富麗。

〔二〕金絲：比喻柳樹的垂條。

又

南畝東皋春務時〔一〕，田家候雨罷耕犂。卻汲井泉澆藥圃〔二〕，更疏陂水灌麻畦〔三〕。

【注】

〔一〕南畝：謂農田。南坡向陽，利於農作物生長，古人田土多向南開闢，故稱。《詩·小雅·大田》：

「俶載南畝，播厥百穀。」東皋：水邊向陽高地。也泛指田園、原野。晉陶潛《歸去來兮辭》：「登東皋以舒嘯，臨清流而賦詩。」

〔二〕藥圃：種藥的園圃。

〔三〕陂：池塘。麻畦：麻田。

又

竹繞沙村水漫流，鵁鶄鸂鶒對沉浮〔一〕。一竿便擬從漁父，卷置琴書買釣舟〔二〕。

【注】

〔一〕鵁鶄：即池鷺。鸂鶒：亦作「鸂鵣」。水鳥名。形大於鴛鴦，而多紫色，好並遊。俗稱紫鴛鴦。

〔二〕釣舟：猶漁船。

又

屋頭叢木撼蒼煙〔一〕，風卷飛花到枕邊。南寺有僧來問字〔二〕，打門驚覺午窗眠。

【注】

〔一〕叢木：叢生的樹木。蒼煙：蒼茫的雲霧。

〔三〕問字：據《漢書·揚雄傳》載，揚雄多識古文奇字，劉棻曾向揚雄學奇字。後來稱從人受學或向人請教爲「問字」。宋黄庭堅《謝送碾壑源揀芽》：「已戒應門老馬走，客來問字莫載酒。」

又

漢梁王苑古臺西〔一〕，秋思紛紛獨杖藜〔二〕。雲壓高城雁飛盡，一聲寒角夕陽低〔三〕。

【注】

〔一〕漢梁王苑：西漢梁孝王所建的苑囿，在今河南省開封市。古臺：應指吹臺，相傳爲春秋時師曠吹樂之臺。漢梁孝王增築曰明臺，又稱繁臺。清錢泳《履園叢話·古跡·吹臺》：「吹臺，漢梁孝王築，在開封城東南二里許，即師曠繁臺。」魏阮籍《詠懷》其十六：「駕言發魏都，南向望吹臺。簫管有遺音，梁王安在哉！」

〔二〕杖藜：謂拄着手杖行走。

〔三〕寒角：號角。因多於寒夜吹奏，或聲音淒厲使人戒懼，故稱。

劉治中濤 六首

濤字及之，夏津人〔一〕。明昌二年同進士，用户部尚書孫鐸薦〔二〕，入翰苑。歷太原運副、汾州倅〔三〕。入爲太子贊善，以彰德治中致仕〔四〕。尋卒。沁南節度康塘良輔葬之林慮之寶巖〔五〕。

【注】

〔一〕夏津：縣名，金時屬大名府。今屬山東省德州市。

〔二〕孫鐸：字振之，號虚舟居士。其先滕州（今山東省滕州市）人，徙恩州歷亭（山東省平原縣）。大定十三年進士。泰和年間任户部尚書，薦劉濤入翰林。後除太子太師。作詩甚多，有《虚舟居士集》。《金史》卷九九有傳，《中州集》卷九有小傳。

〔三〕汾州：州名，金時屬河東北路。今山西省汾陽市。倅：副職。

〔四〕彰德：金初爲彰德軍節度，明昌三年，升爲府，治今河南省安陽市。

〔五〕康塘：字良輔。林慮（今河南省林州市）人，沁南節度使。林慮：金州縣名，今河南省林州市。其西有山亦名林慮。寶巖：佛寺名，在林慮山洪谷。

小雪

黄紬被暖起還慵〔一〕，小雪經檐落旋空。舊館簿書寬半餉〔二〕，冷官庭户滿西風〔三〕。馬遭萁窘三山瘦〔四〕，人坐詩工五鬼窮〔五〕。安得東風囑桃李〔六〕，也教春色到衰翁〔七〕。

【注】

〔一〕黄紬：黄綢。

〔二〕簿書：官署中的文書簿册。代指公務。半餉：半晌。

〔三〕冷官：地位不重事務較少的官職。

〔四〕萁：豆莖，古書上説的一種草，像荻而細。萁窘：草料短缺。三山：三山骨。驢馬後背近股外的骨骼。

〔五〕「人坐」句：本詩窮而後工説。歐陽修《梅聖俞詩集序》：「蓋愈窮則愈工。然則非詩之能窮人，殆窮者而後工也。」五鬼窮：指智窮、學窮、文窮、命窮、交窮五種窮鬼。唐韓愈《送窮文》：「凡此五鬼，爲吾五患。」

〔六〕囑：關照。

〔七〕衰翁：老翁。詩人自指。二句期盼自己能像春日桃李一樣，得到權貴的關照而春風得意。

和德卿雪〔一〕

南華香火是真依〔二〕，不學呼鷹雪打圍〔三〕。梁苑舊遊荒徑改〔四〕，潁濱新唱綵箋飛〔五〕。春生東閣酣朝飲〔六〕，寒入西鄰泣夜機〔七〕。夢寐扁舟釣江水，重嗟白髪此心違。

【注】

〔一〕德卿：周昂，字德卿，真定（今河北省正定縣）人。始入翰林，言事愈切。學術醇正，文筆高雅，諸儒皆師尊之。入拜監察御史。路鐸以言事被斥，昂送以詩，語涉謗訕，坐停銓。《金史》卷一二六有傳，《中州集》卷四有小傳。《中州集》所收周昂《雪》詩只有五言詩一首，非劉濤所和原詩。原詩已佚。

〔二〕南華香火：指信奉莊子學説。南華：南華真人的省稱，即莊子。真依：虔誠皈依。

〔三〕呼鷹：呼鷹以逐獸，因指行獵。雪打圍：雪後禽獸外出覓食，故適宜圍獵。

〔四〕梁苑舊遊：西漢梁孝王所建的苑囿，故址在今河南省商丘市東南。規模宏大，宫室相連屬，供遊賞馳獵。梁孝王在此廣納賓客，當時名士司馬相如、枚乘、鄒陽等均爲座上客。事見《史記·梁孝王世家》。

〔五〕「潁濱」句：元陶宗儀《説郛》卷八一「白戰」：「歐陽文忠守潁日，因小雪會飲聚星堂賦詩，約不得用玉月梨梅練絮白舞鵝鶴等事。歐公一篇云：『脱遺前言笑塵雜，搜索高家窺冥漠。』自後四十餘年莫有繼者。元祐六年，東坡在潁，因禱雪於張龍公獲應，遂復舉前篇令，末云：『汝南先賢有故事，醉翁詩話誰能説。當時號令召聽取，白戰不許持寸鐵。』」

〔六〕東閣：東廂的居室或樓房。

〔七〕西鄰：西邊鄰居。唐元結《漫問相里黄州》：「東鄰有漁父，西鄰有山僧。」夜機：夜晚在織布機上的勞作。

井陘〔一〕

寒壓歲崢嶸〔二〕，山陰日少晴。敗眠雞小梗〔三〕，勸坐火多情。便面堪長路〔四〕，牽頭破老兵〔五〕。誰教戀升斗〔六〕，盡室此途行〔七〕。

【注】

〔一〕井陘：井陘關。今河北省井陘縣西，是太行山中部的重要關口。形勢險要，爲兵家必爭之地。

〔二〕歲崢嶸：指一年將盡的冬天。

〔三〕敗：擾亂。梗：作梗。句謂雞鳴聲擾亂睡眠。

〔四〕便面：古代用以遮面的扇狀物。《漢書·張敞傳》：「然敞無威儀，時罷朝會，過走馬章臺街，使御史驅，自以便面拊馬。」顔師古注：「便面，所以障面，蓋扇之類也。不欲見人，以此自障面則得其便，故曰便面，亦曰屏面。」

〔五〕牽頭：領頭，帶頭的。

〔六〕升斗：比喻微薄的薪俸。

〔七〕盡室：全家。《左傳·成公二年》：「共王即位，將爲陽橋之役，使屈巫聘于齊，且告師期，巫臣盡室以行。」杜預注：「室家盡去。」

宿平遥集福寺〔一〕

院僻和僧靜，門閑與晝長。燕泥朝雨淖〔二〕，蝶蕊晚風香。野興煎詩思〔三〕，乾愁繞客腸〔四〕。青奴如解事〔五〕，供我暮窗涼。

【注】

〔一〕平遥：縣名，金時屬河東北路汾州。今屬山西省晉中市。集福寺：寺名，在平遥城西門内。《山西通志》卷一六九「平遥縣」：「集福寺在縣下西門内，唐哲法師住此，有泰和戊辰董紹祖石碣在寺壁。」今不存。

〔二〕燕泥：燕子築巢所銜的泥。淖：濕潤。

〔三〕「野興」句：言野外引發的情興想用詩表達，遂殫精竭慮地推敲構思。

〔四〕乾愁：没有來由的愁悶。唐韓愈《感春》其四：「乾愁漫解坐自累，與衆異趣誰相親。」

〔五〕青奴：又名竹夫人。夏日取涼寢具。用竹青篾編成，或用整段竹子做成。語出宋黄庭堅《趙子充示竹夫人詩，蓋涼寢竹器，憩臂休膝，似非夫人之職。予爲名曰青奴，並以小詩取之》其二：「我無紅袖堪娱夜，政要青奴一味涼。」解事：懂事。

送王純叔守曹州〔一〕

柏路人看御史驄〔二〕，年來眼落簿書叢〔三〕。單車乍別金鑾月〔四〕，五馬頻嘶玉勒風〔五〕。故國山河連小鄶〔六〕，舊家雞犬識新豐〔七〕。遥知別夜詩成處，醉袖淋浪蜜炬紅①〔八〕。

【校】

① 淋浪：毛本作「琳琅」。

【注】

〔一〕王純叔：其人不詳。曹州：州名，金時屬山東西路。治今山東省菏澤市。

〔二〕御史驄：《後漢書·桓典傳》：「辟司徒袁隗府，舉高第，拜侍御史。是時宦官秉權，典執政無所回避。常乘驄馬，京師畏憚，爲之語曰：『行行且止，避驄馬御史。』」後用爲御史典故。句言正直不容於世。王純叔在京時或曾任御史。

〔三〕簿書：官署中的文書簿册。叢：聚集。此處喻簿書之多，公務繁忙。

〔四〕金鑾：金鑾殿，泛指皇宫正殿。此處用以代京城。

〔五〕玉勒：玉飾的馬銜。五馬：《玉臺新詠·日出東南隅行》：「使君從南來，五馬立踟躕。」漢時太守乘坐的車用五匹馬駕轅，因借指太守的車駕，亦爲太守的代稱。王純叔守曹州，故稱。

〔六〕故國：指故鄉。鄶：古國名。妘姓。相傳爲祝融之後。周初封國，後爲鄭武公所滅。故地在今河南省鄭州市南。

〔七〕「舊家」句：用劉邦建新豐事。漢高祖定都關中，其父太上皇居長安宫中，思鄉心切，鬱鬱不樂。高祖乃依故鄉豐邑街里房舍格局改築驪邑，並遷來豐民，改稱新豐。據説士女老幼各知其室，從遷的犬羊雞鴨亦競識其家。太上皇居新豐，日與故人飲酒高會，心情愉快。後乃用作富貴後與故人聚飲叙舊之典。新豐：縣名。漢高祖七年置，唐廢。治今陝西省臨潼縣西北。二句言王氏出守曹州離家鄉不遠，有重返故里之欣慰。

〔八〕蜜炬：蠟燭。宋周邦彦《荔枝香近·歇指》詞：「何日迎門，小檻朱籠報鸚鵡，共翦西窗蜜炬。」

戲用前人語題天平别墅〔一〕

表聖當年絹五千〔二〕，休休亭下買林泉〔三〕。黄華面目君還見〔四〕，天柱峰高不直錢〔五〕。

【注】

〔一〕天平：山名，在今河南省林州市林慮山。劉祁《歸潛志》卷十三《游林慮西山記》：「望林慮諸山，若蟻尖，若黄華，若天平，若洪谷，齒立。」

〔二〕「表聖」句：用司空圖拒收權貴饋贈典故。《新唐書·司空圖傳》：「司空圖，字表聖，河中虞鄉人……王重榮父子雅重之，數饋遺，弗受。嘗爲作碑，贈絹數千，圖置虞鄉市，人得取之，一日盡。」

〔三〕休休亭：唐司空圖隱居中條山後，爲其所建的濯纓亭取的別名。意謂量才、揣分兼耄聵皆宜退休。事見《舊唐書·司空圖傳》。舊題宋尤袤《全唐詩話·司空圖》：「圖既負才慢世，謂己當爲宰輔，時人惡之，稍抑其鋭。圖憤憤謝病復歸中條，與人書疏，不名官位，但稱知非子，又稱耐辱居士。其所居在禎貽谿之上，結茅屋，命曰休休亭。」

〔四〕黄華：山峰名，位於林慮西山。劉祁《游林慮西山記》：「吾聞太行之秀，曰黄華、曰禩谷，爾其從我一遊乎？」

〔五〕天柱峰：在王官谷内。《山西通志》卷二四「虞鄉縣」：「王官谷在縣東南十里……有唐司空圖別墅。谷内有天柱峰。」

劉左司中 二首

中字正夫，漁陽人〔一〕。屏山《故人外傳》云〔二〕：「正夫爲人短小精悍，滑稽玩世。中明昌五年詞賦、經義第。詩清便可喜〔三〕，賦甚得楚辭句法，尤長於古文，典雅雄放，有韓柳氣象〔四〕。教授弟子王若虚、高法颷、張履、張雲卿〔五〕，皆擢高第〔六〕。學古文者翕然宗之曰『劉先生』」〔七〕。以省掾從軍南下，改授應奉翰林文字。爲主帥所重，常預秘謀〔八〕，書檄露布皆出其手〔九〕。軍還，授右司都事①，將大用矣〔一〇〕，會卒。有文集藏於家。周德卿嘗謂正夫可敬〔一一〕，從之可愛〔一二〕，之純可畏〔一三〕，皆人豪也〔一四〕。

【校】

①右：毛本作「左」。

【注】

〔一〕漁陽：縣名，金時屬中都路薊州。今天津市薊縣。

〔二〕屏山：李純甫，號屏山居士。

〔三〕清便：謂清通條暢。

〔四〕韓柳：唐代古文家韓愈和柳宗元的並稱。宋歐陽修《唐柳宗元般舟和尚碑跋》：「子厚（柳宗元）與退之（韓愈），皆以文章知名一時，而後世稱爲韓柳者，蓋流俗之相傳也。」

〔五〕王若虛：字從之，號慵夫，真定藁城（河北省藁城市）人。承安二年經義進士。歷官國史院編修、應奉翰林文字、著作郎等職。金亡不仕，北歸鄉里。《金史》卷一二六有傳，《中州集》卷六有小傳。高法颺：大興人，至寧元年經義狀元。讀書有學問，與王從之、李之純游，爲詩文，恬淡自得。見劉祁《歸潛志》卷五小傳。張履：字坦之，涿州定興縣人，趙秉文之婿。進士。張雲卿：劉中弟子，餘不詳。

〔六〕高第：常指科舉中式。

〔七〕翕然：一致貌。

〔八〕秘謀：秘密的計謀。

〔九〕書檄露布：指書簡、布告、通告、檄文等。此處泛指軍中文書。

〔一〇〕大用：重用，委以重任。

〔一一〕周德卿：周昂，字德卿，真定（今河北省正定縣）人。始入翰林，言事愈切。入拜監察御史。路鐸以言事被斥，昂送以詩，語涉謗訕，坐停銓。學術醇正，文筆高雅，諸儒皆師之。

〔一二〕從之：王若虛，字從之。

〔一三〕之純：李純甫（一一七七——一二二三），字之純，號屏山居士，弘州襄陰（今河北省陽原縣）人。承安二年進士。《金史》一二六有傳，《中州集》卷四、《歸潛志》卷一有小傳。

〔一四〕人豪：人中豪傑。

冷嵓公柳溪〔一〕

斗印輕抛繫肘金〔二〕，故園風物動歸心。柳含煙翠絲千尺，水寫天容玉一尋〔三〕。山色只於閑裏好，風波不似向來深。人間桃李栽培滿，換得溪南十畝陰。

【注】

〔一〕冷嵓公：完顏守貞，自號冷嵓。金宗室完顏希尹之孫。世宗大定初起用，不久被棄，至大定末再起。章宗明昌年間歷任參知政事、平章政事等職，有重望，封蕭國公。通曉法律，熟悉典章，爲章宗更定禮樂、刑政等制度。後被胥持國排擠，死於濟南知府任上。《金史》卷七三有傳。

〔二〕斗印：大印。指官印。繫肘金：金印繫肘。斗大的金印掛在手臂上。比喻官高位尊，功勳卓著。

〔三〕一尋：古代長度單位，八尺爲一尋。

龍門石佛〔一〕

鑿破蒼崖已失真〔二〕，又添行客眼中塵〔三〕。請君看取他山石，不費工夫總法身〔四〕。

【注】

〔一〕龍門：即龍門山。在今河南省洛陽市南。始鑿於北魏的龍門山石窟，經過四百多年的營造，有洞窟五十多個，佛像九萬餘座。

〔二〕失真：失去本來面目。句謂人工鑿刻破壞了蒼崖天然質樸之本真面目。

〔三〕塵：佛教指不淨和能污濁人們真性的一切事物。

〔四〕法身：佛教語。謂證得清淨自性，成就一切功德之身。「法身」不生不滅，無形而隨處現形。

路司諫鐸 二十六首

鐸字宣叔，伯達之子〔一〕。與弟鈞和叔，父子俱有重名，而宣叔文最奇。尤長於詩，精緻温潤，自成一家。任臺諫，有古直臣之風。貞祐初，出爲孟州防禦使〔二〕。城陷，投沁水死〔三〕。有《虚舟居士集》，得之鄉人劉庭幹家〔四〕。

【注】

〔一〕伯達：路伯達，字仲顯，冀州（今河北省衡水市）人。正隆五年進士。任武安軍節度使。性沉厚，有遠識，博學能詩。《金史》卷九六有傳，《中州集》卷八有小傳。

〔二〕孟州：州名，金時屬河東南路。今河南省孟州市。

〔三〕沁水：沁河。黄河下游的支流，發源於山西省沁源縣的霍山，經沁源、陽城進入河南境，在河南沁陽接納丹河後轉向正東，在武陟附近匯入黄河。

〔四〕劉庭幹：字敏中，劉鐸子，冀州棗强人。路鐸同鄉，其家藏有路鐸《虚舟居士集》。

書州驛壁

雉堞俯已見〔一〕，羊腸行尚難〔二〕。炊煙界沮水〔三〕，老木識橋山〔四〕。時廢無人弔〔五〕，臺高有鳥還。客懷秋館雨，未老鬢先斑。

【注】

〔一〕雉堞：城牆。

〔二〕羊腸：曲折而極窄的小路，多指山路。

〔三〕沮水：沮河。源於陝西沮源關，向東蜿蜒匯入洛河，環繞黃帝陵橋山，横貫黄陵縣全境。

〔四〕橋山：山名。在今陝西省黄陵縣西北，相傳爲黄帝葬處。沮水穿山而過，山狀如橋，故名。《史記·五帝本紀》：「黄帝崩，葬橋山。」裴駰集解引《皇覽》：「黄帝冢在上郡橋山。」

〔五〕時：古代祭祀天地五帝的固定處所。

王子端挽辭〔一〕

才名如此不償窮，再入承明一病翁〔二〕。白髮光陰文字裏，黄華林麓畫圖中〔三〕。謫仙猶想屋梁月〔四〕，荆産空懷松下風〔五〕。聊應世緣緣故在〔六〕，會看歸鶴語遼東〔七〕。

【注】

〔一〕王子端：王庭筠（一一五一——一二〇二），字子端，號黄華山主，又號雪溪。蓋州熊嶽（今遼寧省蓋州市）人。大定十六年進士，仕爲翰林直學士。出入經史，旁及釋老，工書畫。喜奬掖後進，號爲識人。《金史》卷一二六有傳，《中州集》卷三有小傳。

〔二〕承明：承明廬。漢承明殿旁屋，侍臣值宿所居。三國魏文帝以建始殿朝群臣，門曰承明，其朝臣止息之所亦稱承明廬。後用爲入朝或在朝爲官的典故。句指王庭筠承安四年再入翰林。

〔三〕黄華：山名，在今河南省林州市西。畫圖：王庭筠工書畫。

〔四〕「謫仙」句：本杜甫《夢李白二首》其一：「落月滿屋梁，猶疑照顔色。」謫仙：元辛文房《唐才子傳·李白》載，李白天寶初至長安，以所業投賀知章，讀至《蜀道難》，歎曰：「子謫仙人也。」

〔五〕荆産：王徽，小字荆産。句本《世説新語·言語》：「劉尹云：『人想王荆産佳，此想長松下當有清風耳。』」

〔六〕世緣：俗緣。謂人世間事。

〔七〕歸鶴語遼東：用遼東人丁令威化鶴歸故里典故。見《搜神後記》卷一。

慶壽寺晚歸〔一〕

九陌黄塵没馬頭〔二〕，眼明佛界接仙洲〔三〕。清溪照影紅蕖晚〔四〕，禪榻生涼碧樹秋。少室宗風開木義①〔五〕，裕陵遺墨爛銀鈎〔六〕。對談不覺山銜月，只爲松風更少留〔七〕。

【校】

①開：原作「間」，據李本、毛本改。

【注】

〔一〕慶壽寺：寺廟名。始建於金大定年間，是皇帝祈天降福之所。釋念常《佛祖歷代通載》卷二〇：「壬午（大定二年），金國移都燕京，敕建大慶壽寺成。詔請玄冥禪師顗公開山第一代，敕皇子燕王降香，賜錢二萬、沃田二十頃。」程鉅夫《雪樓先生集》卷一八《大慶壽寺大藏經碑銘》：「寺爲裕皇祝釐之所，於京城諸刹爲最古。」祝釐指祈天降福。

〔二〕九陌：漢長安城中的九條大道。《三輔黄圖·長安八街九陌》：「《三輔舊事》云：長安城中八街，九陌。」後泛指都城大道和繁華鬧市。黄塵没馬頭：宋黄庭堅《贈李輔聖》：「肯使黄塵没馬頭。」

〔三〕眼明：指眼前突然發亮，狀意外或激動貌。仙洲：仙人聚居的水中陸地。

〔四〕紅蕖：紅荷花。李白《越中秋懷》：「一爲滄波客，十見紅蕖秋。」

〔五〕少室宗風：指禪宗傳統。少室：嵩山少室山。佛教禪宗初祖菩提達摩寓止於嵩山少林寺，曾面壁靜修九年。廣集僧徒，首傳禪宗。後人尊達摩爲禪宗的初祖。木義：《五燈會元》卷一：「十一祖富那夜奢尊者……有馬鳴大士迎而作禮，問曰：『我欲識佛，何者即是？』祖曰：『汝欲識佛，不識者是。』曰：『佛既不識，焉知是乎？』祖曰：『既不識佛，焉知不是？』曰：『此是鋸義。』祖曰：『彼是木義。』祖問：『鋸義者何？』曰：『與師平出。』馬鳴卻問：『木義者何？』祖曰：『汝被我解。』馬鳴豁然省悟。」此代指禪宗機鋒頓悟之風。

〔六〕裕陵：金顯宗（一一四六——一一八五），完顏允恭，金世宗第二子，金章宗完顏璟父。大定二年立爲皇太子，二十五年在承華殿病逝。章宗繼位後，追封其父爲體道弘仁英文睿德光孝皇帝，廟號爲顯宗，葬裕陵。銀鉤：比喻遒媚剛勁的書法。杜甫《陳拾遺故宅》：「到今素壁滑，灑翰銀鉤連。」句言慶壽寺中顯宗的遺墨之美。

〔七〕松風：松林之風。《南史·隱逸傳下·陶弘景》：「特愛松風，庭院皆植松，每聞其響，欣然爲樂。」

賦丈室碧玉壺，善甫賦詩，鐸亦奉和二首〔一〕

心知雲路等榆枋〔二〕，戲作方壺當玉堂〔三〕。虛靜自應祥止止〔四〕，逍遥均是一蒼蒼〔五〕。心含寶月無中外〔六〕，身着青霞可頡頏〔七〕。政爾天遊到疑始〔八〕，覺知誰送竹風香。

【注】

〔一〕丈室：猶斗室，言屋間狹小。善甫：其人不詳。

〔二〕「雲路」句：出自《莊子·逍遥遊》：「鵬之徙于南冥也，水擊三千里，摶扶摇而上者九萬里……蜩與學鳩笑之曰：『我決起而飛，搶榆枋，時則不至而控於地而已矣，奚以之九萬里而南爲？』」句以大鵬之高翔與小鳥之低飛作比，用莊子齊物論之理念，謂高低大小可等量齊觀。

〔三〕「戲作」句：方壺，指詩題中的碧玉壺。《後漢書·方術傳下·費長房》載：長房爲市掾，見一老翁賣藥，懸一壺於肆頭。市罷，即跳入壺中。長房因詣翁，翁與俱入壺中，見玉堂莊嚴華麗，美酒嘉肴充盈其中，相與飲畢而出。」句用此典。

〔四〕「虛靜」句：《莊子・人間世》：「瞻彼闋者，虛室生白，吉祥止止。」郭象注：「夫吉祥之所集者，至虛至靜也。」虛靜：清虛恬靜。止止：猶止之。止於其上。

〔五〕「逍遥」句：言無論在斗室内或玉壺中，都别有天地，無拘無束，與處大庭廣厦無甚差别。

〔六〕寶月：明月。喻明靜的境界。

〔七〕頡頏：鳥飛上下貌。《詩・邶風・燕燕》：「燕燕于飛，頡之頏之。」毛傳：「飛而上曰頡，飛而下曰頏。」

〔八〕政爾：正當。天遊：謂放任自然。《莊子・外物》：「胞有重閬，心有天遊。室無空虛，則婦姑勃谿；心無天遊，則六鑿相攘。」郭象注：「遊，不係也。」疑：通「凝」。止息。《詩・大雅・桑柔》：「靡所止疑，云徂何往。」毛傳：「疑，定也。」鄭箋：「我從兵役，無有止息時。」

又

隨人作計魚千里〔一〕，知命無憂鳥一天〔二〕。碧落雲深堪避世〔三〕，九華煙暖可忘年〔四〕。平章萬有歸玄覽〔五〕，收拾方心入大圓〔六〕。上界真人自官府〔七〕，不妨聊作橘中仙〔八〕。碧落，洞名。

【注】

〔一〕隨人作計：《史記・儒林傳》：「郡國縣道邑有好文學，敬長者，肅政教，順鄉里，出入不悖所聞者，令相長丞上屬所二千石，二千石謹察可者，當與計偕，詣太常，得受業如弟子。」本謂應徵召之人偕計吏同行，後以「隨計」指舉子赴試。句指舉試爲官。魚千里：《晉書・張翰傳》：「張翰字季鷹，吴郡吴人也。……齊王冏辟爲大司馬東曹掾……因見秋風起，乃思吴中菰菜、蓴羹、鱸魚膾，曰：『人生貴得適志，何能羈宦數千里以要名爵乎？』遂命駕而歸。」後用作思鄉的典故。

〔二〕知命無憂：《子夏易傳》卷七：「樂天知命故不憂。」鳥一天：喻不求仕達，樂天知命，自由自在的思想境界。

〔三〕碧落：洞名。宋蘇軾《碧落洞》詩題下自注：「在英州下十五里。」

〔四〕九華：山名。在今安徽省青陽縣。因有九峰如蓮花，故名。主峰天臺峰，有化城寺、回香閣等古刹名勝，與峨眉、五臺、普陀合稱中國佛教四大名山。忘年：忘記年月。猶「山僧不識花甲子，一葉落知天下秋」。

〔五〕平章：品評。萬有：猶萬物。玄覽：猶玄鏡。指人的内心。《老子》：「滌除玄覽，能無疵乎！」高亨正詁：「覽鑒古通用。玄者形而上也，鑒者鏡也。玄鑒者，内心之光明，爲形而上之鏡，能照察事物，故謂之玄鑒。」

〔六〕「收拾」句：唐柳宗元《乞巧文》：「鑿臣方心，夫以大圓；拔去吶舌，約以工言。」宋周必大《正月三日胡季亨李達可雨中小集疊秀閣·答李達可》：「圓規枉把方心鑿，塵世常令笑中開。」方心：方正之心。《管子·霸言》：「先王之爭天下也以方心，其立之也以整齊，其治之也以平易。」大圓：指天。《呂氏春秋·序意》：「爰有大圜在上，大矩在下。」高誘注：「圜，天也；矩，方，地也。」句言放棄自己的理想抱負，與天同道，順應自然。

〔七〕上界：天界。指仙佛所居之地。真人：道家、道教稱修真得道之人。自：在。

〔八〕橘中仙：用橘中棋仙事。唐牛僧孺《幽怪録》：巴邛人有橘園。霜後，諸橘盡收，餘有二大橘，如三四斗盎。巴人異之，即令攀摘，輕重亦如常橘。剖開，每橘有二老叟，鬚眉皤然，肌體紅潤，皆相對象戲，身僅尺餘，談笑自若，剖開後亦不驚怖，但與決賭。句喻在官府亦可像橘中仙一樣逍遥自在。

次韻答季通〔一〕

華顛何意軟紅塵〔二〕，霄漢聊收退鷁身〔三〕。方喜長松倚東野〔四〕，又從淨社得遺民〔五〕。高山流水知音少〔六〕，霽月光風發興新〔七〕。賴有好詩相慰藉，不然開口欲誰親。

【注】

〔一〕次韻：也稱步韻，和詩的一種。即按照原詩的韻脚及用韻次序來和詩。季通：其人不詳。

〔二〕華顛：白頭。指年老。軟紅塵：飛揚的塵土。形容繁華熱鬧，亦指繁華熱鬧的地方。

〔三〕霄漢：指天空。退鷁：用「宋鷁退飛」典。《左傳·僖公十六年》：「六鷁退飛，過宋都。」杜預注：「鷁，水鳥。高飛遇風而退，宋人以爲災。」後比喻失意的仕途或不利的處境。

〔四〕「方喜」句：用唐韓愈倚長松詩典。其《醉留東野》詩云：「東野不得官，白首誇龍鍾。韓子稍姦黠，自慚青蒿倚長松。低頭拜東野，願得終始如駏蛩。」宋胡寅《用前韻簡單令》將其用爲：「端向長松倚孟郊。」東野：中唐詩人孟郊，字東野。

〔五〕淨社：又稱淨土社、白蓮社。東晉釋慧遠於廬山東林寺，同慧永、慧持和劉遺民等結社精修念佛三昧，誓願往生西方淨土。又掘池植白蓮，稱白蓮社。事見晉無名氏《蓮社高賢傳》。

〔六〕高山流水：古曲名。相傳琴師伯牙彈琴，樵夫鍾子期竟能領會「巍巍乎志在高山」和「洋洋乎志在流水」。鍾子期死後，伯牙痛失知音，摔琴絕絃，終身不操。後用以比喻知己或知音。

〔七〕霽月光風：指雨過天晴時的明淨景象。用以比喻人的品格高尚，胸襟開闊。

雨中

月翳有時吐〔一〕，風薰俄自清。雲迴暑天影，雨進夜窗聲。眼聽參天籟〔二〕，神遊得化城〔三〕。覺來還故處，飢鼠撼燈檠〔四〕。

【注】

〔一〕翳：遮蔽，障蔽。

〔二〕眼聽：《補陀洛迦山傳》卷一「觀世音」：「三十二相應群機，眼聽耳觀常自在。」「耳觀入真境，眼聽融真聞。」天籟：自然界的聲響，如風聲、鳥聲、流水聲等。

〔三〕神遊：謂形體不動而心神嚮往，如親遊其境。化城：《法華經》卷三《化城喻品》載，有衆人將過五百由旬險難惡道，以達寶處，疲極欲返。其導師爲振奮衆人，以方便力，於道中過三百由旬處化作一城，令彼等得蘇息，終能向寶處前進。

〔四〕「覺來」二句：化用蘇軾《侄安節遠來夜坐三首》其二：「夢斷酒醒山雨絶，笑看飢鼠上燈檠。」燈檠：燈架。

輞川〔一〕

畫圖風景是〔二〕，亭榭歲年非。秋色半黄落〔三〕，人煙深翠微〔四〕。暗溪魚得計〔五〕，杳靄鳥忘機〔六〕。觸物增惆悵〔七〕，吾廬早晚歸〔八〕。

【注】

〔一〕輞川：地名，在今陝西藍田縣城西南，青山逶迤，峰巒疊嶂，瀑布溪流隨處可見。素有「秦楚之要衝，三輔之屏障」之稱。唐宋之問在此建有别墅。

〔二〕「畫圖」句：王維曾畫《輞川圖》，今已無存。句言輞川景色如畫，今古不變。

〔三〕黄落：謂草木枯萎凋零。

〔四〕人煙：住户的炊煙。亦泛指人家。翠微：指青翠掩映的山腰幽深處。《爾雅·釋山》：「未及上翠微。」郝懿行義疏：「翠微者……蓋未及山頂孱顔之間，蔥鬱葐蒀，望之谸谸青翠，氣如微也。」

〔五〕「暗溪」句：語自《莊子·徐無鬼》：「於蟻棄知，於魚得計，於羊棄意。」陸德明釋文引司馬彪云：「蟻得水則死，魚得水則生，羊得水則病。」得計：契合心意。

〔六〕杳靄：雲霧飄緲貌。鳥忘機：用「鷗鳥忘機」典。《世説新語·言語》：「林公曰：『(佛圖)澄以石虎爲海鷗鳥。』」劉孝標注引《列子》曰：「海上之人好鷗者，每旦之海上，從鷗遊，鷗之至者數百而不止。其父曰：『吾聞鷗鳥從汝遊，取來玩之。』明日之海上，鷗舞而不下。」後以「鷗鳥忘機」描寫超然塵外的隱逸生活。

〔七〕觸物：接觸景物。晉張載《七哀詩》其二：「哀人易感傷，觸物增悲心。」

〔八〕吾廬：我的屋舍。晉陶潛《讀山海經》其一：「衆鳥欣有託，吾亦愛吾廬。」

高唐劉氏駐春園〔一〕

風光去人無咫尺，人有塵勞不相及〔二〕。此心既定境從之，雪樹霜林亦春色〔三〕。劉翁有道久陸沉〔四〕，十年種樹今成陰〔五〕。醉鄉天地白日永〔六〕，鶗鴂栗留皆好音〔七〕。良辰行樂今已矣〔八〕，依舊東流泛蘭芷〔九〕。誰道青春挽不留〔一〇〕，鯉庭看取新桃李〔一一〕。膏車秣馬吾將歸〔一二〕，誓與清景相追隨。安用苦求三徑資〔一三〕，明月常滿千家墀〔一四〕。

【注】

〔一〕高唐：縣名，金時屬山東西路博州。今屬山東省聊城市。

〔二〕塵勞：謂世俗事務的煩惱。《無量壽經》卷上：「散諸塵勞，壞諸欲塹。」

〔三〕「此心」二句：《宗鏡録》卷八二：「云轉物者，物虛非轉，唯轉自心。」禪宗視内心爲本真，外物爲虛幻，心定則境從之。二句扣詩題「駐春園」，言其所以如此，在於園之主人劉氏的心態。

〔四〕劉翁：指駐春園的主人劉氏。陸沉：比喻埋没，不爲人知。

〔五〕「十年」句：即十年樹木之意。語出《管子·權修》：「一年之計，莫如樹穀；十年之計，莫如樹木；終身之計，莫如樹人。」

〔六〕醉鄉：指醉酒後神志不清的境界。唐王績《醉鄉記》：「醉之鄉，去中國不知其幾千里也。其土曠然無涯，無丘陵阪險。」永：長。

〔七〕鶗鴂：亦作「鶗鴃」。即杜鵑鳥。栗留：黄栗留的省稱，即黄鶯。

〔八〕「良辰」句：本《古詩十九首》：「生年不滿百，常懷千歲憂。晝短苦夜長，何不秉燭遊。爲樂當及時，何能待來兹。」言園主人已逝去。

〔九〕蘭芷：蘭草與白芷。皆香草。

〔一〇〕「誰道」句：宋周紫芝《次韻草堂主人雨中十首》其六：「醉裏青春挽不留，眼前戈甲幾時休。」

〔一一〕鯉庭：《論語·季氏》載，孔鯉「趨而過庭」，遇見其父孔子。孔子教訓他要學詩、學禮。後因以「鯉庭」謂子受父訓之典。桃李：比喻栽培的後輩和所教的門生。《韓詩外傳》卷七：「夫春樹桃李，夏得陰其下，秋得食其實。」句本唐楊汝士《宴楊僕射新昌里第》「文章舊價留鸞掖，桃李新陰在鯉庭」，言有弟子承傳學業，可視爲青春不老。

〔一二〕膏車秣馬：爲車上油，給馬餵料。指準備起程。語見唐韓愈《送李願歸盤谷序》：「膏吾車兮秣吾馬，從子於盤兮，終吾生以徜徉。」

〔一三〕三徑：指歸隱者的家園。晉趙岐《三輔决録·逃名》：「蔣詡歸鄉里，荆棘塞門，舍中有三徑，不出，唯求仲、羊仲從之遊。」

〔一四〕「明月」句：化用蘇軾《次韻孔毅甫集古人句見贈五首》其一：「世間好句世人共，明月自滿千家墀。」墀：臺階上的空地，亦指臺階。

赫仲華求賦鄰臺張氏野堂〔一〕

白沙翠竹小江村，路轉西郊隔市塵。入坐好山如有素〔二〕，忘情鷗鳥澹相親〔三〕。芋魁飯豆平生足〔四〕，潤草巖花各自春。得酒誰能更羈束〔五〕，不妨倒着白綸巾〔六〕。

【注】

〔一〕赫仲華：其人不詳。鄴臺：在臨漳縣西南鄴城内。曹操爲魏王，在鄴起冰井、銅雀、金虎三臺。其中銅雀臺最有名。

〔二〕有素：有故交。

〔三〕忘情鷗鳥：《列子·黄帝》載：海上喜歡鷗鳥者如無捕捉之意，鷗鳥願與其相處，及至存心捕捉，鷗鳥便飛而不下。後遂用來比喻純樸無雜念的人。多用於描寫超脱塵俗、忘身物外、傾心山水的田園隱逸生活。

〔四〕芋魁：芋的塊莖。亦泛稱薯類植物的塊莖。《後漢書·許楊列傳》：「時有謡歌曰：『敗我陂者翟子威，飴我大豆，亨我芋魁。』」李賢注：「芋魁，芋根也。」

〔五〕羈束：猶拘束。

〔六〕白綸巾：用白色絲帶製成的頭巾。句用晉人「山簡倒載」典故。《世説新語·任誕》：「山季倫（山簡）爲荆州，時出酣暢。人爲之歌曰：『山公時一醉，徑造高陽池。日暮倒載歸，酩酊無所知。復能乘駿馬，倒着白接䍦。舉手問葛彊，何如并州兒。』」白接䍦，即白綸巾。宋趙長卿《水調歌頭·中秋》：「我爲桂花拚醉，明日扶頭不起，顛倒白綸巾。」

題鄒公所藏淵明歸去來圖〔一〕

牛刀小試義熙前〔二〕，一日懷歸豈偶然。有意候君門外柳〔三〕，無機還我酒中天〔四〕。貞姿佳菊秋霜裏，真意南山夕鳥邊〔五〕。善學展禽唯此老〔六〕，萬人海裏小斜川〔七〕。

【注】

〔一〕詩題：完顏承暉，貞祐初進拜平章政事，兼都元帥，封鄒國公。貞祐二年，宣宗遷汴，徙封定國公，留守中都。三年，中都不守，飲藥自盡。《金史》卷一百一有傳。按此，詩作於貞祐元年。東晉田園詩人陶淵明的名篇《歸去來兮辭》，歷來是諸多畫家喜愛之題材，其中有許多傳世名作。《宣和畫譜》卷七載：「公麟畫陶潛《歸去來兮圖》，不在於田園松菊，乃在於臨清流處。」南朝宋陸探微作《歸去來辭圖》。現均藏臺北故宫博物院。鄒公家所藏此畫未知何人所作。

〔二〕牛刀小試：比喻有很大的本領，先在小事情上顯一下身手。此處指陶淵明出仕、欲施展抱負事。義熙：東晉晉安帝司馬德宗年號（四〇五——四一八）。

〔三〕「有意」句：晉陶淵明宅邊有五柳樹，自號「五柳先生」。

〔四〕無機：没有機巧僞詐之心。天：指真誠純樸的天性。陶淵明性純樸真淳，對當世大僞斯興十分厭惡，如《飲酒》其二「道喪何千載，人人惜其情」，欲通過飲酒而遠離世俗，保持真淳，如《飲酒》其七「汎此忘憂物，遠我遺世情」。句指此。

〔五〕「貞姿」二句：用陶詩《飲酒》其五意象：「采菊東籬下，悠然見南山。山氣日夕佳，飛鳥相與還。」

〔六〕展禽：柳下惠。春秋時魯國著名的賢者，有「展禽三黜」事。《論語·微子》：「柳下惠爲士師，三黜。人曰：『子未可以去乎？』曰：『直道而事人，焉往而不三黜？枉道而事人，何必去父母之邦？』」漢劉向《列女傳》：「柳下惠處魯，三黜而不去，憂民救亂。」陶淵明一生三仕三隱，故詩中稱其善學柳下惠。

〔七〕斜川：古地名。在江西省星子、都昌二縣境内。瀕鄱陽湖，風景秀麗，陶潛曾游於此，作《遊斜川》詩並序。後人多吟詠其事，如宋張炎《風入松·岫雲》詞：「記得晉人歸去，御風飛過斜川。」

衛州贈子深節度〔一〕

淇上風光萃一樓〔二〕，尊前北海百無憂〔三〕。平分玉鑑漁村晚〔四〕，四望黄雲寡婦秋〔五〕。斜照鈎簾納煙翠，微飈高枕看安流〔六〕。梅天消息和羹近〔七〕，老稚寧容挽鄧侯〔八〕。

【注】

〔一〕衛州：州名，金時屬河北西路，治所在汲縣（今河南省衛輝市）。子深：其人不詳。

〔二〕淇上：淇水之上。淇水在河南省北部。古爲黄河支流，南流至今汲縣東北淇門鎮南入河。東漢建安後成爲衛河支流。

〔三〕尊前北海：即「北海樽前」，又名「北海樽」，用來比喻主人好客。《後漢書·孔融列傳》：漢末孔融爲北海相，時稱孔北海。融性寛容少忌，好士，喜誘益後進。及退閒職，賓客日盈其門。常歎曰：「坐上客恒滿，尊中酒不空，吾無憂矣。」

〔四〕平分玉鑑：農曆每月初七八或二十二三的半月。玉鑑，月亮的別稱。

〔五〕黄雲：比喻成熟的稻麥。寡婦秋：寡婦撿拾遺失在田裏的禾穗。《詩・小雅・大田》：「彼有遺秉，此有滯穗，伊寡婦之利。」

〔六〕颸：同「飆」，狂風。安流：指平緩安靜的淇河流水。

〔七〕梅天：黄梅天氣。和羹：配以不同調味品而製成的羹湯。《書・説命下》：「若作和羹，爾惟鹽梅。」孔傳：「鹽，咸；梅，醋。羹須咸醋以和之。」後用以比喻大臣輔助君主綜理國政。此處指子深將要高升。

〔八〕老稚：老幼。老人和小孩。挽鄧侯：《晉書・良吏傳》載，鄧攸字伯道，元帝時爲吴郡太守。「在郡刑政清明，百姓歡悦，爲中興良守。後稱疾去職，郡常有送迎錢數百萬，攸去郡，不受一錢。百姓數千人留牽攸船，不得進。攸乃小停，夜中發去。吴人歌之曰：『紞如打五鼓，雞鳴天欲曙。鄧侯挽不留，謝令推不去。』百姓詣臺乞留一歲，不聽。拜侍中。」後用作稱譽官吏德政之典。

潼關〔一〕

樓迴臨飛鳥〔二〕，車升汗十牛〔三〕。地靈開翠壁〔四〕，天遠送黄流〔五〕。趣戰如姦計〔六〕，當關豈壯猷〔七〕。天梯且失守〔八〕，況説土山頭。

【注】

〔一〕潼關：關隘名。在今陝西省潼關縣東南，處陝西、山西、河南三省要衝，素稱險要。北魏酈道元《水經注·河水四》：「河在關内，南流，潼激關山，因謂之潼關。」

〔二〕迥：高。

〔三〕「車升」句：言山高路陡，拉車的牛累得多次替换。

〔四〕地靈：土地山川靈秀。

〔五〕黄流：黄河之水。唐韓愈《感二鳥賦》：「過潼關而坐息，窺黄流之奔猛。」

〔六〕趣戰：趨戰。謂快速急進奔赴戰場，倉促應戰。《孫子·虚實》：「凡先處戰地而待敵者佚，後處戰地而趨戰者勞。」句言指令部隊長途跋涉，倉促作戰，以至處於劣勢，導致敗亡，這如同奸邪之計，爲虎作倀。

〔七〕當關：指守關。壯猷：宏大的謀略。《詩·小雅·采芑》：「方叔元老，克壯其猷。」朱熹注：「猷，謀也，言方叔雖老，而謀則壯也。」句言被動地固守關隘，亦非高瞻遠矚之謀略。二句針對貞祐間蒙古大舉南侵，金廷倉促應戰，中原多地淪陷，就戰略層面對其指揮失當進行批評。

〔八〕天梯：比喻高險陡峭的關隘山路。

七夕與信叔仲荀會飲晚歸有作〔一〕

秋香瀉月笑談香，飲散歸來夜未央〔二〕。闕角星河摇淡影〔三〕，柳行燈火試新涼。雄飛動業歸時輩〔四〕，信美江山著漫郎〔五〕。萬事浮雲心鐵石〔六〕，休將梁國嚇蒙莊〔七〕。

【注】

〔一〕信叔：其人不詳。仲荀：其人不詳。

〔二〕夜未央：夜未盡，謂夜深還未到天明。《詩·小雅·庭燎》：「夜如何其？夜未央。」孔穎達疏：「謂夜未至旦。」

〔三〕闕角：觚稜。宫闕上轉角處的瓦脊成方角棱瓣之形。亦借指宫闕。《文選·班固·西都賦》：「設璧門之鳳闕，上觚稜而棲金爵。」吕向注：「觚稜，闕角也。」

〔四〕雄飛：比喻奮發有爲。《東觀漢記·趙温傳》：「大丈夫生當雄飛，安能雌伏！」勳業：功業。《三國志·魏志·傅嘏傳》：「子志大其量，而勳業難爲也，可不慎哉！」

〔五〕信美江山：語本三國魏王粲《登樓賦》：「雖信美而非吾土兮，曾何足以少留。」有客處他鄉景色雖好，但不足以留戀之意。漫郎：指唐朝元結。唐代宗寶應元年，元結以老母多病，上表辭官，代宗詔許，特授元結著作郎之職。元結遂移居武昌樊口，放情山水，以耕釣自娱，悉心著書。其《自釋》曰：「後家瀼濱，乃自稱浪士。及有官，人以爲浪者亦漫爲官乎，呼爲漫郎。既客樊上，漫遂顯。」見《新唐書·元結傳》。後借指放浪不羈的文人。

〔六〕萬事浮雲：謂世事多變，如天上浮雲變幻不定。心鐵石：猶言志趣堅定。句本《論語·述而》：「飯疏食飲水，曲肱而枕之，樂亦在其中矣。不義而富且貴，於我如浮雲。」

〔七〕「休將」句：用莊子「鴟得腐鼠」典故，表達淡泊名利、視功名如糞土之思想。《莊子·秋水》：「惠子相梁，莊子往見之。或謂惠子曰：『莊子來，欲代子相。』於是惠子恐，搜於國中三日三夜。莊子往見之，曰：『南方有鳥，其名爲鵷鶵，子知之乎？夫鵷鶵發於南海而飛于北海，非梧桐不止，非練實不食，非醴泉不飲。於是鴟得腐鼠，鵷鶵過之，仰而視之曰：嚇！今子欲以子之梁國而嚇我邪？』」莊子，蒙縣人，故稱。

襄城道中　有言長官暴橫者〔一〕

禾黍低風汝水長〔二〕，遲遲驛騎困秋陽〔三〕。病軀官事交相礙，夢雨行雲肯借涼。盡説秋蟲不傷稼，卻愁苛政苦於蝗〔四〕。詩成應被西山笑〔五〕，已炙眉頭尚否臧〔六〕。

【注】

〔一〕襄城：縣名，金時屬南京路汝州，泰和七年改屬許州。今屬河南許昌市。

〔二〕汝水：古水名。上游即今河南北汝河；下游即今南汝河及洪河。

〔三〕驛騎：乘馬送信、傳遞公文的人。

〔四〕苛政：指繁重的賦稅、苛刻的法令。《禮記·檀弓下》：「夫子曰：『小子識之：苛政猛於虎也。』」蝗：蝗蟲，蝗災。

〔五〕西山：《世説新語·簡傲》：「王子猷作桓車騎參軍，桓謂王曰：『卿在府久，比當相料理。』初不答，直高視，以手版拄頰云：『西山朝來，致有爽氣。』」後用作身爲官吏而無所事事，多有閒情逸致的典故。此用以代指王徽之。

〔六〕炙：指秋陽曝曬。否臧：品評，褒貶。《晉書·阮籍傳》：「籍雖不拘禮教，然發言玄遠，口不臧否人物。」句言仕途奔波，自顧不暇，還要多管閒事，批評長官横暴。有自嘲之意。

感寓

沄沄一水抱山流〔一〕，路轉岡陵到渡頭。張翰秋風動歸興〔二〕，惠崇煙雨着孤舟〔三〕。禄輕道重從三黜〔四〕，日暮人遥發四愁〔五〕。世事悠悠莫回首，聊憑酒聖作天遊〔六〕。

【注】

〔一〕沄沄：水流洶湧貌。

〔二〕「張翰」句：用秋風思歸典故。《晉書·文苑傳·張翰》：「翰因見秋風起，乃思吴中菰菜、蓴羹、鱸魚膾，曰：『人生貴得適志，何能羈宦數千里以要名爵乎？』遂命駕而歸。」

〔三〕惠崇：北宋前期僧人，福建建陽人。能詩善畫，尤長於畫鴨鵝大雁、鷺鷥鴛鴦、溪水雜樹、寒汀遠渚、煙雲孤舟等江南小景。有《溪山春曉圖》《春江曉景圖》等。黄庭堅《題鄭防畫夾五首》其一：「惠崇煙雨歸雁，坐我瀟湘洞庭。欲喚扁舟歸去，故人言是丹青。」

〔四〕三黜：用古代賢人柳下惠「展禽三黜」事。《論語·微子》：「柳下惠爲士師，三黜。人曰：『子未可以去乎？』曰：『直道而事人，焉往而不三黜？枉道而事人，何必去父母之邦？』」漢劉向《列女傳》：「柳下惠處魯，三黜而不去，憂民救亂。」路鐸曾三次貶官解職：明昌末以言事被斥；承安末又因奏事不實，解職回鄉閑居；泰和五年，因與人宴飲，再次奪官解職。故用此典。

〔五〕四愁：「四愁詩」的省稱。唐吴兢《樂府古題要解·四愁七哀》：「《四愁》，漢張衡所作，傷時之文也。」泛指愁思。唐孟郊《百憂》：「智士日千慮，愚夫惟四愁。」

〔六〕酒聖：清酒的別稱。《三國志·魏志·徐邈傳》：「平日醉客，謂酒清者爲聖人，濁者爲賢人。」天遊：謂放任自然。

冠氏雨中〔一〕

氣肅關河萬緑摧，遠遊節物動悲哀。人牛不見曉煙重，草樹有聲山雨來。老矣何堪米鹽事〔二〕，中之安得聖賢杯〔三〕。遥憐鶴髪孤雲底〔四〕，日望林梢一葉迴。

【注】

〔一〕冠氏：縣名，金時屬大名府路大名府。今山東省冠縣。

〔二〕「老矣」句：用漢王温舒典故。《漢書·酷吏傳·減宣傳》：「王温舒免中尉，而宣爲左内史。其治米鹽，事小大皆關其手，自部署縣名曹實物，官吏令丞不得擅搖，痛以重法繩之。」米鹽：喻繁雜瑣碎。《史記·天官書》：「皋、唐、甘、石因時務論其書傳，故其占驗凌雜米鹽。」張守節正義：「凌雜，交亂也；米鹽，細碎也。」此處指整日被公府瑣事纏身。

〔三〕「中之」句：用徐邈聖賢酒典故。《三國志·魏志·徐邈傳》：「時科禁酒，而邈私飲至於沉醉。校事趙達問以曹事，邈曰：『中聖人。』達白之太祖，太祖甚怒。度遼將軍鮮于輔進曰：『平日醉客謂酒清者爲聖人，濁者爲賢人，邈性脩慎，偶醉言耳。』竟坐得免刑。」

〔四〕「遥憐」句：用唐狄仁傑「白雲親舍」典故，喻客居他鄉，令父母牽掛和思念。《新唐書·狄仁傑傳》：「薦授并州法曹參軍，親在河陽。仁傑登太行山，反顧，見白雲孤飛，謂左右曰：『吾親舍其下。』瞻悵久之。雲移，乃得去。」鶴髮：白髮。此處代年邁的父母。

細香軒三首

花氣爐煙總不同〔一〕，嘿青噴翠小窗風〔二〕。中邊故嗅渾無有〔三〕，心跡相忘忽暗通〔四〕。

【注】

〔一〕爐煙：熏爐或香爐中的煙。

〔二〕噀：猶「噴」。

〔三〕中邊：内外，表裏。蘇軾《東坡詩話·評韓柳詩》：「所貴乎枯澹者，謂其外枯而中膏……若中邊皆枯澹，亦何足道！」

〔四〕心跡：心思與行動。二句言細香軒之香氣專意嗅之則無，無意嗅之卻可偶得。

又

閣雨含風户牖涼，聞機才發興何長〔一〕。無心孤竹那能爾〔二〕，自是詩人知見香。

【注】

〔一〕聞機：謂聞嗅香味的機緣。

〔二〕無心孤竹：指竹子中空無心的特徵。

又

霜雪青青玉一叢〔一〕，肯從桃李借薰醲〔二〕。不知香界何從立〔三〕，憑仗清風問籜龍〔四〕。

【注】

〔一〕玉：緑竹。唐楊巨源逸句：「一院緑錢童子拂，千竿青玉主人栽。」

〔二〕薰醲：濃鬱的香味。
〔三〕香界：香的王國、香的世界。此用指竹叢。
〔四〕籜龍：竹筍的異名。宋蘇轍《喜雨》：「時向林間數新竹，籜龍騰上欲迎秋。」

芳梅如佳人贈襄城衛昌叔〔一〕

芳梅如佳人，不見令人思。豈無桃李顔，夏蟲篤於時〔二〕。霜風靜天宇，蘭悴菊亦衰。凌寒一笑粲，功烈如彼卑〔三〕。幾年豳西路〔四〕，赭岡望逶迤〔五〕。思之不得見，空吟水曹詩〔六〕。夜月將夢去，雲深水之湄。邂逅疏竹邊，峨峨認風儀〔七〕。今日真見止〔八〕，昨夢猶著龜〔九〕。塵中儓儗子〔一〇〕，謂我酷好奇。逃空聞足音，此心胡不夷〔一一〕。

【注】

〔一〕襄城：縣名，今屬河南省襄城縣。衛昌叔：衛承慶，字昌叔，襄城人。文登令衛文仲子。昌叔資沖澹，有父風。詩似路宣叔。《中州集》卷七有小傳。元好問《錦機引》及之。
〔二〕「夏蟲」句：用《莊子·秋水》語：「井蛙不可以語於海者，拘於虛也；夏蟲不可以語於冰者，篤於時也。」此處指梅花受時令限制，不與桃李同芳菲。
〔三〕功烈：功勳業績。二句謂芳梅在嚴冬盛開，其剛强不屈的事跡遠比蘭菊爲烈。

〔四〕豳西：豳地之西。豳爲周民族的發祥地，在今陝西省旬邑縣西南。路鐸於泰和五年遷陝西路按察副使，故云。

〔五〕赫岡：没有植被表面呈紅色的山岡。逶迤：亦作「逶迆」，曲折綿延貌。

〔六〕水曹詩：指南朝梁何遜《詠早梅》詩。何遜：字仲言，東海郯（今山東省蒼山縣）人。曾任撫軍將軍建安王蕭偉的水曹行參軍，兼任記室，人稱「何記室」或「何水部」。其詩善於寫景，工於煉字，爲杜甫所推許。《詠早梅》，詩題一作《揚州法曹梅花盛開》：「兔園標物序，驚時最是梅。銜霜當路發，映雪擬寒開。枝横卻月觀，花繞凌風臺。朝灑長門泣，夕駐臨邛杯。應知早飄落，故逐上春來。」此詩因杜甫《和裴迪登蜀州東亭送客逢早梅相憶見寄》中「東閣官梅動詩興，還如何遜在揚州」之句而聲名遠揚。

〔七〕峨峨：盛壯，盛美。《詩·大雅·棫樸》：「濟濟辟王，左右奉璋。奉璋峨峨，髦士攸宜。」毛傳：「峨峨，盛壯也。」

〔八〕止：語氣助詞，用於句末表確定語氣。《詩·召南·草蟲》：「亦既見之，亦既覯止，我心則降。」毛傳：「止，辭也。」

〔九〕蓍龜：古人以蓍草與龜甲占卜凶吉，故稱。句言「夜月」四句所説之夢像是「今日真見止」的預兆。

〔一〇〕懞儗：癡呆，愚鈍無知。《廣韻·去代》：「懞儗，癡皃。」

〔二〕「逃空」二句：用「空谷足音」「足音跫然」典故。《莊子·徐無鬼》：「夫逃虚空者，藜藋柱乎鼪鼬之徑，踉位其空，聞人足音跫然而喜矣，而况乎昆弟親戚之謦欬其側者乎？」原指長期住在荒涼寂寞之處的人，對别人的突然來訪感到欣悦。後用來比喻極難得的來客、知音、音訊、書信等。此處抒發見到久違的梅花後的欣喜之情。不夷：不悦。《楚辭·劉向·怨思》：「顧屈節以從流兮，心鞏鞏而不夷。」

遂初園詩〔一〕

閑閑堂

行邁已自勞〔二〕，坐忘猶有爲〔三〕。動静一塵耳〔四〕，一真非即離〔五〕。舉頭見青山，曲肱囀黄鸝〔六〕。心安萬境寂〔七〕，境轉何妨隨〔八〕。

【注】

〔一〕遂初園：趙秉文别業，在今河北省磁縣。《畿輔通志》卷五七「古跡」：「遂初園，在磁州城内西北隅。」趙秉文《滏水集》卷四有《遂初園八詠》，分别詠遂初園、歸愚莊、閑閑堂、翠真亭、佇香亭、琴築軒、悠然臺、味真庵。最後二首内容已缺。

〔二〕行邁：行走不止；遠行。《詩·王風·黍離》：「行邁靡靡，中心如醉。」馬瑞辰通釋：「邁亦爲行，對行言，則爲遠行。行邁連言，猶《古詩》云『行行重行行』也。」

〔三〕坐忘：道家謂物我兩忘、與道合一的精神境界。《莊子·大宗師》：「墮肢體，黜聰明，離形去知，同於大通，此謂坐忘。」有爲：有緣故，有所爲。

〔四〕「動靜」句：佛家視動靜爲兩種妄塵，因眼觀東西，耳聽聲音，就會盡被外界塵相所吸引，自性受到染汙。《大佛頂首楞嚴經》卷三：「因於動靜二種妄塵，發聞居中，吸此塵象，名聽聞性。此聞離彼動靜二塵，畢竟無體。」塵：指虛幻不實的事物。

〔五〕一真：指人的真性，即天性，本性。非即離：不即不離。謂真非塵，而不離於塵。

〔六〕曲肱：謂彎着胳膊作枕頭。《論語·述而》：「飯疏食飲水，曲肱而枕之，樂亦在其中矣。」後用以比喻清貧而閒適的生活。

〔七〕「心安」句：只要心靈安寧，萬境皆變得靜寂。唐白居易《閑卧》有「神閑境亦空」句。

〔八〕「境轉」句：謂人心不妨會境歸心，隨勝境而轉，達到境心合一的境界。《阿彌陀經疏鈔演義》：「迷心逐境，爲境所轉，不能轉境……會境歸心，心能轉境，境自隨心。」

思玄堂〔一〕

塵世一何隘〔二〕，永懷耿中情〔三〕。端蓍得吉卜〔四〕，有鶴戾天鳴〔五〕。慨然趣予裝，雲旗渺遐征〔六〕。鴻濛偶相值〔七〕，笑我勞經營〔八〕。駕言還故鄉〔九〕，方寸以道寧〔一〇〕。先疇理耘耔〔一一〕，初服紉芳馨〔一二〕。諦觀九州事〔一三〕，曾不出户庭〔一四〕。漁父有默識，餔糟愈於醒〔一五〕。

【注】

〔一〕思玄：指研求妙理。

〔二〕一何：多麽。隘：狹窄。

〔三〕「永懷」句：言永遠懷有清白正直的志節。

〔四〕端蓍：恭敬虔誠地占卜。端，雙手平舉捧物。蓍，蓍草。多年生草本植物。古人用其莖占卜。吉卜：吉利的卜兆。

〔五〕「有鶴」句：《易·中孚》：「利涉大川……九二，鳴鶴在陰，其子和之。我有好爵，吾與爾靡之。象曰：其子和之，中心願也。」《詩·小雅·鶴鳴序》：「誨宣王也。」鄭玄箋：「教宣王求賢人之未仕者。」

〔六〕雲旗：畫有熊虎圖案的大旗。遐征：遠行。

〔七〕鴻濛：莊子寓言中的人物。《莊子·外篇·在宥》：雲將曾向鴻濛請教治國之道。鴻濛以「養心」、「無爲」、物我兩忘、順應自然等教之。相值：猶相遇。

〔八〕經營：周旋，往來。

〔九〕駕言：駕，乘車；言，語助詞。語本《詩·邶風·泉水》：「駕言出遊，以寫我憂。」後用以指代出遊，出行。

〔一〇〕「方寸」句：言内心因鴻濛所言之道而安寧。

〔一一〕先疇：先人所遺的田地。《文選·班固·西都賦》：「士食舊德之名氏，農服先疇之畎畝。」呂延濟注：「先疇，先人畎畝。」耘耔：除草培土。語本《詩·小雅·甫田》：「今適南畝，或耘或耔。」後泛指從事田間勞動。

〔一二〕初服：未入仕時的服裝，與「朝服」相對。《楚辭·離騷》：「進不入以離尤兮，退將復修吾初服。」

紉芳馨：《楚辭·離騷》：「紉秋蘭以爲佩。」王逸注：「紉，索也。」芳馨：猶芳香。借指香草。

〔一三〕諦觀：審視，仔細看。九州：代天下。

〔一四〕户庭：户外庭院。亦泛指門庭、家門。

〔一五〕「漁父」二句：《楚辭·漁父》：「衆人皆醉，何不餔其糟而歠其釃？」後用喻屈從世俗，隨波逐流。

默識：默默牢記。

汴梁公廨西樓二首〔一〕

官舍誰言隘，西樓興不窮。閑雲欹枕裏，飛鳥捲簾中。風定天還水，煙虚月度松。回觀猶有愧，破屋着盧仝〔二〕。盧仝以方處士王逸賓。

【注】

〔一〕汴梁：金朝南京，即今河南省開封市。公廨：官署。

〔二〕盧仝：中唐詩人，少有才名，未滿二十便隱居少室山，不願仕進。朝廷曾兩度徵召均不就。詩風浪漫且奇詭險怪，人稱「盧仝體」。此處以盧仝比況處士王磵。王磵字逸賓，博學能文，不就科舉。家貧，無甔石之儲，依然恬適自如。《中州集》卷四有小傳。

又

雲態看來變，檐陰坐次移。一蟬吟未了，雙鳥去何之。薄宦槐安夢〔一〕，浮名劍首炊〔二〕。安心元有法〔三〕，遣興可無詩〔四〕。

【注】

〔一〕薄宦：卑微的官職。槐安夢：也稱南柯夢。唐李公佐《南柯太守傳》載，淳于棼酒醉古槐樹下，恍惚間被兩使臣邀至古槐穴内大槐安國招爲駙馬，任南柯郡太守，享盡榮華富貴。二十年後敵國進犯，因戰敗失寵被遣。一覺醒來，原爲一夢。後多用槐安夢故事比喻人生如夢、富貴無常。

〔二〕劍首炊：劍頭炊。形容處境危殆。語自《世説新語·排調》：「次復作危語。桓曰：『矛頭淅米劍頭炊。』」

〔三〕「安心」句：《佛祖統紀》：「師（二祖慧可）曰：『我心未安，乞師安心。』磨（初祖達摩）曰：『將心來與汝安。』師曰：『覓心了不可得。』磨曰：『與汝安心竟。』」句謂佛法可以超脱紅塵名利，心静神清。

〔四〕遣興：抒發情懷，解悶散心。杜甫《可惜》：「寬心應是酒，遣興莫過詩。」可：豈可，不可。

次韻鄽著作病起〔一〕

玄晏耽書昔坐癡〔二〕，如今手板對山拄〔三〕。病知居士安心處〔四〕，貧是詩人換骨時〔五〕。單見敢參東觀論〔六〕，徐行休歎後山遲〔七〕。山林朝市元無異〔八〕，怨鶴驚猿自不知〔九〕。

【注】

〔一〕次韻：也稱步韻，和詩的一種。即按照原詩的韻脚及用韻次序來和詩。鄽著作：鄽權，字元輿，相州臨漳（今河北省臨漳縣）人。明昌初，朝廷以著作郎召之，未幾，卒。《中州集》卷四有小傳。鄽權《病起》原詩《中州集》未收，已佚。

〔二〕「玄晏」句：《晉書・皇甫謐傳》載其少時不好學，人以爲癡。經母勸導，遂博覽典籍百家之言，以著述爲務。「耽玩典籍，忘寢與食，時人謂之『書淫』。」後得風痹疾，猶手不輟筆，自號「玄晏先生」。官著作郎。此處代鄽著作權。

〔三〕「如今」句：《世説新語・簡傲》：「王子猷作桓車騎參軍。桓謂王曰：『卿在府久，比當相料理。』初不答，直高視，以手版拄頰云：『西山朝來，致有爽氣。』」後用作身爲官吏而無所事事，多有閒情逸致的典故。亦作「西山拄笏」。手版：即笏。古時大臣朝見時，用以指畫或記事的狹長板子。

〔四〕「病知」句：蘇軾《病中遊祖塔院》：「因病得閑殊不惡，安心是藥更無方。」居士：此指酈權。

〔五〕「貧是」句：宋歐陽修《梅聖俞詩集序》：「予聞世謂詩人少達而多窮……然則非詩之能窮人，殆窮者而後工也。」宋陸游《夜吟》：「夜來一笑寒燈下，始是金丹换骨時」，元好問《寄英禪師》「我詩有風骨，欲换無金丹」，皆以「换骨」指詩作造詣的新境界。

〔六〕單見：獨特之見。東觀：東漢洛陽南宫内觀名。明帝詔班固等修撰《漢記》於此，書成名爲《東觀漢記》。後因以稱國史修撰之所。東觀論：東觀修撰之書，即正史、國史。

〔七〕後山遲：即「十年遲」，用宋陳師道詩典。陳師道（一〇五三——一一〇二），字無己，號後山居士，彭城（今江蘇省徐州市）人，蘇門六君子之一。其除秘書省正字時，曾賦《除官》詩一首，詩云：「端能幾字正，敢恨十年遲。」

〔八〕朝市：泛指塵世。與「山林」相對。

〔九〕怨鶴驚猿：鶴怨猿驚。語自南朝齊孔稚珪《北山移文》：「蕙帳空兮夜鶴怨，山人去兮曉猿驚。」

師拓 一十二首

拓字無忌，平涼人〔一〕，舉進士不中。明昌中，有司薦其才，以嗜酒不果。作詩有氣象而工於鍊句，如《賦雁》云：「天低仍在眼，山没更傷心。」《溪上》云：「夕陽明菡萏，秋色静蒹葭。白曳銜煙鷺，紅翻漾水霞。」《春日池上》云：「水風涼綺席，沙日麗金壺。」《燕市酒樓》云：「氣清天曠蕩，露白野蒼涼。」又：「荷蒼秋近葉，蓮膩雨餘花。」大爲時人所稱。

【注】

〔一〕平涼：府名，金時屬陝西鳳翔路。治今甘肅省平涼縣。

秋夜吟

阪路太行險，波濤滄海深。素緼未偶時〔一〕，白髮捋盈簪。壯士暮年意〔二〕，遊子中夜心〔三〕。拊劍一太息〔四〕，月暗天横參〔五〕。

【注】

〔一〕素緼：素蘊。猶素養，謂平素的修習涵養。未偶：未遇。即未得到賞識和重用，未發跡。

〔二〕「壯士」句：用曹操《步出夏門行·龜雖壽》詩意：「烈士暮年，壯心不已。」

〔三〕「遊子」句：用宋田錫《擬古》句：「遊子中夜心，功名忽嗟暮。」

〔四〕「拊劍」句：魏曹植《雜詩六首》：「撫劍西南望，思欲赴泰山。」李善注曰：「《左氏傳》曰：『子朱怒，撫劍從之。』」宋楊億《舊將》：「平生苦戰憶山西，拊劍臨風氣吐霓。」

〔五〕横參：横斜的參星。參星在夜深之時横斜。指夜已深。

浩歌行送濟夫之秦行視田園〔一〕

霜斂野草白，氣肅天宇清。開尊酌遠客，餞此秦關行〔二〕。秦關杳杳愁西顧〔三〕，千里蒼茫但煙樹〔四〕。子今行轡按秋風①，想見秦關雄勝處。河流洶洶崑崙來〔五〕，蓮峰秀拔青雲開〔六〕。終南南走絡巴蜀〔七〕，五陵北望令人哀〔八〕。我本渭城客〔九〕，浪跡來東征。窮齊歷宋嗟何營〔一〇〕，尚氣慕俠游梁城〔一一〕。信陵白骨委黄土，夷門誰復知侯生〔一二〕。拊劍一長嘯，作歌誰爲聽〔一三〕，青天白日空冥冥〔一四〕。不能乘桴入滄海〔一五〕，拂衣且欲歸汧涇〔一六〕。落魄高陽歸未得〔一七〕，送子西歸空愴情。

【校】

① 按：李本、毛本作「鞍」。

【注】

〔一〕浩歌行：樂府舊題，屬雜曲歌辭。多爲述志感懷之作。濟夫：疑指李端甫，字濟夫，同州（今陝西省大荔縣）人。第進士。仕爲平定州軍事判官。《中州集》卷七有小傳。行視：巡行視察。

〔二〕秦關：指秦地關塞。也指關中地區。

〔三〕杳杳：幽遠貌。《楚辭·九章·哀郢》：「堯舜之抗行兮，瞭杳杳而薄天。」洪興祖補注：「杳杳，遠貌。」

〔四〕蒼茫：廣闊無邊的樣子。

〔五〕「河流」句：寫黄河從天而來之氣勢。

〔六〕「蓮峰」句：寫華山西峰蓮花峰的秀拔高聳。

〔七〕終南：終南山，秦嶺山脈的一段，西起陝西寶雞眉縣，東至陝西藍田。

〔八〕五陵：指西漢高祖、惠帝、景帝、武帝、昭帝的陵園，均在渭水北岸，今陝西咸陽市附近。也指唐高祖、太宗、高宗、中宗、睿宗的陵園，均在今陝西省西安市附近。

〔九〕渭城：地名。本秦都咸陽，漢高祖元年改名新城，後廢。武帝元鼎三年復置，改名渭城。東漢併入長安縣。治所在今陝西咸陽東北二十里。

〔一〇〕齊：齊國，春秋戰國時的諸侯之一。其疆域大致爲今山東省偏北的大部及河北省西南部。宋：宋國，春秋戰國時的諸侯國之一。位於今河南省商丘市一帶。

〔一一〕尚氣：重氣節，重義氣。梁城：戰國時魏國都城大梁，今河南省開封市。

〔一二〕「信陵」二句：用信陵君事。信陵君，戰國魏安釐王異母弟，名無忌，戰國四公子之一。禮賢下士，門下有食客三千人。大梁夷門監者侯嬴老而賢明，信陵君『從車騎，虚左，自迎』侯生，奉爲座上客。魏安釐王二十年，秦圍趙邯鄲，趙求救於魏。信陵君用侯嬴計，救趙卻秦。

〔一三〕「撫劍」二句：用馮諼「彈鋏而歌」事。《戰國策·齊策四》：「齊人有馮諼者，貧乏不能自存，使人屬孟嘗君，願寄食門下……左右以君賤之也，食以草具。居有頃，倚柱彈其劍，歌曰：『長鋏歸來乎，食無魚。』」後爲懷才不遇，自抒憤懣之典。

〔一四〕青天白日：喻政治清明。唐王建《寄分司張郎中》：「青天白日當頭上，會有求閑不得時。」

〔一五〕桴：木筏。句出《論語·公治長》：「子曰：道不行，乘桴浮於海。」後以「乘槎浮海」表示避世隱退。

〔一六〕汧涇：河流名，即汧水與涇河，均爲渭水的支流，源出甘肅。此處代詩人故鄉。

〔一七〕落魄高陽：《史記·酈生陸賈列傳》：「酈生食其者，陳留高陽人也。好讀書。家貧落魄。……初，沛公引兵過陳留，酈生踵軍門上謁……使者出謝曰：『沛公敬謝先生，方以天下爲事，未暇見儒人也。』酈生瞋目案劍叱使者曰：『走！復入言沛公，吾高陽酒徒也，非儒人也。』」落魄：窮困失意。高陽：古地名，今河南省杞縣西。句用此典言其流落河南一帶，窮困失意。

冬夜二首

雲破月穿牖，夜嚴風號隙〔一〕。客子寢不安，寒燈照空壁。默然不平事〔二〕，起坐長太息〔三〕。書但記姓名，劍本匹夫敵〔四〕。追奔慕前哲〔五〕，恢張濟時策〔六〕。何意造物兒〔七〕，重此稻粱役〔八〕。興酣氣益振，孤憤遠飄激〔九〕。非無南山雲，高卧養虛寂。茹芝酌懸流，嘯吟展胸臆〔一〇〕。聖達豈不念，且有不暖席〔一一〕。此抱誰與知，乾坤夜寥闃〔一二〕。

【注】

〔一〕嚴：凜冽。形容極寒。

〔二〕默然：默想。

〔三〕長太息：深長地歎息。《楚辭·離騷》：「長太息以掩涕兮，哀民生之多艱。」

〔四〕「書但」二句：用項羽事，用以表達遠大志向。《史記·項羽本記》：「項籍少時，學書不成；去，學劍，又不成。項梁怒之。籍曰：『書足以記名姓而已。劍一人敵，不足學，學萬人敵。』」

〔五〕前哲：前代的賢哲。

〔六〕恢張：張揚；擴展。濟時策：有補於時的計策。

〔七〕造物兒：司命神的戲稱。《新唐書·杜審言傳》：「初，審言病甚，宋之問、武平一等省候何如，答曰：『甚爲造化小兒相苦，尚何言？』」造化，即造物，古人所謂天地萬物的創造者。

〔八〕稻粱役：即稻粱謀。本指禽鳥尋覓食物。比喻人爲了生活所付出的勞作。

〔九〕孤憤：因孤高嫉俗而産生的憤慨之情。《史記·老子韓非列傳》：「（韓非）悲廉直不容於邪枉之臣，觀往者得失之變，故作《孤憤》。」司馬貞索隱：「孤憤，憤孤直不容於時也。」

〔一〇〕「非無」四句：用南山四皓典。晉皇甫謐《高士傳》卷中：「四皓者，皆河内軹人也……秦始皇時，見秦政虐，乃退入藍田山而作歌曰：『莫莫高山，深谷逶迤。曄曄紫芝，可以療飢。唐虞世遠，吾將何歸。駟馬高蓋，其憂甚大。富貴之畏人，不如貧賤之肆志。』乃共入商雒。」南山：指終南山。又「南山雲」兼取漢劉向《列女傳》卷二《陶答子妻》：「妾聞南山有玄豹，霧雨七日而不下食者。何也？欲以澤其毛而成文章也，故藏而遠害。」茹芝：採食芝草。

〔一一〕「聖達」二句：用孔子「孔不暖席」典故。意謂席未坐暖，形容歷時短暫。《文選·班固·答賓戲》：「是以聖哲之治，棲棲遑遑，孔席不暖，墨突不黔。」李善注引《文子》曰：「墨子無黔突，孔子無暖席，非以貪祿慕位，欲起天下之利，除萬民之害也。」二句言其有經世濟民之志。

〔一二〕「此抱」二句：化用杜甫《夜聽許十一誦詩愛而有作》句意：「君意人莫知，人間夜寥闃。」表達無人理解的痛苦。寥闃：寂靜。

又

破屋星斗入，疏牖霜風生。沉沉夜何久〔一〕，杳杳天不明〔二〕。燈暗飢鼠出，月朗棲烏驚①〔三〕。幽意苦盤礴〔四〕，歷落窮八紘〔五〕。貧賤豈足戚〔六〕，所思天下英。盤木無先容〔七〕，竟與枯朽並。旃毳脛纔掩〔八〕，藜藿腹不盈〔九〕。鬱鬱命世才〔一〇〕，何階伸一鳴〔一一〕。僵卧蓬蒿底〔一二〕，要路誰爲名〔一三〕。恥作掃門謁〔一四〕，寧爲醴酒行〔一五〕。直將叫閶闔，皎皎開寸誠〔一六〕。白日下留照，廓廓賢路亨〔一七〕。此志恐未必，摇蕩熱中情〔一八〕。

【校】

①鳥：李本、毛本作「烏」。

【注】

〔一〕沉沉：幽寂無聲貌。

〔二〕杳杳：昏暗貌。

〔三〕「月朗」句：用曹操《短歌行》詩意：「月明星稀，烏鵲南飛。繞樹三匝，何枝可依。」

〔四〕幽意：幽深鬱結的思緒。盤礴：盤繞牢固貌。

〔五〕歷落：參差零亂貌。紘：古通「宏」，宏大。八紘：八方極遠的地方。《淮南子·墬形訓》：「九州之外乃有八殥……八殥之外而有八紘。」

〔六〕「貧賤」句：《論語·述而》：「君子坦蕩蕩，小人長戚戚。」何晏集解引鄭玄曰：「長戚戚，多憂懼。」晉陶潛《五柳先生傳》：「不戚戚於貧賤，不汲汲於富貴。」戚：戚戚，憂懼貌；憂傷貌。

〔七〕盤木：謂枝幹盤曲的樹木。先容：提前雕飾，後引申爲事先介紹、推薦。句本《文選·鄒陽·于獄中上書自明》：「蟠木根柢，輪囷離奇，而爲萬乘器者，何則？以左右先爲之容也。」及宋李綱《謝除尚書右僕射表》：「蟠木輪囷，無左右先容之助。」

〔八〕旃毳：指鳥獸毛製成的衣服。脛：小腿。《史記·鄒陽列傳》：「甯戚飯牛車下，而桓公任之以國。」裴駰注引應劭甯戚悲歌，有「短布單衣適至骭（小腿）」語，後用作懷才不遇的典故。

〔九〕藜藿：藜和藿。亦泛指粗劣的飯菜。《文選·曹植·七啟》：「予甘藜藿，未暇此食也。」劉良注：「藜藿，賤菜，布衣之所食。」

〔一〇〕鬱鬱：儀態端莊盛美貌。《史記·五帝本紀》：「其色鬱鬱，其德嶷嶷。」司馬貞索隱：「鬱鬱猶穆穆也。」命世才：著名於當世的傑出人才，能治國的人才。舊題漢李陵《答蘇武書》：「賈誼、亞夫之徒，皆信命世之才，抱將相之具，而受小人之讒，並受禍敗之辱。」

〔一一〕階：緣由，途徑。一鳴：一鳴驚人。比喻平時默默無聞，突然有驚人的表現。《韓非子·喻老》：「雖無飛，飛必冲天；雖無鳴，鳴必驚人。」

〔一二〕蓬蒿：飛蓬和蒿草，借指草野。

〔一三〕要路：顯要的地位。

〔一四〕「恥作」句：反用「魏公掃門」求謁權貴典故。西漢魏勃少時，欲求見齊相曹參，家貧無以自通，於是常在齊相舍人門外掃地，齊相舍人怪而爲之引見。見《史記·齊悼惠王世家》。

〔一五〕「寧爲」句：《漢書·楚元王傳》：「初，元王敬禮申公等。穆生不嗜酒，元王每置酒，常爲穆生設醴。及王戊即位，常設，後忘設焉。穆生退曰：『可以逝矣！醴酒不設，王之意怠，不去，楚人將鉗我於市。』」寧：寧可。醴酒：甜酒。行：離開。

〔一六〕「直將」二句：用楚屈原《離騷》意，表達自己的忠心：「吾令帝閽開關兮，倚閶闔而望予。」東漢王逸注：「帝，謂天帝。閽，主門者也。閶闔，天門也。言己求賢不得，疾讒惡佞，將上訴天帝，使閽人開關，又倚天門望而距（拒）我，使我不得入也。」閶闔：指宫門。寸誠：微誠。誠心。

〔七〕廓廓：遼闊貌。賢路：指賢者仕進的機會。晉潘岳《河陽縣作詩》其一：「在疚妨賢路，再升上宰朝。」亨：通達；順利。

〔八〕「此志」二句：謂其欲經世濟民之志恐怕難以實現，因而使壯志難酬之悲沉痛激烈。

遊同樂園〔一〕

晴日明華構〔二〕，繁陰蕩緑波〔三〕。蓬丘滄海遠〔四〕，春色上林多〔五〕。流水時雖逝〔六〕，遷鶯暖自歌〔七〕。可憐歡樂極，鉦鼓散雲和〔八〕。

【注】

〔一〕同樂園：汴京名園，在開封府城東北，宋徽宗時置。金時爲都人遊賞之處。劉祁《歸潛志》卷七：「南京同樂園，故宋龍德宫，徽宗所修。其間樓觀花石甚盛。每春三月花發及五六月荷花開，官縱百姓觀。雖未嘗再增葺，然景物如舊。」《歸潛志》卷八：「趙閑閑嘗爲余言，少初識尹無忌，問云云，其詩一以李杜爲法，五言尤工。閑閑嘗稱其《游同樂園》詩云云。」

〔二〕華構：亦作「華搆」，指華美壯麗的建築物。

〔三〕繁陰：濃密的樹蔭。

〔四〕蓬丘滄海：神話中的神山、仙島名。《海内十洲記·聚窟洲》：「蓬丘，蓬萊山是也。」《海内十洲記·滄海島》：「滄海島在北海中。地方三千里，去岸二十一萬里，海四面繞島，各廣一千里，水皆蒼色，仙人謂之滄海也。」句言同樂園湖面寬廣，島上樓閣如同仙境。

〔五〕上林：泛指帝王的園囿。

〔六〕「流水」句：謂時光如水流逝，一去不回。《論語·子罕》：「子在川上曰：『逝者如斯夫，不舍晝夜。』」

〔七〕遷鶯：指遷升飛翔的黄鶯。

〔八〕鉦鼓：鉦和鼓。古代行軍或歌舞時用以指揮進退、動静的兩種樂器。雲和：本爲地名，一説高崗陽地，其地取材製爲琴瑟，其聲清美。後亦用作琴瑟琵琶等絃樂器的統稱。此句指北宋亡國事。

陪人遊北苑 甲子歲〔一〕

繫馬溪邊酌，啼鶯柳外聞。望長魂欲斷，愁豁酒微醺〔二〕。草色明殘照，江聲入暮雲。故園春已到，歸思日繽紛〔三〕。

【注】

〔一〕北苑：金朝在中都的北郊，即今景山、北海一帶營建太寧宫園林區，稱爲「北苑」。甲子歲：金章宗泰和四年歲次甲子。

〔二〕豁：消散。微醺：稍有醉意。《宋史·邵雍傳》：「旦則焚香燕坐，晡時酌酒三四甌，微醺即止，常不及醉也。」

〔三〕繽紛：思緒混亂。漢張衡《思玄賦》：「私湛憂而深懷兮，思繽紛而不理。」

曲江秋望〔一〕

山遠嶂重出，野平天四圍。涼風芡實坼〔二〕，久雨藕花肥。水闊漁舟小，天長去鳥微。紫蒲行處有〔三〕，采采莫盈衣〔四〕。

【注】

〔一〕曲江：即曲江池。在今陝西省西安市東南。秦爲宜春苑，漢爲樂游原，有水流曲折，故稱。隋文帝以曲名不正，更名芙蓉園。唐復名曲江。開元中更加疏鑿，爲都人中和、上巳等盛節遊賞勝地。參見唐康駢《劇談録·曲江》、宋樂史《太平寰宇記·關西道一·雍州》。

〔二〕芡實：芡的種子。坼：指植物的種子或花芽綻開。

〔三〕紫蒲：水草。莖細長，圓柱形，長四五尺。葉細長，夏日開矛形茶褐色之花。葉可織席。行處：到處。

〔四〕采采：茂盛，衆多貌。盈衣：充衣。蒲花穗上的白絨毛，可以用來填充墊子或枕頭。《醒世姻緣傳》第十四回：「坐着一把學士方椅，椅上一個拱線邊青段心蒲絨墊子。」蒲絨的保暖性差，用其絮棉衣不暖和，故句謂不要用它來充衣。

和王逸賓繁臺詩〔一〕

憑望憐臺迥〔二〕，長吟苦思荒〔三〕。行雲春郭暗，高鳥暮天蒼。草色傷心極，松風灑面涼。故園兵革外〔四〕，殊覺路途長。

【注】

〔一〕王逸賓：王磵字逸賓，博學能文，不就科舉。家貧，無甔石之儲，依然恬適自如。《中州集》卷四有小傳。王磵原詩《中州集》未選，已佚。繁臺：地名，在今河南開封東南禹王臺公園内，今稱古吹臺。相傳爲春秋時師曠吹樂之臺，漢梁孝王增築，也稱吹臺。後有繁氏居其側，因稱繁臺。《中州集》卷九「浚水先生王世賞」小傳：「世賞字彦功，汴人，與尹無忌、王逸賓、趙文孺相周旋。」趙秉文《遺安先生言行碣》載王逸賓在汴諸友人，有尹無忌、王彦功。

〔二〕憑望：即憑眺，臨高望遠。憐：喜愛。迥：遠，此處爲高遠。

〔三〕思荒：情思匱乏。

〔四〕兵革：指戰爭。

贈雲中劉巨濟〔一〕

雲廓乾坤迥，霜摧草樹殘。風聲秋晚急，月色夜深寒。綠綺音誰會〔二〕，青霄氣自干〔三〕。那知燕市裏，把酒得交驩〔四〕。

【注】

〔一〕劉巨濟：雲中（今山西省大同市）人，與師拓交遊。或亦與鄭輝、李俊民交遊，《御定全金詩增補中州集》卷五二鄭輝有《潞公軒即席繼和劉巨濟秀才》，李俊民《莊靖集》卷二有《宿海會寺同孫講師、明上人、趙叔寶、劉巨濟夜酌》詩。

〔二〕綠綺：古琴名。晉傅玄《琴賦·序》：「齊桓公有鳴琴曰號鐘，楚莊有鳴琴曰繞梁，中世司馬相如有綠綺，蔡邕有焦尾，皆名器也。」

〔三〕「青霄」句：言其懷才不遇的不平之氣上徹青雲。

〔四〕「那知」二句：用荆軻「燕市歡飲悲歌」典故。《史記·刺客列傳》：「荆軻既至燕，愛燕之狗屠及善擊筑者高漸離。荆軻嗜酒，日與狗屠及高漸離飲於燕市，酒酣以往，高漸離擊筑，荆軻和而歌於市中，相樂也，已而相泣，旁若無人者。」二句言自己與友人氣味相投，同屬雄壯激越慷慨悲歌之英傑。

郡城南郭早望〔一〕

曉立回塘上〔二〕，何人逸興同〔三〕。柳濃天霽雨，萍坼岸含風〔四〕。鳥影明蒼靄，湖光倒碧空。秦川何日到〔五〕，解髮濯清灃〔六〕。

【注】

〔一〕南郭：南面的城郊。

〔二〕回塘：回曲的水池。

〔三〕逸興：超逸豪放的意興。

〔四〕坼：裂開。

〔五〕秦川：古地區名。泛指今陝西、甘肅的秦嶺以北平原地帶。因春秋、戰國時地屬秦國而得名。指代詩人故鄉。

〔六〕灃：灃河，渭河支流，位於關中中部西安西南，正源灃峪河源出西安市長安區西南秦嶺北坡，入咸陽市境，與渭河平行東流，在草灘農場西入渭。

中元後二日〔一〕

暑謝涼生際，庭虛雨過時。天長雲斷續，風急樹披離①〔二〕。世態貧逾薄，秋光老易悲。燕城寒事早〔三〕，還與舊貂期〔四〕。

【校】

① 披離：毛本作「離披」。

【注】

〔一〕中元：指農曆七月十五日。

〔二〕披離：即離披。分散下垂貌；紛紛下落貌。《楚辭·九辯》：「白露既下百草兮，奄離披此梧楸。」朱熹集注：「離披，分散貌。」

〔三〕燕城：金中都燕京。

〔四〕貂：用貂皮縫製的衣服。句言其無力置辦新衣，仍需以舊皮襖抵禦寒冬。

和張叔獻題首善閣〔一〕

岧嶤飛閣與雲齊〔二〕，來憑修欄日轉西。秦客此時愁欲醉〔三〕，隴山何處望渾迷〔四〕。九天花鳥催春事，千里風煙入暮題。久怕殊方看節物〔五〕，不知今日在丹梯〔六〕。

【注】

〔一〕張叔獻：其人不詳。首善閣：宋金太學文廟閣名。在開封汴水南，面城背河。宋周密《癸辛雜識別集》卷上「汴梁雜事」：「羅壽可丙申再遊汴梁，書所見梗概。汴學曰文學、武廟，即昔時太學、武學舊址。文廟居汴水南，面城背河，柳堤蓮池，尚有璧水遺意。『太學』與『首善閣』五大字石刻，皆蔡京奉敕書。」

〔二〕岧嶢：高峻，高聳。

〔三〕秦客：詩人自指。

〔四〕隴山：山名。六盤山南段的別稱。北魏酈道元《水經注·斤江水》：「隴山、終南山、惇物山在扶風武功縣西南也。」此用代指家鄉一帶。

〔五〕殊方：遠方，他鄉、外鄉。節物：各個季節的風物景色。句言怕看到外地景物而思鄉。

〔六〕丹梯：紅色的臺階。亦喻仕進之路。唐許渾《送上元王明府赴任》：「官滿定知歸未得，九重霄漢有丹梯。」

酈著作權 一十六首

權字元輿，安陽人〔一〕。作詩有筆力。《圃田道中》云：「斷橋經壞屋，古道入崩山。」

《石磵》云：「蒼崖秀苔花，壞道補石棧。徐行下井底，斗上出天半。」《綺岫宮》云：「離宮蹋相望，百年幾遊歷。獨知窮己樂，衆懟不汝恤。繁華忽灰燼，歲月空瓦礫。」《赤水道中》云：「水近噓寒氣，星殘曳白芒。」《燒痕》云：「炎威隨變滅，餘燼委丘壤。田疇更斷續，原隰依下上。班班澗溪毛，往往漏尋丈。晴空墮雪影，夕照壓秋嶂。昆明翻劫灰〔二〕，黑水走濁浪。煙中一線來，細路入空曠。」《游石甕》云：「雲間兩石角，相鬬如闕門。上連石甕口，谽谺愁猱猿〔三〕。枵如空洞腹〔四〕，瑩滑無纖痕。何年補天手〔五〕，月斧雲爲斤〔六〕。琢成蒼玉甗，覆此玻璃盆。」《龍潭》云：「臺高野望遠，地僻春意閑。」《郊行》云：「强引村醪終少味〔七〕，漫留詩句嬾題名。」《村行》云：「瘦藤籬角蔓，雜草樹根花。夾道懸新棗，荒畦卧晚瓜。」又云：「歲豐人樂社，秋近客思家。」《書事》云：「佳樹漲新緑，危蘽棲老紅。」《與顯叔》云：「茶竈翻春白，糟牀滴曉紅。」《雜詩》云：「樹影僧攜錫〔八〕，鈴聲客到門。片月冷千嶂，敗橋通兩村。」此類甚多。元輿父瓊，國初有功，仕至武寧軍節度使〔九〕。元輿以門資叙〔一〇〕，宦不達。朝廷高其才，明昌初以著作郎召之，未幾，卒。有《坡軒集》行於世。

【注】

〔一〕安陽：金縣名，屬相州，今河南省安陽市。《金史·酈瓊傳》：「相州臨漳（今河北省臨漳縣）人。」臨漳爲所轄屬縣。權當爲臨漳人。

〔二〕「昆明」句：南朝梁慧皎《高僧傳·譯經上·竺法蘭》：昔漢武穿昆明池底，得黑灰，問東方朔。朔云：「不知，可問西域胡人。」後法蘭既至，衆人追以問之，蘭云：「世界終盡，劫火洞燒，此灰是也。」

〔三〕谽谺：山石險峻貌。唐獨孤及《招北客文》：「其北則有劍山巉巉，天鑿之門，二壁谽谺，高岸嶙峋。」

〔四〕枵如：空虚貌。宋洪邁《夷堅丁志·盱江丁僧》：「（黄氏）壞壁入，爇火照之，室已虚矣，四壁枵如。」

〔五〕補天手：古代神話傳説，女媧煉石補天。《淮南子·覽冥訓》：「往古之時，四極廢，九州裂，天不兼覆，地不周載……於是女媧鍊五色石以補蒼天，斷鼇足以立四極。」

〔六〕月斧：修月之斧。神話傳説，月由七寶合成，常有八萬二千户修之，故有此稱。見唐段成式《酉陽雜俎·天咫》。

〔七〕村醪：村酒。醪，本指酒釀，引申爲濁酒。

〔八〕錫：即錫杖。僧人所持的手杖。杖頭有錫環，振時作聲。《得道梯橙錫杖經》：「是錫杖者，名爲智杖，亦名德杖。」

〔九〕武寧軍：軍名，金初屬山東西路，貞祐三年九月改隸河南路。

〔一〇〕門資：門第。叙：按規定的等級次第授官職。《周禮·天官·宫伯》：「凡在版者，掌其政令，行其秩叙。」鄭玄注：「叙，才等也。」賈公彦疏：「秩謂依班秩受禄；叙者，才藝高下爲次第。」《續資治通鑑·元泰定帝泰定元年》：「宜追贈死者，優叙其子孫。」

聞砧〔一〕

玉關消息到長安〔二〕，處處砧聲搗夜闌〔三〕。想得月殘哀響斷，一燈清淚剪刀寒〔四〕。

【注】

〔一〕砧：砧聲。擣衣聲。元好問《短日》：「短日砧聲急，重雲雁影深。」

〔二〕玉關：玉門關。漢武帝置。漢時爲通往西域各地的門户。故址在今甘肅敦煌西北小方盤城。此處代邊關。長安：代指京城。

〔三〕夜闌：夜深。

〔四〕「一燈」句：唐王建《酬于汝錫曉雪見寄》：「勞動更裁新樣綺，紅燈一夜剪刀寒。」末二句遥想思婦在月夜裏爲守邊丈夫裁製寒衣的淒涼情形。

夷門遺懷〔一〕

梁園花木艷精神〔二〕，盡屬東風點綴人〔三〕。雪壓老梅香不起，問君消得幾多春〔四〕。

【注】

〔一〕夷門：戰國魏都城的東門。故址在今河南開封城内東北隅。因在夷山之上，故稱。後用作大梁（今開封）的别稱。金趙秉文《上清宫》：「暇日登臨近吹臺，夷門城下訪寒梅。」遣懷：猶遣興。

〔二〕梁園：西漢梁孝王所建東苑。故址在今河南開封市東南。後用作開封的代稱。

〔三〕東風點綴人：喻指承受皇恩，春風得意之人。

〔四〕「雪壓」二句：感慨有傲骨者因未能趨炎附勢而名聲不得彰顯，難以承蒙皇恩。消得：受得。

西遊雜詩〔一〕

茅店雞聲外〔二〕，柴車犬吠間〔三〕。疏星涵積水，殘月墮昏山。好夢人何在，秋風我獨還。梨園有名酒〔四〕，聊此慰間關〔五〕。

【注】

〔一〕雜詩：謂興致不一，不拘流例，遇物即言之詩。《文選》有雜詩一目，凡内容不屬獻詩、公宴、遊覽、行旅、贈答、哀傷、樂府諸目者，概列雜詩項。即有題如張衡《四愁》、曹植《朔風》等，内容相近，亦歸此項，如王粲、劉楨、曹植兄弟等作皆即以「雜詩」二字爲題，後世循之。《文選·王粲·雜詩》李善注：「雜者，不拘流例，遇物即言，故云雜也。」唐李周翰注：「興致不一，故云雜詩。」

〔二〕「茅店」句：唐温庭筠《商山早行》：「雞聲茅店月，人跡板橋霜。」

〔三〕柴車：簡陋無飾的車。

〔四〕梨園：古地名。在今陝西淳化。本爲漢武帝所築梨園，植梨樹百株。宋淳化初建爲梨園縣，後廢爲梨園鎮。

〔五〕間關：形容旅途勞碌奔波的艱辛，路途的崎嶇、輾轉等。

慈恩寺塔〔一〕

慈恩石刻半公卿，時遇聞人爲指名〔二〕。龍虎榜中休著眼〔三〕，一篇俚賦誤平生〔四〕。

【注】

〔一〕慈恩寺塔：即大雁塔。位於陝西省西安市南郊大慈恩寺内，塔身七層。唐高宗永徽三年，爲玄奘譯著佛經而修建。

〔二〕「慈恩」二句：叙「雁塔題名」事。唐朝新中進士，均在大雁塔内題名。五代王定保《唐摭言》卷三：「進士題名，自神龍之後，過關宴後，率皆期集於慈恩塔下題名。」形成「塔院小屋四壁，皆是卿相題名」之情景。聞人：有名望的人。

〔三〕龍虎榜：會試中選爲登龍虎榜。唐貞元八年，歐陽詹與韓愈、李絳等二十三人於陸贄榜聯第，詹等皆俊傑，時稱「龍虎榜」。見《新唐書・文藝傳下・歐陽詹》。著眼：猶舉目；入眼。

〔四〕俚賦：通俗淺近不求文雅之賦。金代詞賦科主考律賦，平仄對偶之格律要求甚嚴。末二句言其對科舉呈文不屑一顧，我行我素的人生價值取向。

木樨〔一〕

菊小未堪摘，荒池悴芙蕖〔二〕。窮秋不慰眼〔三〕，幽獨將焉如〔四〕。殷勤蕊宮子〔五〕，種桂庭之除〔六〕。乘閑弄餘花，散落荒山隅。從兹雲月裔〔七〕，漂泊生江湖。娟娟耐凍枝，便與群芳殊。琉璃剪芳葆〔八〕，蛾黄拂仙裾〔九〕。唾袖花點碧〔一〇〕，潄金粟生膚〔一一〕。好風一披拂，九里香縈紆〔一二〕。蘭蕙不敢友，荃蓀正僮奴〔一三〕。妄意此尤物〔一四〕，化工異吹噓。不然九天香，安得獨付渠。託物寄深緼〔一五〕，古今一三閭〔一六〕。收攬名草木，自比君子徒。惟兹不掛口，無乃聖不居〔一七〕。抑夫古簡編〔一八〕，斷缺秦火餘〔一九〕。君看齊魯臣，史筆逸其書〔二〇〕。惜哉不可曉，臨風爲嗟籲〔二一〕。尤憐元祐前，不及附歐蘇〔二二〕。末路益可惜，例進宣和初〔二三〕。仙根豈易致，百死不一甦〔二四〕。昔遊汴離宮〔二五〕，識此傾城姝〔二六〕。摩挲三品石，尚想狎客娛〔二七〕。卻後十五年，微霜半粘鬚。一枝再經眼〔二八〕，相對憐羈孤〔二九〕。不知苦何事，玉骨乃爾癯〔三〇〕。故人憐我老，尺書遠招呼〔三一〕。要趁秋香濃〔三二〕，共此碧玉壺〔三三〕。遥知嬋娟客，與我一笑俱①〔三四〕。

【校】

①一笑：李本、毛本作「笑一」。

【注】

〔一〕木樨：又作木犀，桂花。常緑灌木或小喬木，葉橢圓形，花黄色或黄白色，有極濃鬱的香味。

〔二〕悴：衰弱，疲萎。芙蓉：荷花的别名。《楚辭·離騷》：「製芰荷以爲衣兮，集芙蓉以爲裳。」洪興祖補注：「《本草》云：其葉名荷，其華未發爲菡萏，已發爲芙蓉。」

〔三〕窮秋：晚秋，深秋。指農曆九月。南朝宋鮑照《代白紵曲》其一：「窮秋九月荷葉黄，北風驅雁天雨霜。」慰眼：因好看而使人欣慰。金馮延登《鄜城道中》：「瘦梅疏竹未慰眼，只有清淚沾衣巾。」

〔四〕幽獨：指静寂孤獨的人。焉如：去哪里。

〔五〕蕊宫子：蕊宫仙子。蕊宫：道教經典中所説的仙宫。

〔六〕除：臺階。

〔七〕「從兹」句：謂木樨花由天上仙境中而來。

〔八〕琉璃：喻晶瑩碧透之物。喻桂花的枝莖。葆：叢生的草。

〔九〕仙裾：衣袖之美稱。

〔一〇〕「唾袖」句：《飛燕外傳》載，后與婕妤坐，誤唾婕妤袖。婕妤曰：「姊唾染人紺袖，正似石上華，假令尚方爲之，未必能如此。」以爲石華廣袖。句以美人之唾液染於袖上如花般美麗，來形容桂花在緑葉中的形狀。

〔一一〕漱金：沙裹澄金的小金粒。粟生膚：皮膚因寒冷而生穀粒狀小凸起。桂花花蕊如金粟。

〔一二〕縈紆：繚繞，縈繞。指桂花香氣濃鬱，縈繞不斷，所傳極遠，且久久不散。

〔一三〕「蘭蕙」二句：意謂蘭蕙、荃蓀這些香草的芳香均不能與桂花相比。荃蓀：一香草名。荃即菖蒲。

〔一四〕妄意：揣想。

〔一五〕緼：通「蘊」，深奥。

〔一六〕三閭：三閭大夫，楚國詩人屈原，其作品多以香草美人寄興。

〔一七〕無乃：委婉測度，猶「莫非」。聖：指精通某方面事物之人。句謂屈原詩作中未及木樨，因此恐怕不能稱爲香草美花之聖。

〔一八〕抑：表示選擇，猶「還是」。簡編：古代典籍。

〔一九〕秦火：指秦始皇焚書事。

〔二〇〕「君看」二句：謂史書中也將木樨花遺漏。史筆：指執修史之筆之人，史官。

〔二一〕嗟竷：傷感長歎。

〔二二〕「尤憐」二句：謂桂花也未入歐蘇詩文中。元祐：宋哲宗趙煦年號（一〇八六——一〇九四）。歐蘇：歐陽修和蘇軾。

〔二三〕「末路」二句：桂花在北宋末年始受重視。宣和：宋徽宗最後一個年號（一一一九——一一二五）。

〔二四〕甦：同「蘇」。宣和初宫中廣植桂樹，可惜百不遺一，極難成活。

〔二五〕汴離宫：北宋都城汴京皇宫之外的宫囿。

〔二六〕傾城姝：《漢書·外戚傳》：「李延年侍上起舞，歌曰：『北方有佳人，絶世而獨立，一顧傾人城，再顧傾人國。』」後以傾城極言女子之貌美。此喻桂花。

〔二七〕「摩挲」二句：用唐牛僧孺愛石典故，言其對木樨花的賞愛之情。唐白居易《太湖石記》：「今丞相奇章公嗜石……石有大小，其數四等，以甲乙丙丁品之。每品有上中下，各刻於石之陰，曰『牛氏石甲之上、丙之中、乙之下』。」牛僧孺，唐敬宗時封奇章郡公。

〔二八〕經眼：過目，見到。

〔二九〕羈孤：羈旅孤獨的人。《文選·謝莊·月賦》：「親懿莫從，羈孤遞進。」李善注：「羈孤，羈客孤子也。」

〔三〇〕玉骨：對桂花枝幹的美稱。癯：清瘦。

〔二〕尺書：書信。

〔三〕秋香：此指桂花香。桂花八月盛開，故稱。

〔三〕碧玉壺：《後漢書·費長房傳》：長房爲市掾，見一老翁賣藥，懸一壺於肆頭。市罷，即跳入壺中。長房因詣翁，翁與俱入壺中，見玉堂莊嚴華麗，美酒嘉肴充盈其中，相與飲畢而出。句言友人邀己共賞桂花。

〔四〕「遥知」二句：宋王安石《與微之同賦梅花得香字三首》其三：「嬋娟一種如冰雪，依倚春風笑野棠。」嬋娟，此指桂樹。

竹林寺矮松

蒼煙靄山曲，回溪抱修筠〔一〕。中藏古佛宫，荒僻無四鄰。靈松插殿脚，偃蹇今幾春〔二〕。何年霹靂雨，抉石搜潛鱗〔三〕。謫重飛舉難〔四〕，墮此蜿蜒身〔五〕。聯拳縮爪股〔六〕，氣屈不得伸。卧枝老無力，支撑藉樵薪〔七〕。無風自悲吟〔八〕，失水固不神〔九〕。安知才不才〔一〇〕，禍福了已分〔一一〕。南山聳千嶂，直幹排風雲。正以中繩墨，中道遭斧斤〔一二〕。豈知無用資，千歲保其真〔一三〕。何必求先容〔一四〕，養此老困輪〔一五〕。我亦愛奇節〔一六〕，歲晏守賤貧〔一七〕。他時來汝伴，露頂掛葛巾〔一八〕。

【注】

〔一〕修筠：長竹。筠，竹子的青皮，借指竹子。

〔二〕偃蹇：屈曲貌。漢淮南小山《招隱士》：「桂樹叢生兮山之幽，偃蹇連蜷兮枝相繚。」

〔三〕潛鱗：潛虯。深藏水底的蛟龍。

〔四〕飛舉：指升天成仙。

〔五〕蜿蜒：縈回屈曲貌。四句謂矮松本爲水中潛鱗，因被貶難以飛舉而墜落此處。

〔六〕「聯拳」句：狀矮松的屈曲貌。聯拳：屈曲貌。杜甫《漫成一絶》：「沙頭宿鷺聯拳靜，船尾跳魚潑刺鳴。」

〔七〕「卧枝」二句：謂矮松横卧的枝杈難以直立，只能靠柴薪之類的雜木來支撑。樵薪：柴薪。

〔八〕悲吟：哀歎。

〔九〕「失水」句：謂此松本爲水中蛟龍，離開了水自然就失去了神通。

〔一〇〕才不才：有才能與没有才能。《左傳·文公七年》：「此子也才，吾受子之賜；不才，吾唯子之怨。」唐李山甫《山中依韻答劉書記見贈》：「至道非内外，詎言才不才。」

〔一一〕了：顯。二句謂難道不知有才而受禍、無才而全身這一顯而易見的因果關係嗎？

〔一二〕「南山」四句：言因有才而得禍。

〔一三〕「豈知」二句：句謂哪知一無用處的矮松，卻保全了自己的性命和本真。二句用莊子《逍遥遊》

意，表達無用能全身之思想。惠子謂莊子曰：「吾有大樹，人謂之樗。其大本擁腫而不中繩墨，其小枝捲曲而不中規矩，立之塗，匠人不顧。」莊子答曰：「今子有大樹，患其無用，何不樹之於無何有之鄉，廣莫之野，彷徨乎無爲其側，逍遥乎寢卧其下。不夭斤斧，物無害者，無所可用，安所困苦哉。」

〔一四〕先容：事先妝容、修飾。比喻推薦、引薦。

〔一五〕囷輪：輪囷。屈曲貌。二句語本《文選·鄒陽·于獄中上書自明》：「蟠木根柢，輪囷離奇，而爲萬乘器者，何則？以左右先爲之容也。」

〔一六〕奇節：獨特、奇特的節操。

〔一七〕歲晏：指人的暮年。

〔一八〕露頂：指脱帽露頂，不拘禮節。葛巾：用葛布製成的頭巾。代指休閑瀟灑的裝束。

自鶴壁遊善應洹山〔一〕

清晨發鶴山〔二〕，瘦馬陵峻嶺。春風吹雪谷，朝霧濕雲影。羊腸抱傾崖，絶壑如下井。硤關山卻立，老眼入絶境。人家跨清溪，桑柘鬱數頃〔三〕。西行復幾里，巖谷棲短景〔四〕。窮溪水源清，溜溜如細綆〔五〕。下流泉滿山，勢合久方騁〔六〕。灘光落鏡明，嵐氣霏雨冷①。何年鑿青壁，兩佛入禪定〔七〕。殘僧久零落，遺塔寄煙暝。荒凉布金地〔八〕，雜遝樵牧徑〔九〕。同遊成六逸〔一〇〕，轟飲助高興〔一一〕。留連更坐卧，談笑發嘲詠〔一二〕。感物復歎嗟，醉語忽逕廷〔一三〕。青山不愛寶，歲歲出礬礦〔一四〕。公場沸千夫，利井供百鼎〔一五〕。誰開爭奪源，敗此丘壑勝〔一六〕。頗思呼有力〔一七〕，擲入萬里迥〔一八〕。天神定笑我，癡絶謾生癭〔一九〕。長懷古畸人〔二〇〕，飛夢遶箕潁〔二一〕。

【校】

① 霏：李本、毛本作「排」。

【注】

〔一〕鶴壁：鎮名。《金史·地理中·彰德府》「湯陰縣」下云：「鎮一，鶴壁。」今河南省鶴壁市。善應：山名，佛寺名，在安陽市西南。元好問集中有《善應寺五首》、《浣溪沙》（湖上春風散客愁）題序云：「相州西南善應，洹水所從出。」洹山：應屬善應山，疑因洹水源此，故稱。

〔二〕鶴山：在今鶴壁市北，南羑河南岸。因古有雙鶴棲於南山峭壁得名，上有鶴山廟。

〔三〕桑柘：桑樹與柘樹。

〔四〕短景：日影短。

〔五〕綆：井繩。

〔六〕騁：喻水聲勢壯大。

〔七〕兩佛：指山崖峭壁上佛像。禪定：謂坐禪習定。

〔八〕布金地：佛教謂菩薩所居以黄金鋪地，故稱。借指佛寺。

〔九〕雜遝：衆多雜亂的樣子。樵牧：打柴放牧者。泛指鄉野之人。

〔一〇〕六逸：指竹溪六逸。《新唐書·李白傳》：李白客任城，與孔巢父、韓準、裴政、張叔明、陶沔居徂來山，日沉飲，號『竹溪六逸』。」此處以比同遊六人。

〔一一〕轟飲：高聲叫喊勸酒豪飲。

〔一二〕嘲詠：謂歌詠以嘲諷。

〔一三〕遥廷：比喻説話前言後語遥不相及，海闊天空。

〔一四〕礬：礬石，某種金屬硫酸鹽的含水結晶物。明李明珍《本草綱目·金石四·礬石》：集解注引蘇頌曰：「礬石初生皆石也，采得燒碎煎煉，乃成礬也。」

〔一五〕「公場」二句：描寫礦區開採煉製礦石的繁忙景象。公場：開挖礦石之場所。沸：形容人聲器物聲之吵雜如湯之沸。千夫：衆多礦工。利井：爲了就近取水用打成的井。百鼎：燒煉結晶礬所用的爐或鍋。

〔一六〕敗：破壞。丘壑勝：大自然的美景。

〔一七〕「頗思」句：《莊子·大宗師》：「夫藏舟於壑，藏山於澤，謂之固矣。然而夜半有力者負之而走，昧者不知也。」

〔一八〕「擲人」句：《維摩經》：「菩薩斷取三千大千世界，如陶家輪着右手掌中，擲過恒河沙國之外。」迥：遠。二句謂極想呼喚有力者將礬礦抛到萬里之外。

〔一九〕癡絶：極不理智之人。謾生癭：莫生癭。謂竭盡全力，連頸部長瘤也不顧及。《三國志·魏書·賈逵傳》裴松之注引《魏略》：「逵前在弘農，與典農校尉爭公事，不得理，乃發憤生癭。」

〔二〇〕畸人：不合於世俗的異人。語自《莊子·大宗師》：「畸人者，畸於人而侔於天。」異人的思想言行，世俗人見而怪之、遠之，不能接受，但卻符合實際，接近真理。侔：相等、齊。

〔二一〕箕潁：箕山和潁水。代指隱居山林。相傳堯時隱士許由住在「潁水之陽，箕山之下」。事見晉皇甫謐《高士傳·許由》。

八渡崖〔一〕

奔湍百折似蟠虯〔二〕，響入山根匯復流。咫尺蒼崖溪八渡，等閑藜杖我頻遊。層崖障日樵聲晚，寒谷呼風樹影秋。安得剩栽溪上竹〔三〕，一庵領盡兩山幽。

【注】

〔一〕八渡崖：今河北省唐縣西北有八渡關，因關下水屈曲凡八渡而得名。按詩中「溪八渡」應指此地。

〔二〕蟠虬：盤曲的虬龍。

〔三〕剩：更。

留仲澤〔一〕

朝衫酒濕紫宸霞①〔二〕，暫輟旌旗擁使華。馳馬彎弓真將種〔三〕，載書囊筆自名家〔四〕。江湖萬里春回雁〔五〕，燕趙千林月滿花。明日升沉便天壤，更留玉樹倚蒹葭〔六〕。

【校】

①衫：李本、毛本作「初」。

【注】

〔一〕仲澤：張汝霖，字仲澤，遼東人。其父張浩然在海陵王和世宗時任宰相。仲澤以父功賜進士出身，官至平章政事。明昌元年卒。

〔二〕朝衫：即朝衣。紫宸：宮殿名，天子所居。唐宋時爲接見群臣及外國使者朝見慶賀之處。

〔三〕將種：謂將門的後代。

〔四〕名家：謂有專長而自成一家。

〔五〕春回雁：春暖雁回之時。

〔六〕玉樹倚蒹葭：《世説新語·容止》：「魏明帝使后弟毛曾與夏侯玄共坐，時人謂蒹葭倚玉樹。」玉樹：喻美少年。

寄唐州幕官劉無黨〔一〕

白髮青衫宦苦卑〔二〕，邊荒誰識鳳麟姿〔三〕。河西落魄高書記〔四〕，劍外清貧杜拾遺〔五〕。紫玉山高傳楚夢〔六〕，蠙珠淵靜照黄陂〔七〕。禁中頗牧他年事〔八〕，先遣江淮草木知〔九〕。

【注】

〔一〕唐州：宋金州名，宋屬京西南路，金時屬南京路。金熙宗皇統二年金從宋割得，八年後歸宋；金世宗大定四年，宋金議和，金又割得唐州，改名裕州。今河南唐河縣。劉無黨：劉迎，字無黨，號無諍居士。東萊（今山東省萊州市）人。大定十三年進士，授唐州幕官，官至太子司經。以詩名世。其詩氣骨蒼勁。所著詩詞集《山林長語》六卷，已佚。《中州集》卷三有小傳。

〔二〕青衫：唐制文官八、九品服以青。泛指官職卑微。宋歐陽修《聖俞會飲》：「嗟余身賤不敢薦，四十白髮猶青衫。」

〔三〕邊荒：唐州在宋金交界處，戰亂前沿，宋金戰爭重災區，土地荒蕪，人煙稀少，歸屬權幾經易手，故稱。鳳麟：鳳凰與麒麟，比喻傑出罕見的人才，此處代劉迎。

〔四〕河西高書記：唐代邊塞詩人高適（七〇〇—七六五），字達夫，滄州（今河北省景縣）人。應舉中第後授封丘尉，因不忍「鞭撻黎庶」和不甘「拜迎官長」辭官。後入隴右、河西節度使哥舒翰幕，爲掌書記，故稱。

〔五〕劍外：劍門關以外，也作劍南，代指四川。杜拾遺：杜甫。曾任左拾遺，故稱杜拾遺。杜甫辭官後，流落四川，先後在成都、梓州、閬州、奉節等地漂泊。

〔六〕紫玉山：又名紫薇山，位於劉迎任職地唐州。今河南省唐河縣湖陽鎮南，豫鄂兩省分界山。《河南通志》卷七：「紫玉山，在唐縣南一百里，下有二龍潭。」楚夢：指楚王遊陽臺夢遇巫山神女事。

〔七〕蠙：蚌的别名。蠙珠淵：唐州湖潭名。宋王存《元豐九域志》卷一載，唐州方城縣有蠙珠潭。黄陂：地名，宋屬淮南西路黄州齊安郡。今湖北武漢市黄陂區。二句寫唐州地近荆楚，一山之隔，故可傳楚王事，可觀楚地風光。

〔八〕頗牧：戰國時趙國守邊禦敵的名將廉頗與李牧的並稱。禁中頗牧：《新唐書·畢諴傳》載：党項擾河西，翰林學士畢諴上破羌條陳甚悉，唐宣宗大悦，曰：「吾將擇能帥者，孰謂頗牧在吾禁署，卿爲朕行乎！」于是拜諴爲刑部侍郎，出爲邠寧節度，河西供軍安撫使。諴在任内多所建樹。後以「禁中頗牧」喻宫廷侍從官中文才武略兼備者。宋張先《定風波令》：「浴殿詞臣亦議兵，禁中頗牧党羌平。」

〔九〕江淮草木知：即「草木知威」。讓江淮的草木都知道他的威名。形容威勢極大。語自《新唐書·

張萬福傳》：「朕謂江淮草木，亦知爾威名。」希望劉迎在南方前線能有所作爲，威鎮江淮。

除夜〔一〕

殊方節物老堪驚〔二〕，病怯諸鄰爆竹聲。梨栗異時鄉國夢〔三〕，琴書此夕故人情〔四〕。眼看曆日悲存歿〔五〕，淚濺屠蘇憶弟兄〔六〕。白髮明朝四十七，又隨春草一番生。

【注】

〔一〕除夜：即除夕，大年三十晚上。

〔二〕殊方：異地，遠方。節物：各個季節的風物景色。

〔三〕梨栗：梨子和栗子。異時：往時。句用晉陶淵明《責子》：「通子垂九齡，但覓梨與栗。」及唐孟郊《立德新居》：「畏彼梨栗兒，空資玩弄驕。」指幼年在鄉貪吃貪玩的情形。

〔四〕「琴書」句：言其除夕彈琴作詩以抒發對故舊親友的思念之情。

〔五〕曆日：日曆，曆書。蘇軾《除夜野宿常州城外》其二：「老去怕看新曆日，退歸擬學舊桃符。」存歿：生存和死亡，兼指生者與死者。

〔六〕屠蘇：藥酒名。古代風俗，於農曆正月初一飲屠蘇酒。南朝梁宗懍《荆楚歲時記》：「（正月一日）長幼悉正衣冠，以次拜賀，進椒柏酒，飲桃湯，進屠蘇酒。」宋金人多在除夜飲屠蘇酒，宋金詩多詠其俗，如宋蘇轍《除日》：「年年最後飲屠酥，不覺年來七十餘。」宋陸游《除夜雪》「半盞屠蘇猶未舉，燈前小草寫桃符」等。

七夕〔一〕

縹緲針樓外〔二〕，天教彩羽過〔三〕。步雲榆送影〔四〕，拂月桂交柯〔五〕。繡縷縈芳袂，瓜蓮得巧梭〔六〕。嫦娥如解妒〔七〕，還與試斜河〔八〕。

【注】

〔一〕七夕：農曆七月初七之夜。民間傳説，牛郎織女每年此夜在天河相會。舊俗婦女於是夜在庭院中進行乞巧活動。見南朝梁宗懔《荆楚歲時記》。

〔二〕縹緲：高遠隱約貌。《文選·木華·海賦》：「群仙縹眇，餐玉清涯。」李善注：「縹眇，遠視之貌。」針樓：本指女子七夕穿針刺繡之彩樓。此處指織女所居之樓。

〔三〕彩羽：彩色雲霞，相傳爲織女所織。

〔四〕榆：星名。《春秋運斗樞》：「玉衡星，散爲雞，爲鴟……爲荆，爲榆。」漢無名氏《隴西行》：「天上何所有，歷歷種白榆。」

〔五〕桂：月中之桂樹。柯：枝。

〔六〕瓜蓮：七夕節所陳設的瓜果。南朝梁宗懍《荆楚歲時記》：「七夕，婦女結綵縷，穿七孔針，或以金銀鍮石爲針，陳瓜果於庭中以乞巧。」

〔七〕嫦娥：神話中的月中女神。解：懂得。

〔八〕試：比試。斜河：天河，銀河。

濟源廟海子内有二黿，人以將軍目之，投餅餌則至〔一〕

我欲燃犀起蟄雷〔二〕，漫誇海醮紙錢灰〔三〕。將軍不是池中物〔四〕，也爲區區漫誇來〔五〕。

【注】

〔一〕詩題：元好問《續夷堅志》「濟源靈感」：「濟源廟，隋時建。廟後大池，邑人以海子目之。」此詩又見宋李流謙《澹齋集》卷八。李流謙，南宋人，考其生平與行跡，似無北上過濟源之經歷。其集清初已佚，現行十八卷《澹齋集》系清人從《永樂大典》中輯録而成，竄入金人作品。黿：大鱉。餅餌：餅類食品的總稱。《急就篇》卷十：「餅餌麥飯甘豆羹。」顔師古注：「溲麵而蒸熟之則爲餅，餅之言并也，相合併也；溲米而蒸之則爲餌，餌之言而也，相黏而也。」

〔二〕燃犀：燃燒犀角以照水下鱗介之怪。典出《晉書·温嶠傳》：「至牛渚磯，水深不可測，世云其下多怪物，嶠遂燃犀角而照之。須臾，見水族覆火，奇形怪狀，或乘馬車著赤衣者。嶠其夜夢人謂曰：『與君幽明道別，何意相照也？』意甚惡之。」蟄雷：驚醒蟄蟲之雷。唐殷堯藩《喜雨》：「一元和氣歸中正，百怪蒼淵起蟄雷。」

〔三〕漫詩：隨意漫無邊際地吹嘘。海醮紙錢灰：描寫濟源廟後大池中的靈異現象。元好問《續夷堅志》「濟源靈感」：「獻酒及冥錢，或他有所供，悉投此海池。每歲春暮，紙灰從水底出，謂之海醮。」

〔四〕將軍：指詩題中所説的二黿。句本《三國志·吴書·周瑜傳》：「劉備以梟雄之姿，而有關羽、張飛熊虎之將，必非久屈爲人用者……恐蛟龍得雲雨，終非池中物也。」

〔五〕區區：小，少。形容微不足道。二句感慨像二黿這樣的靈神之物，也抵擋不住金錢的誘惑。暗諷歷代英雄豪傑因功名利禄之誘餌而不得獨立自由。

裴公亭〔一〕

十里蓮塘際碧山〔二〕，入潭無數竹根泉〔三〕。詩狂欲灑亭間壁〔四〕，卻愧文公與樂天〔五〕。

【注】

〔一〕裴公亭：唐相裴休所建，在濟源縣濟瀆廟側。見《河南通志》卷五一。裴休字公美，孟州濟源（今屬河南）人。太和三年進士，官同中書門下平章事、中書侍郎。新、舊《唐書》有傳。

〔二〕際：交界處。

〔三〕「入潭」句：唐賈島《題竹谷上人院》：「樵徑連峰頂，石泉通竹根。」裴公亭下多竹。宋錢若水《濟源縣裴公亭》：「裴相亭成未退身，空煩舞袖與歌塵。至今亭下蕭蕭竹，似對西風怨主人。」

〔四〕「詩狂」句：謂詩人欲題詩於壁。詩狂：指狂放不羈的詩人。唐元稹《放言》：「近來逢酒便高歌，醉舞詩狂漸欲魔。」此處詩人自指。灑：即揮灑。謂揮毫灑墨，奮迅寫詩。

〔五〕愧：因不堪並列而慚愧。文公：唐代詩人韓愈。謚號文，故世稱韓文公。河内河陽（今河南省孟縣）人。樂天：唐代詩人白居易，字樂天。新鄭（今鄭州新鄭）人。裴公亭有二人詩碑。元耶律楚材《過濟源登裴公亭用閑閑老人韻四絶》：「閑閑佳句繼香山。」自注：「有樂天詩碑在焉。」

郊行二首

十里修篁翠拂天〔一〕，青田漠漠水濺濺〔二〕。高林忽斷驚回首，不覺奇峰墮眼前。

【注】

〔一〕修篁：修竹，長竹。

〔二〕漠漠：廣闊貌。濺濺：流水聲。

又

溪橋納納馬蹄輕〔一〕，竹裏人家犬吠聲。行盡灘光溪路黑，隔林燈火夜深明。

【注】

〔一〕納納：沾濕貌。《楚辭·劉向·九歎》：「裳襜襜而含風兮，衣納納而掩露。」王逸注：「納納，濡溼貌也。」

禮部楊公雲翼 二十一首

雲翼字之美，樂平人〔一〕。明昌五年經義進士第一人，詞賦亦中乙科〔二〕。天資穎悟，博通經傳，至於天文、律曆、醫卜之學，無不臻極〔三〕。事母孝。與人交，款曲周密〔四〕，處事詳雅〔五〕，而能以大節自任〔六〕。南渡後二十年，與禮部閑閑公代掌文柄〔七〕，時人號「楊趙」。而公以後輩自處，不敢當也。宣宗頻歲南伐〔八〕，事勢有決不可者，論議之際，時相多以避嫌不敢言〔九〕。公獨直言極諫，以爲兩淮生靈，皆陛下赤子，不能外禦北兵，而取償於宋〔一〇〕。以天下爲度者，不如是也。是後再出兵，時全一軍幾爲宋人所覆〔一一〕。宣宗悔悟，責主兵者曰：「我當何面目見楊雲翼耶？」興定末，拜吏部尚書。中外望其旦暮入相〔一二〕，竟以足疾不果。正大五年八月，終於翰林學士，年五十九，謚曰「文獻」。天下識與不識，皆哀惜之。至今評者以爲百餘年以來，大夫士身備四科者〔一三〕，惟公一人而已。子恕，字誠之，第進士。今在燕中〔一四〕。

【注】

〔一〕樂平：縣名，金代屬河東北路平定州。今山西省昔陽縣。

〔二〕乙科：猶乙等。

〔三〕臻極：達到極致。

〔四〕款曲：殷勤酬應。

〔五〕詳雅：周詳雅正。

〔六〕大節：關係存亡安危的大事。《論語·泰伯》：「臨大節而不可奪也。」何晏集解：「大節，安國家，定社稷。」自任：自覺承擔，當作自身的職責。《孟子·萬章下》：「其自任以天下之重也。」《金史》本傳：「其於國家之事，知無不言。」

〔七〕禮部閑閑公：趙秉文，字周臣，晚號閑閑老人，累拜禮部尚書。文柄：指主持文壇。

〔八〕頻歲：連年。宋劉時舉《續宋編年資治通鑑》卷十三「嘉定八年（金宣宗貞祐三年，一二一五年）」：「金自稱帝至是九十有八年而失國，兩河既破，山東畔之，金人東阻河，西阻潼關，地勢益蹙，遂有南窺淮漢之謀矣。」《金史·楊雲翼傳》：「貞祐中，主兵者不能外禦大敵，而欲取償於宋，故頻歲南伐。」宣宗朝伐宋的戰爭持續七年之久，直到金宣宗駕崩，金哀宗即位才結束。

〔九〕時相：當朝宰相。《金史》本傳載：「至於宰執，他事無不言者，獨南伐則一語不敢及。」

〔一〇〕取償於宋：指用侵占宋地來補償丢失於蒙古的土地。

〔二〕時全：時任同簽樞密院事，力主伐宋。《金史·宣宗本紀下》載：元光元年二月，遣元帥左監軍訛可行元帥府事，節制三路軍馬伐宋，同簽樞密院事時全行院事，副之。五月訛可、時全軍大敗。訛可以敗績當死，上面數而責之，貸官兩階。時全伏誅。

〔三〕中外：朝廷内外，中央和地方。旦暮：早晚。喻短時間内。

〔三〕四科：指孔門四種科目，即德行、言語、政事、文學。

〔四〕燕中：燕京。金中都，今北京市。

陽春門堤上〔一〕

薄薄晴雲漏日高，雪消土脈潤如膏〔二〕。東風可是多才思〔三〕，先送輕黄到柳梢。

【注】

〔一〕陽春門：金中都（今北京）城東門之一。金代又在遼代城垣的基礎上擴建了北京，設城門十二，其東爲宣曜門、陽春門、施仁門。

〔二〕土脈：泛指土壤。語出《國語·周語上》：「農祥晨正，日月底於天廟，土乃脈發。」韋昭注：「脈，理也。」此謂土壤解凍，生氣勃發，如人身脈動。句化用唐韓愈《苦寒》詩句：「雪霜頓銷釋，土脈膏且黏。」

〔三〕才思：才氣和思致。唐韓愈《晚春》：「楊花榆莢無才思，惟解漫天作雪飛。」

光林寺〔一〕

煙浮霜塔閉禪關〔二〕，今落先生杖屨間。碧水同來弄明月，黄塵不解汙青山。因緣多自成三宿〔三〕，物我終同付八還〔四〕。欲識光林全體露〔五〕，松花落盡嶺雲閑。

【注】

〔一〕光林寺：寺名。在今北京廣安門北濱河路。《畿輔通志》卷五一：「天寧寺在廣寧門外，元魏孝文時建，名光林寺。隋仁壽間曰宏業寺，建塔藏舍利，唐開元中改曰天王寺，金大定中改大萬安寺。」

〔二〕禪關：禪門，寺門。

〔三〕因緣：佛教語。佛教謂使事物生起、變化和壞滅的主要條件爲因，輔助條件爲緣。三宿：即三宿戀。佛教語。指對世俗的愛戀之情。《後漢書·襄楷傳》：「浮屠不三宿桑下，不欲久生恩愛，精之至也。」李賢注：「言浮屠之人寄桑下者，不經三宿便即移去，示無愛戀之心也。」

〔四〕八還：佛教語。謂八種變化相，各自還其本所因由處。蘇軾《次韻道潛留别》：「異同更莫疑三語，物我終當付八還。」

〔五〕體露：即體露金風，佛學術語。全體露現而顯出事物之真貌。典出《碧巖録》第二十七則：「僧問雲門：『樹凋葉落時如何？』雲門云：『體露金風。』」金風，指秋風。秋風吹落樹葉，現出樹之實體；如同吾人，滅卻分別妄想，本真即全體露現。

上白塔寺〔一〕

睡飽枝笻徹上方〔二〕，門前山好更斜陽。苔連碧色龜趺古〔三〕，松落輕花鶴夢香〔四〕。身世窮通皆幻影〔五〕，山林朝市自閑忙〔六〕。簾幡不動天風靜〔七〕，莫聽鈴中替戾岡〔八〕。

【注】

〔一〕白塔寺：寺名。又名十八聖寺。《汴京遺跡志》卷一〇：在封丘門外之東，因有白塔，故名。元末遭兵毁。

〔二〕笻：古書上説的一種竹子，可以做手杖。徹：（走）遍。上方：住持僧居住的内室，借指佛寺。

〔三〕龜趺：碑下的龜形石座。

〔四〕鶴夢：謂超凡脱俗的嚮往。

〔五〕窮通：困厄與顯達。幻影：虚幻的景象。

〔六〕山林：指隱居之處。朝市：城市、鬧市。

〔七〕天風：風。風行天空，故稱。漢蔡邕《飲馬長城窟行》：「枯桑知天風，海水知天寒。」

〔八〕替戾岡：「出」的隱語。語自《晉書·佛圖澄傳》：石勒將攻劉曜，群下咸諫以爲不可。勒問佛圖澄。澄曰：「相輪鈴音云：『秀支替戾岡，僕谷劬秃當。』此羯語也。秀支，軍也。替戾岡，出也。僕谷，劉曜胡位也。劬秃當，捉也。此言軍出捉得曜也。」此處或隱含不可出兵之意。

聞韶圖〔一〕

千古神交寄至音〔二〕，聞韶想見聖人心〔三〕。容聲便落筌蹄外〔四〕，後學休從肉味尋〔五〕。

【注】

〔一〕詩題：此爲題畫詩。韶：相傳爲舜時的樂名，孔子推爲盡善盡美。聞韶：《論語·述而》：「子在齊，聞《韶》，三月不知肉味。曰：『不圖爲樂之至於斯也！』」

〔二〕神交：謂心意投合，深相結托而成忘形之交。至音：最美妙的音樂。句言孔子神往聖舜，將其社會理想寄寓於聞《韶》的美感中。《論語·八佾》：「子謂《韶》，盡美矣，又盡善也。謂《武》，盡美矣，未盡善也。」

〔三〕聖人：孔子。

〔四〕容聲：使用語言表達。《莊子·田子方》：「若夫人者，目擊而道存矣，亦不可以容聲矣。」郭象

注：「目裁往，意已達，無所容其德音也。」筌：捕魚竹器；蹄：捕兔網。筌蹄：比喻達到目的的手段或工具。語自《莊子·外物》：「筌者所以在魚，得魚而忘筌；蹄者所以在兔，得兔而忘蹄；言者所以在意，得意而忘言。」成玄英疏：「意，妙理也。夫得魚兔本因筌蹄，而筌蹄實異魚兔；亦猶玄理假於言説，言説實非玄理。」句言孔子所聽《韶》樂後之盡善盡美的感受，是難以用語言表達的。

〔五〕肉味：《論語·述而》：「子在齊，聞《韶》，三月不知肉味。」朱熹集注：「蓋心一於是，而不及乎他也。」句言欲看懂《聞韶圖》則需與聖人心交，不能以凡夫俗子吃肉時的滋味來體味孔子當時的心情。

張廣文消摇堂〔一〕

方寸閑田了萬緣〔二〕，大空物物自翛然〔三〕。鶴鳧長短無餘性〔四〕，鵬鷃高低各一天〔五〕。身内江湖從濩落〔六〕，眼前瓦礫盡虚圓〔七〕。叩門欲問姑山事〔八〕，聾瞽由來愧叔連〔九〕。

【注】

〔一〕張廣文：其人不詳。消摇：即逍遥。堂取《莊子·逍遥遊》之意。

〔二〕方寸：心處胸中方寸間，故稱。閑田：以無人耕種的田地喻閒静的心田。萬緣：指一切因緣。

〔三〕大空：太空，宇宙。物物：萬物。翛然：無拘無束貌，超脱貌。

〔四〕「鶴鳧」句：本《莊子·駢拇》：「鳧脛雖短，續之則憂；鶴脛雖長，斷之則悲。」謂應順應事物本性，自然而然，不應人爲改變它。

〔五〕「鵬鷃」句：語自《莊子·逍遥遊》：鵬將徙于南冥，水擊三千里，摶扶摇而上者九萬里。蓬間斥鷃嘲笑之曰：「我騰躍而上，不過數仞而下，翱翔蓬蒿之間，此亦飛之至也。而彼且奚適也？」謂大鵬斥鷃雖高低有别，志趣懸殊，也各隨性而已，不應崇此抑彼。

〔六〕内：通「納」。濩落：空闊，廓落。

〔七〕瓦礫：破碎的磚頭瓦片。句言身處殘磚片瓦之境，卻如其未毁時那樣有富麗堂皇之感。

〔八〕姑山：姑射山。代神仙之事。語自《莊子·逍遥遊》：「藐姑射之山，有神人居焉，肌膚若冰雪，淖約若處子。」

〔九〕聾瞽：聾盲。耳聾目盲。喻人耳目閉塞，見識淺薄。龍，通聾。叔連：即連叔，《莊子·逍遥遊》的人物。楚國的隱士接輿説藐姑射山有神人，不食五穀，吸風飲露；乘雲氣，御飛龍，而游乎四海之外。肩吾以是狂而不信也。連叔曰：「瞽者無以與乎文章之觀，聾者無以與乎鐘鼓之聲。豈唯形骸有聾盲哉？夫知亦有之。」二句謂以爲逍遥自在的神仙故事荒誕不經，乃屬見識淺薄的知障。

侯右丞雲溪〔一〕

功成何許覓菟裘〔二〕，天地雲溪一釣舟。夢破煩襟濯明月〔三〕，詩成醉耳枕寒流〔四〕。西風歸興隨黄鵠〔五〕，皎日盟言信白鷗〔六〕。政恐蒼生未忘在，草堂才得畫中游〔七〕。

【注】

〔一〕侯右丞：侯摯，字莘卿，東阿（今山東省東阿縣）人。明昌二年進士。貞祐四年拜尚書右丞。故稱。爲人威嚴，才智過人。封蕭國公。在朝遇事敢言，又喜薦士，張文舉、雷淵、麻九疇輩皆由摯進用。《金史》卷一〇八有傳。雲溪：侯摯在東平所置别業，在黄石山之下，浪溪之畔。趙秉文《雙溪記》：「尚書右丞侯領東平之明年，買田於黄山之下，曰浪溪。酈元注《水經》所謂狼溪者是也。『狼』與『浪』同聲，因以名之『浪溪』。東二十里而近，有佛屋，即公之舊隱讀書處也。溪源出於此，築堰匯水爲溪。溪廣百畝，上納天光，下浸山垠，中植亭館，蒔以花竹，命之曰『雲溪』。溪東西往來有墅，公致政他年營菟裘之地也。」見《滏水集》卷一三。此詩爲題畫詩，侯摯家藏《雲溪圖》，時人多有題詠。除楊雲翼此詩外，趙秉文有《尚書右丞侯公雲溪圖》，見《滏水集》卷四。雷淵《賦侯相公雲溪》，見《中州集》卷六。元好問曾爲侯相公所藏《雲溪圖》賦詩三首，北渡後往東平路經雲溪，又賦詩一首：「黄山圖子翰林詩，千里東州有所思。前日相公門下客，國亡家破獨來時。」見《遺山集》卷一二。

〔二〕何許：何處。句本蘇軾《和子由四首·韓太祝送游泰山》：「聞道逢春思濯錦，便須到處覓菟裘。」典出《左傳·隱公十一年》：「羽父請殺桓公，將以求太宰。公曰：『爲其少故也，吾將授之矣。使營菟裘，吾將老焉。』」菟裘：地名。在今山東省泗水縣。後因以稱告老退隱的居處。

〔三〕夢破：暗用「黄粱夢醒」典，指看破功名利禄。煩襟：煩悶的心懷。

〔四〕醉耳枕寒流：《世説新語·排調》：「孫子荆年少時欲隱，語王武子『當枕石漱流』，誤曰『漱石枕流』。王曰：『流可枕，石可漱乎？』孫曰：『所以枕流，欲洗其耳；所以漱石，欲礪其齒。』」後以爲隱逸之典。

〔五〕西風歸興：《晉書·張翰傳》：「翰因見秋風起，乃思吴中菰菜、蓴羹、鱸魚膾，曰：『人生貴得適志，何能羈宦數千里以要名爵乎？』遂命駕而歸。」後用以抒思鄉之情或隱歸之意。黄鵠：比喻高才賢士。《文選·屈原·卜居》：「寧與黄鵠比翼乎？將與雞鶩爭食乎？」劉良注：「黄鵠，喻逸士也。」

〔六〕皎日：白日。古多用於誓辭。曹植《黄初五年令》：「孤推一概之評。功之宜賞，於疏必與；罪之宜戮，在親不赦……此令之行，有若皎日。」信白鷗：謂與鷗鳥爲友，並使之信任。喻隱士生活。《世説新語·言語》「林公曰：『（佛圖）澄以石虎爲海鷗鳥。』」劉孝標注引《列子》曰：「海上之人好鷗者，每旦之海上，從鷗游，鷗之至者數百而不止。」宋黄庭堅《登快閣》：「萬里歸船弄長笛，此心吾與白鷗盟。」

〔七〕「政恐」二句：《晉書·謝安傳》載，謝安中年隱居東山，後被桓温徵爲司馬。臨行，有人戲之曰：「卿累違朝旨，高卧東山，諸人每相與言：『安石不肯出，將如蒼生何？』蒼生今亦將如卿何？」二句謂朝廷南渡，民生塗炭，侯相不忍隱居，故而只能將雲溪别業畫成圖掛於任所以解渴思。

大秦寺〔一〕

寺廢基空在，人歸地自閑。緑苔昏碧瓦〔二〕，白塔映青山①。暗谷行雲度〔三〕，蒼煙獨鳥還。唤回塵土夢〔四〕，聊此弄澄灣。

【校】

① 映：李本、毛本作「應」。

【注】

〔一〕大秦寺：又名波斯寺。在今陝西周至縣終南山北麓。宋姚寬《西溪叢語》卷上載：景教傳入中國後，得到唐太宗禮遇，唐貞觀五年，敕令在長安崇化坊立祆寺，號大秦寺，又名波斯寺。遂後各地興建景教寺院均名大秦寺。但多受「武宗滅佛」牽連而被毁，而終南山大秦寺幸存。宋仁宗嘉祐八年，時任陝西鳳翔府簽判的蘇軾遊覽終南山時，曾過大秦寺，作《大秦寺》詩寄蘇轍。

楊雲翼於金章宗承安四年，曾出任陝西東路兵馬總管判官。詩當作於此時。

〔二〕「緑苔」句：言原來寺屋上的碧瓦散落在緑苔中，因其顏色相近，不易辨認。

〔三〕暗谷：猶幽谷。行雲：流動的雲。

〔四〕塵土：指塵世。

蔡村道中

水連深竹竹連沙〔一〕，村落蕭蕭已暮鴉〔二〕。行盡畫圖三十里，青山影裏見人家。

【注】

〔一〕深竹：茂密的竹林。沙：即沙洲，沙灘。指江河或湖泊中由泥沙淤積而成的陸地。

〔二〕蕭蕭：冷落，淒清。

戴嵩畫牛〔一〕

春草原頭雨濕煙，夕陽渡口水吞天。披圖坐我風蓑底〔二〕，一夢長林二十年〔三〕。

【注】

〔一〕戴嵩：唐代畫家。《宣和畫譜》卷一三載：戴嵩師從韓滉學畫。餘皆不及滉，獨於牛能窮盡野性，乃過滉遠甚。世之所傳畫牛者，嵩爲獨步。宮中藏其畫三十八幅。

〔二〕披圖：展閲圖籍、圖畫等。坐：置。

〔三〕長林：喻隱逸者的居處。

迴文〔一〕

梧井落花秋寂寂〔二〕，竹窗摇月夜沉沉〔三〕。孤鸞舞處回腸斷〔四〕，遠雁來時別恨深〔五〕。

【注】

〔一〕迴文：回文詩。指詩詞字句回環往復讀之均能成誦。起源説法不一。南朝梁劉勰《文心雕龍·明詩》：「迴文所興，則道原爲始。聯句共韻，則柏梁餘制。」一説起源於前秦竇滔妻蘇蕙的《璿璣圖》詩。參見宋嚴羽《滄浪詩話·詩體六》、陳望道《修辭學發凡》。

〔二〕寂寂：寂靜無聲貌。

〔三〕沉沉：夜間天空深沉空曠。

〔四〕「孤鸞」句：《白孔六帖》：「孤鸞見鏡，睹其影謂爲雌，必悲鳴而舞。」常用作夫妻離散的典故。《晉書·列女傳》載，蘇蕙思夫，織錦爲回文旋圖詩以贈。

〔五〕「遠雁」句：唐武則天《織錦回文記》載，蘇蕙夫竇滔有寵姬趙陽如，攜之之任，絶蘇氏音問。句暗用雁足傳書典，謂雁來而丈夫的信不來，感歎蘇蕙對另有新歡之夫的絶情之恨。

煙雨

涼氣先秋至，重陰接望迷〔一〕。有無山遠近，濃澹樹高低。鳥雀枝間露，牛羊舍北泥。支頤政愁絶〔二〕，風雨過前溪。

【注】

〔一〕重陰：指雲層密布的陰天。

〔二〕支頤：以手托下巴。唐白居易《除夜》：「薄晚支頤坐，中宵枕臂眠。」

和呂介甫〔一〕

山下三秋雨〔二〕，山中六月涼。樹林溪谷暗，花藥小欄香〔三〕。夢破風開卷，詩成鳥送觴〔四〕。紅塵多内熱〔五〕，政爾救頭忙〔六〕。

【注】

〔一〕呂介甫：其人不詳。

〔二〕三秋：指秋季。《文選·王融·永明十一年策秀才文》：「四境無虞，三秋式稔。」李善注：「秋有三月，故曰三秋。」

〔三〕花藥：芍藥。

〔四〕觴：古代酒器。

〔五〕紅塵：佛教、道教等稱人世爲「紅塵」。內熱：謂內心憂煎焦灼。《莊子·人間世》：「今吾朝受命而夕飲冰，我其內熱與！」

〔六〕政：通「正」。救頭：救頭燃，佛家語。意謂似救頭上燒着了一樣緊迫，比喻時間緊迫。《禪家龜鑑》卷一：「道人宜自警悟，如救頭燃。」句言癡迷於紅塵利禄的那些人正在內心焦灼如救頭燃那樣匆忙緊迫。

漫興〔一〕

乍寒簾幙一燈青，從臾羈情爾許清〔二〕。葉擁西風秋有思〔三〕，天垂北斗夜無聲。吟蛩遶夢家千里〔四〕，過雁連愁月四更〔五〕。寄語黄華耐岑寂〔六〕，好看霜蕊到歸程〔七〕。

【注】

〔一〕漫興：隨意遣興。

〔二〕從臾：慫恿。《史記·汲鄭列傳》：「天子置公卿輔弼之臣，寧令從諛承意，陷主於不義乎？」羈情：旅居的情懷。爾許：猶言如許、如此。清：清冷孤寂。

〔三〕「蓴摧」句：《晉書·張翰傳》：「翰因見秋風起，乃思吴中菰菜、蓴羹、鱸魚膾，曰：『人生貴得適志，何能羈宦數千里以要名爵乎？』遂命駕而歸。」後用以抒思鄉之情或隱歸之意。

〔四〕吟蛩：蟋蟀的別名。

〔五〕過雁連愁：《詩·小雅·鴻雁》：「鴻雁于飛，哀鳴嗷嗷。」過雁之哀鳴與其思鄉之情呼應，故云「連愁」。四更：舊時自黄昏至拂曉一夜間，分爲甲、乙、丙、丁、戊五段，謂之「五更」。其中四更指晨一時至三時。杜甫《月》：「四更山吐月，殘夜水明樓。」

〔六〕黄華：王庭筠，號黄華山主、黄華老人。據王慶生《金代文學家年譜》卷七，楊雲翼泰和元年曾扈從秋山，同行者有王庭筠。岑寂：寂寞，孤獨冷清。

〔七〕霜蕊：菊花。句言霜蕊好看之際即二人歸程之時。

雙成寺中登樓

雲意生陰晚不收，西風疏雨一江秋。畫圖忽上闌干角〔一〕，隱隱平灣轉釣舟〔二〕。

【注】

〔一〕畫圖：比喻美麗的自然景色。宋司馬光《晚景亭》：「神遊靈境健，身入畫圖迷。」

〔二〕隱隱：隱約不分明貌。

父老 寄樂平令胡德玉〔一〕

老去宦情薄〔二〕，秋來鄉思多。遥憐桑壠在〔三〕，無奈棘林何〔四〕。白水青沙谷，黄雲赤土坡〔五〕。幾時隨父老，社酒太平歌〔六〕。

【注】

〔一〕樂平：金縣名，屬平定州，興定四年正月升爲皋州，有樂平山、清漳水。在今山西省昔陽縣樂平鎮。

〔二〕宦情：做官的志趣、意願。

〔三〕桑壠：借指故鄉。《孟子·梁惠王上》：「五畝之宅，樹之以桑。」《詩·小雅·小弁》：「維桑與梓，必恭敬之。」朱熹集傳：「桑梓二木。古者五畝之宅，樹之牆下，以遺子孫，給蠶食、具器用者也……桑梓父母所植。」

〔四〕棘林：一指九卿之位。南朝陳徐陵《讓五兵尚書表》：「不期枚乘老叟，忽降時恩；馮唐暮年，見申明主。擢宰京邑，朝座棘林。」二指古代斷獄的處所。《文選·王融·永明九年策秀才文》：「自氓俗澆弛，法令滋彰，肺石少不冤之人，棘林多夜哭之鬼。」李善注引《春秋元命苞》曰：「樹棘槐，聽訟於其下。」楊雲翼南渡後官同九卿，也曾審理在京冤獄。見元好問所撰神道碑。

〔五〕黄雲：比喻成熟的稻麥。此處泛指田裏成熟的莊稼。

〔六〕社酒：舊時於春秋社日祭祀土神，飲酒慶賀，稱所備之酒爲社酒。

應制雪詩〔一〕

陰雲破臘不曾晴〔二〕，瑞雪隨風落五更〔三〕。積玉未平鳷鵲瓦〔四〕，飛花先滿鳳凰城〔五〕。潤深農畝千疇緑，塵壓龍沙萬里清〔六〕。最好壽杯浮喜色，明年洗眼看昇平〔七〕。

【注】

〔一〕應制：應帝王之命所寫詩歌。

〔二〕破臘：殘臘，歲末。

〔三〕五更：舊時自黄昏至拂曉一夜間，分爲甲、乙、丙、丁、戊五段，謂之「五更」。其中第五更指晨三時至五時，即天將明時。

〔四〕積玉：積雪。鳷鵲：漢宫觀名。在長安甘泉宫外。漢武帝建元中建。此處代金朝宫殿。

〔五〕鳳凰城：指京城。杜甫《復愁》其九：「由來貔虎士，不滿鳳凰城。」仇兆鼇注：「鳳凰城，指長安。」

〔六〕龍沙：《後漢書·班超傳贊》：「定遠慷慨，專功西遐。坦步葱雪，咫尺龍沙。」李賢注：「葱領、雪山，白龍堆沙漠也。」白龍堆沙漠在今新疆羅布泊以東至甘肅玉門關之間。後泛指邊塞之地。句言國力强盛，威鎮邊疆，敵不敢犯境，戰塵不起。

〔七〕洗眼：喻仔細觀看。昇平：太平。《漢書·梅福傳》：「使孝武皇帝聽用其計，升平可致。」顏師古注引張晏曰：「民有三年之儲曰升平。」

元日〔一〕

香灺猶餘去歲煙〔二〕，五更斗柄已回天〔三〕。來從天外春何早，俵向人間老不偏〔四〕。莫問流光似流水，且從今日數今年。東風五十七年夢〔五〕，夢覺還驚雪滿顛〔六〕。

【注】

〔一〕元日：正月初一。《書·舜典》：「月正元日，舜格于文祖。」孔傳：「月正，正月；元日，上日也。」

〔二〕香灺：香火的餘燼。

〔三〕「五更」句：指天上北斗星中的斗柄東指，春到人間。《鶡冠子·環流篇》：「斗柄東指，天下皆春。」

〔四〕俵：方言，把東西分給人。

〔五〕「東風」句：詩人五十七歲，詩作於正大三年。

〔六〕顛：頭頂。雪滿顛：指滿頭白髮。

太一湫〔一〕

四崖環抱鏡光平〔二〕，數畝澄泓石底清〔三〕。寒入井頭千丈雪〔四〕，淨涵巖際一天星〔五〕。傍人爭出魚依勢，銜葉飛來鳥護靈〔六〕。日日東風送潮出，只應絶頂透滄溟〔七〕。

【注】

〔一〕太一湫：水潭名。在終南山太乙谷中。《陝西通志》卷八：「澂源池，一名太一湫。其上環以群山，雄偉秀特，勢逼霄漢。水廣可數丈，深丈許，錦鱗浮游，人莫敢觸。鱗之大有二三尺者，自昔禱雨，咸在於是。其南即太一殿。」此詩也作於承安末爲陝西東路兵馬都總管判官時。

〔二〕鏡：謂太一湫水面平淨如鏡。

〔三〕澄泓：水清而深。

〔四〕「寒入」句：太一湫四崖環抱，故以「井」喻之。句言山頂瀑布下垂，色白似雪，寒氣逼人。

〔五〕「淨涵」句：言潭水清澈明淨，如鏡的水面反照出四崖之間的一天繁星。

〔六〕「傍人」兩句：寫太乙池的奇異獨特之處：魚不怕人，鳥銜落葉。《陝西通志》卷八：「錦鱗浮游，人莫敢觸。」又宋朱弁《風月堂詩話》卷上：「長安太一湫，林木陰森，水色湛然。魚游水面不怖人，人莫敢取者。林間葉落，鳥輒銜去遠棄之，終年無一葉能墮波上者。韓退之詩云：『魚蝦可俯掇，神物安敢寇？林柯有脱葉，欲墮鳥驚救。爭銜彎環飛，投棄急哺㲉。』蓋實載其事。自唐以來已如此，今人所傳非過論也。」

〔七〕絶頂透滄溟：《陝西通志》卷八引《咸寧縣志》：「太乙湫在太乙谷内，一名南山湫。初在平地，一日風雷移於山上，下湫遂化爲土。」二句言太乙湫雖在山上，但應與大海相通，天天由東風湧潮而來。

應制白兔〔一〕

聖德如天物效祥〔二〕，褐夫新賜雪衣裳〔三〕。光摇玉斗三千丈〔四〕，氣傲金風五百霜〔五〕。禁籞合棲瑶草影〔六〕，御爐猶認桂枝香〔七〕。中興慶事光圖牒①〔八〕，黼坐齊稱萬壽觴〔九〕。

【校】

① 牒：毛本作「譜」。

【注】

〔一〕應制：應帝王之命所寫詩歌。白兔：古代兔子的毛色多爲灰褐色，赤兔、白兔非常稀有，故被認爲是祥瑞之物，列入瑞獸之林。《御定淵鑑類函》卷四三一《獸部·兔》引《瑞應圖》增補内容曰：「赤兔上瑞，白兔中瑞。」各地發現白兔，都要獻瑞朝廷，以示君主賢明，國泰民安。《宋史・符瑞志》詳細羅列出自漢以來各朝進獻白兔的情況，還認爲「白兔，王者敬耆老則見」。這是古代天人感應思想的表現之一。《金史・哀宗上》正大元年春正月下云：「邠州節度使移剌术納阿卜貢白兔，詔曰：『得賢臣輔佐，年穀豐登，此上瑞也，焉事此爲？』」元好問有《燕府白兔》詩，施國祁、繆鉞定爲正大元年作。楊詩亦當作於是時。

〔二〕「聖德」句：從天人感應的角度着眼，認爲因君主聖明，德澤萬物，故有白兔祥瑞之應。

〔三〕「褐夫」句：謂白兔皮毛如下的雪一樣潔白晶瑩。褐夫：穿粗布衣服的人，古代用以指貧賤者。

〔四〕光摇：謂光芒閃動。玉斗：北斗星。

〔五〕金風：秋風。《文選・張協・雜詩》：「金風扇素節，丹霞啟陰期。」李善注：「西方爲秋而主金，故秋風曰金風也。」二句極言白兔之光鮮高貴。

〔六〕禁籞：禁苑周圍的藩籬。指禁苑。瑶草：泛指珍美的草。《文選・江淹・從冠軍建平王登廬山香爐峰》：「瑶草正翕艴，玉樹信葱青。」吕向注：「瑶草、玉樹，皆美言之。」

〔七〕御爐：御用的香爐。傳説月中有桂樹。二句喻玉兔從月宫來。

〔八〕圖牒：譜牒。在記載祖宗世系的譜牒中有圖有表有文字，稱圖牒。

〔九〕黼：古代禮服上繡的半黑半白的花紋。黼坐：黼座，帝王寶座。詩末二句歌頌國家中興，祝福永享盛世。

李平甫爲裕之畫繫舟山圖，閑閑公有詩，某亦繼作〔一〕

名利走朝市〔二〕，山居良獨難。況復山中人，讀書不求官〔三〕。東巖有佳致〔四〕，書室方丈寬〔五〕。彼美元夫子〔六〕，學道如觀瀾〔七〕。孔孟澤有餘，曾顔膏未殘〔八〕。向來種德深〔九〕，直與山根蟠。之子起其門〔一〇〕，孤鳳騫羽翰〔一一〕。計偕聊爾耳〔一二〕，平步青雲端〔一三〕。揭來遊京師，士子拭目觀〔一四〕。禮部天下士，文盟今歐韓〔一五〕。一見折行輩，殆如平生歡〔一六〕。舞雩詠春風，期着曾點冠〔一七〕。五言造平淡，許上蘇州壇〔一八〕。我嘗讀子詩，一倡而三歎〔一九〕。世人非無才，多爲才所謾〔二〇〕。高者足詆訶〔二一〕，下者或辛酸。吾子忠厚姿，不受薄俗漫〔二二〕。晴雲意自高，淵水聲無湍〔二三〕。他日傳吾道，政要才行完〔二四〕。會使兹山名，與子俱不刊〔二五〕。

【注】

〔一〕李平甫：李遹，字平甫，欒城人，明昌二年進士。高才博學，無所不通。爲人滑稽多智，而不欲表表自見。工畫，山水得前輩不傳之妙，龍虎亦入妙品。爲人正直，以東平治中致仕，閑居陽翟十餘年，自號寄庵。《中州集》卷六、《歸潛志》卷四有小傳。金興定五年，李遹爲元好問作《繫舟山圖》。元好問賦《家山歸夢圖》三首，趙秉文、楊雲翼、趙元、劉昂霄等同題此畫。繫舟山：山名，在今忻州城東南。傳説上古洪水氾濫時，此地一片汪洋，大禹曾繫舟於此，故名。《山西通志》

卷一七「忻州」：「繫舟山，在州南三十五里……上有銅環鐵軸，昔帝堯遇水繫舟於此。土人謂禹治水繫舟。」裕之：元好問，字裕之。閑閑公：趙秉文，晚號閑閑老人。

〔二〕「名利」二句：《史記·張儀列傳》：「臣聞爭名者於朝，爭利者於市，今三川、周室，天下之朝市也。」

〔三〕「况復」二句：謂元好問的父親元德明讀書山中隱居不仕事。元德明（？一一五五——一二〇三）：自幼嗜讀書，口不言世俗鄙事。累舉不第，居繫舟山福田寺十五年，放浪山水間，飲酒賦詩自適。著有《東巖集》三卷，已佚。《金史》卷一二六有傳，《中州集》卷一〇有小傳。

〔四〕東巖：即繫舟山之東巖，元德明曾居東山福田精舍讀書，東巖亦其自號。

〔五〕方丈：一丈見方。

〔六〕元夫子：尊稱元德明。夫子：古人對學者的稱呼。

〔七〕觀瀾：《孟子·盡心上》：「觀水之術，必觀其瀾。」趙岐注：「瀾，水中大波也。」南朝梁劉勰《文心雕龍·序志》：「並未能振葉以尋根，觀瀾而索源。」句謂元德明學儒家之道，能夠窮根溯源。

〔八〕「孔孟」二句：謂元德明深受儒學沾丏潤澤。孔孟：孔子和孟子，儒家二聖。曾顔：曾子和顔回。曾子，名參，字子輿；顔回，字子淵。二人皆孔子弟子，古代賢人。二句言元德明飽受孔孟等先儒思想的浸染潤澤。

〔九〕種德：指接受儒家先賢之德行。

〔一〇〕之子：指元好問。

〔一一〕騫：高舉，飛起。羽翰：翅膀。

〔一二〕計偕：稱舉人赴京會試。語自《史記·儒林列傳序》：「郡國縣道邑有好文學、敬長上、肅政教、順鄉里、出入不悖所聞者，令相長丞上屬所二千石，二千石謹察可者，當與計偕，詣太常，得受業如弟子。」司馬貞索隱：「計，計吏也。偕，俱也。謂令與計吏俱詣太常也。」後遂用「計偕」稱舉人赴京會試。爾耳：如此而已。

〔一三〕平步青雲：平地青雲。比喻境遇突然變好，順利無阻地達到很高的地位。舊多指科舉中試。語本唐曹鄴《杏園宴呈同年》：「一旦公道開，青雲在平地。」元好問登興定五年進士第。

〔一四〕「朅來」二句：指元好問於興定年間來京師，名震天下，目爲元才子事。朅來：猶言爾來，來到。拭目觀：刮目相看。

〔一五〕天下士：才德非凡之士。《史記·魯仲連鄒陽列傳》：「始以先生爲庸人，吾乃今日知先生爲天下士也。」歐韓：唐宋文壇盟主韓愈與歐陽修。二句謂當今執掌文柄的禮部尚書趙秉文爲才德非凡之士，他的文壇盟主地位，就像唐之韓愈和宋之歐陽修一樣。

〔一六〕「一見」二句：寫趙秉文賞識元好問並與之成忘年交之事。元郝經《遺山先生墓銘》：「（元好問）下太行，渡大河，爲《箕山》、《琴臺》等詩，趙禮部見之，以爲少陵以來無此作也。以書招之，於是名震京師，目爲元才子。」折：屈尊。唐韓愈《唐故江南西道觀察使太原王公神道碑銘》：「讀書著文，其譽藹鬱，當時名公皆折官位輩行，願爲交。」行輩：輩分。殆：幾乎。平生歡：素來交好。

〔一七〕「舞雩」二句：寫元好問與趙秉文以及京師士人的交游。典出《論語·先進》，孔子問子路、曾皙、冉有、公西華四人志向，曾皙答曰：「暮春者，春服既成，冠者五六人，童子六七人，浴乎沂，風乎舞雩，詠而歸。」曾點：字皙，春秋時期魯國武城（今山東省平邑縣城）人。孔門弟子七十二賢之一。後用作與志同道合者隱逸瀟灑儒雅風流的典故。舞雩：臺名，當在今山東曲阜南。

〔一八〕「五言」二句：謂元好問五言詩平淡自然，不事雕琢，可與中唐詩人韋應物相比。蘇州：韋應物，長安（今陝西省西安市）人，曾官蘇州刺史，故稱韋蘇州。著有《韋蘇州集》。其詩情感真摯動人。田園山水諸作，語言簡淡，風格秀朗，氣韻澄澈，自成一體。

〔一九〕「一倡」句：《荀子·禮論》：「清廟之歌，一倡而三歎也。」意思是一個人唱歌，三個人相和。後多用來形容音樂、詩文優美，餘味無窮。

〔二〇〕謾：蒙蔽。

〔二一〕詆訶：詆毁；呵責；指責。三國魏曹植《與楊德祖書》：「劉季緒才不能逮於作者，而好詆訶文章，掎摭利病。」句謂有些世人目空一切，對成就高於自己者肆意嗤詆。《中州集》辛願小傳：「南渡以來，詩學爲盛。後生輩一弄筆墨，岸然以風雅自名，高自標置，轉相販賣，少遭指摘，終死爲敵。」元好問《贈答劉御史雲卿四首》其四：「學道有通蔽，今人乃其尤。温柔與敦厚，掃滅不復留。高蹇當父師，排擊劇寇讎……先儒骨已腐，百罵不汝酬。胡爲文字間，刮垢搜瘢疣。」句指當時的這種文壇弊端。

〔二〕「吾子」二句：謂元好問爲人忠實厚道，没有隨波逐流，未被輕薄的風氣所影響。薄俗：輕薄的習俗，壞風氣。漫：淹没。

〔三〕「晴雲」二句：讚譽元好問志趣高遠，謙虚不炫耀，真切自然；在治學方面要博大精深而不逞才鬬巧，顯耀才學。

〔四〕「他日」二句：表達詩人對元好問的厚望。吾道：指儒學。楊雲翼對元好問非常器重，以國士相稱，所以將延續道統的希望寄托於他的身上。事實上，正如楊雲翼所期望的那樣，元好問在金亡的近三十年間，作爲金元之際的一代宗師，爲傳播和延續中華文脈做出了巨大的貢獻。才行：才學與品行。

〔五〕「兹山」二句：謂繫舟山會因元好問的成就名聲而更加昭彰。兹山：此山，即繫舟山。不刊：不容更動和改變。引申爲不可磨滅。三國魏曹植《怨歌行》：「周公佐成王，《金縢》功不刊。」

閑閑公爲上清宫道士寫經，並以所養鵝群付之，諸公有詩，某亦同作〔一〕

會稽筆法老無塵〔二〕，今代閑閑是後身〔三〕。只有愛鵝緣已盡，舉群還付向來人〔四〕。

【注】

〔一〕上清宫：道教名觀，在汴京。蘇軾《上清儲祥宫碑》：「太宗皇帝……作上清宫於朝陽門之内，旌興王之功，且高五代兵革之餘，遺民赤子，請命上帝。以至道元年正月宫成，民不知勞，天下頌之。」又《東京夢華録》卷三「上清宫」：「在新宋門裏街北以西。」《金史·哀宗上》（正大五年）：「八月乙卯，以旱，遣使禱於上清宫。」

〔二〕會稽筆法：指晉代書法家王羲之、王獻之的書法。二王皆會稽山陰（今浙江省紹興市）人，故稱。無塵：不着塵埃，表示超塵脱俗。句言二王書法超凡脱俗，達到爐火純青的地步。

〔三〕「今代」句：謂趙秉文是二王再世。閑閑：趙秉文，晚號閑閑老人。《中州集》小傳：「字畫則有魏晉以來風調。」後身：佛教有「三世」的説法。謂轉世之身爲「後身」。宋吴曾《能改齋漫録·議論》：「然聖俞諸公以功甫爲李白後身，求諸詩文。」

〔四〕「只有」二句：戲叙趙秉文寫經並送鵝事。王羲之有「寫經换鵝」之事。《晉書·王羲之傳》：「山陰有一道士，養好鵝，羲之往觀焉，意甚悦，固求市之。道士云：『爲寫《道德經》，當舉群相贈耳。』羲之欣然寫畢，籠鵝而歸，甚以爲樂。」

屏山李先生純甫　二十九首

純甫字之純，弘州人〔一〕。承安二年進士，仕至尚書右司都事。爲舉子日〔二〕，亦自不碌碌〔三〕，於書無所不闚。而於莊周、列禦寇、左氏、戰國策爲尤長〔四〕，文亦略能似之。三十歲後，徧觀佛書，能悉其精微〔五〕，既而取道學書讀之。著一書，合三家爲一〔六〕，就伊川、横渠、晦庵諸人所得者而商略之〔七〕，毫髮不相貸〔八〕，且恨不同時與相詰難也〔九〕。性嗜酒，未嘗一日不飲，亦未嘗一飲不醉。眼花耳熱後，人有發其談端者，隨問隨答，初不置慮〔一〇〕。漫者知所以統，窒者知所以通。傾河瀉江〔一一〕，無有窮竭。好賢樂善，雖新進少年游其門，亦與之爲爾汝交〔一二〕，其不自貴重又如此。迄今論天下士，至之純與雷御史希顏〔一三〕，則以中州豪傑數之。子仝，字稚川。今居鎮陽〔一四〕。

【注】

〔一〕弘州：州名，金時屬西京路，今河北省陽原縣。

〔二〕舉子：科舉考試的應試人。

〔三〕碌碌：隨衆附和貌；碌碌無爲貌。

〔四〕莊周、列禦寇、左氏：指《莊子》、《列子》、《左傳》。

〔五〕精微：精深微妙。

〔六〕三家：指儒釋道三家。

〔七〕伊川：程頤（一〇三三——一一〇七），字正叔，洛陽伊川人，人稱伊川先生，北宋理學家。横渠：張載（一〇二〇——一〇七七），字子厚，大梁（今河南省開封市）人，徙家鳳翔郿縣（今陝西眉縣）横渠鎮，人稱横渠先生，理學創始人之一，與周敦頤、邵雍、程頤、程顥，合稱「北宋五子」。晦庵：朱熹（一一三〇——一二〇〇），字元晦，號晦庵。南宋理學家、思想家。商略：商討評論。

〔八〕毫髮不相貸：即毫不留情。貸：寬恕。

〔九〕詰難：詰問駁難。

〔一〇〕慮：思索。

〔一一〕傾河瀉江：謂講話滔滔不絶，如傾瀉的江河水一般，没有止境。

〔一二〕爾汝：你。爾汝交：彼此以爾和汝相稱，指不分彼此、不拘形跡的親密友誼。《世説新語·言語》「禰衡被魏武謫爲鼓吏」劉孝標注引晉張隱《文士傳》：禰衡少與孔融作爾汝之交，時衡未滿二十，融已五十。

〔一三〕雷御史希顔：雷淵，字希顔，任應奉翰林文字，拜監察御史。《金史》卷一一〇有傳，《中州集》卷六有小傳。

〔一四〕鎮陽：金真定府，屬河北西路。治今河北省正定縣。

雪後

玉環暈月蟠長虹〔一〕，飛沙卷土號陰風〔二〕。黄雲羃羃翳晴空〔三〕，屋頭唧唧鳴寒蟲〔四〕。天符夜下扶桑宮〔五〕，玄冥震怒鞭魚龍〔六〕。魚龍飛出滄海底，咄嗟如律愁神工〔七〕。急斞北斗捲雲漢〔八〕，凌澌捲入天瓢中〔九〕。椎璋碎璧紛破碎〔一〇〕，六華剪出寒瓏璁〔一一〕。翩翾作穗大如手〔一二〕，千奇萬巧難形容。恍如墮我銀沙界〔一三〕，清光縞夜寒朣朧〔一四〕。肝腸作祟耿無寐〔一五〕，試把往事閑追窮。男兒生須銜枚卷甲臂琱弓〔一六〕，徑投虎穴策奇功〔一七〕。不然羊羔酒漲玻璃鍾，侍兒醉臉潮春紅〔一八〕。誰能蹇驢馳着灞陵東，骨相酸寒愁煞儂〔一九〕。屏山正吐黃虀氣〔二〇〕，笑倒坐間亡是公〔二一〕。

【注】

〔一〕玉環：喻月暈。民間認爲月暈是天氣變化起風的徵兆。唐白居易《和櫛沐〈寄道友〉》：「高星粲金粟，落月沉玉環。」暈：日月周圍的光圈。蟠：盤伏。長虹：彩虹。

〔二〕陰風：朔風，陰冷之風。

〔三〕黃雲：雪天之雲。下雪天雲黃於常雲，故稱。宋曾鞏《詠雪》：「黃雲半夜滿千里，大雪平明深一尺。」冪冪：濃重貌。翳：遮蔽。

〔四〕唧唧：蟲鳴聲。寒蟲：越冬的蟲。

〔五〕天符：天帝的符命。扶桑宮：神話中太陽棲息處。

〔六〕玄冥：神名，冬神。掌管降雪。《禮記·月令》：「（孟冬、仲冬、季冬之月）其帝顓頊，其神玄冥。」

李白《大獵賦》：「若乃嚴冬慘切，寒氣凜冽，不周來風，玄冥掌雪。」

〔七〕咄嗟：猶呼吸之間，謂迅速。如律：謂執行天帝讓降雪的命令。神工：指天神讓降雪的浩大工程。

〔八〕斞：酌。北斗：北斗七星，狀如勺形。民間有「北斗勺、南斗瓢」之説。雲漢：銀河，天河。《詩·大雅·棫樸》：「倬彼雲漢，爲章于天。」毛傳：「雲漢，天河也。」

〔九〕淩澌：流動的冰凌。天瓢：神話傳説中天神行雨用的瓢。

〔一〇〕「椎璋」句：將雪花比作搗碎的玉。璋：古代的一種玉器，形狀像半個圭。璧：平圓形中間有孔的玉，古代在典禮時用作禮器，亦可作飾物。

〔一一〕六華：指雪花。以其六角形狀而名之。《太平御覽》卷十二引《韓詩外傳》：「凡草木花多五出，雪花獨六出。」瓏：古人祈雨時用的玉，上面刻有龍文。璁：似玉的石頭。

〔一二〕翩翾：輕飛貌。穗：喻雪花連翩而下，如五穀之穗狀。

〔一三〕銀沙：喻雪。前蜀韋莊《夜雪泛舟游南溪》：「兩岸嚴風吹玉樹，一灘明月曬銀沙。」

〔一四〕縞：白色。朣朧：形容寒光微茫。

〔一五〕肝腸作祟：謂飢腸轆轆，難以忍受，因而肝氣鬱結，憤憤不平。耿無寐：《詩·邶風·柏舟》：「耿耿不寐，如有隱憂。」形容鬱悶不悦的樣子。

〔一六〕銜枚：古代急行軍時横銜枚於軍士口中，以防喧嘩。枚：形如筷子，兩端有帶，可繫於頸上。卷甲：卷起鎧甲。形容輕裝疾進。琱弓：刻繪花紋的弓；精美的弓。此句連用三組意象，代指從軍殺敵。

〔一七〕「徑投」句：用西漢班超「不入虎穴焉得虎子」典。策奇功：鞭策勉勵建立卓越的功勳。以上二句寫臂挽雕弓、建立奇功的男兒豪氣。

〔一八〕「不然」二句：李純甫縱酒自放，有阮籍、陶淵明風範。劉祁《歸潛志》卷一：「居閒，與禪僧、士子遊，惟以文酒爲事。嘯歌袒裼，出禮法外，或飲數月不醒。人有酒見招，不擇貴賤，必往，往輒醉。雖沉醉，亦未嘗廢著書。」羊羔：酒名。元宋伯仁《酒小史》：「汾州乾和酒，山西羊羔酒。」

〔一九〕「誰能」二句：寫詩人鄙棄的窮酸窘迫的境地和詩風。明張岱《夜航船》：「孟浩然情懷曠達，常冒雪騎驢尋梅，曰：『吾詩思在灞橋風雪中驢背上。』」宋孫光憲《北夢瑣言》載有人問鄭綮：「相國近有新詩否？對曰：『詩思在灞橋風雪中驢子上，此處何以得之？』」灞橋風雪中騎驢覓詩，成爲寒峭苦吟文人的代表形象。灞陵：古地名，故址在今陝西省西安市東。漢文帝葬於此，故稱。

〔二〇〕屏山：李純甫自號。黄虀：酸鹹醃菜。黄虀氣：指不甘平庸的不平之氣。

〔二一〕亡是公：無是公。漢司馬相如《子虛》《上林》賦中虛構的人物。

赤壁風月笛圖〔一〕

鉦鼓掀天旗脚紅〔二〕，老狐膽落武昌東〔三〕。書生那得麾白羽〔四〕，誰識潭潭蓋世雄〔五〕。裕陵果用軾爲將，黄河倒捲湔西戎〔六〕。卻教載酒月明中，船尾嗚嗚一笛風〔七〕。九原喚起周公瑾〔九〕，笑煞儋州禿鬢翁〔九〕。

【注】

〔一〕赤壁風月笛圖：當指武元直的《赤壁圖》，畫面展示的是蘇軾所遊、所詠之赤壁，上有趙秉文所書蘇軾《赤壁賦》，又有元好問《題閑閑書〈赤壁賦〉後》。金人多有題詠，如趙秉文《東坡赤壁圖》、曹益甫《東坡赤壁圖》、元好問《赤壁圖》等。

〔二〕鉦鼓：鉦和鼓。古代行軍或歌舞時用以指揮進退、動静的兩種樂器。句指周瑜火燒赤壁事。

〔三〕老狐：代曹操。句寫赤壁之戰中，曹操損兵折將、落荒而逃事。武昌：今湖北省武漢市。

〔四〕書生：指蘇軾。元好問《題閑閑書〈赤壁賦〉後》：「夏口之戰，古今喜稱道之。東坡赤壁詞，殆戲以周郎自况也。」那得：怎能。句本蘇軾《念奴嬌·大江東去》「遥想公瑾當年，……羽扇綸巾，談笑間，强虜灰飛煙滅」詞意。

〔五〕潭潭：象聲詞。多用以形容鼓聲。宋歐陽修《黄牛峽祠》：「潭潭村鼓隔溪聞，楚巫歌舞送迎神。」此用作動詞，指擊鼓指揮，命令進軍之狀。

〔六〕「裕陵」二句：謂宋神宗如果能用蘇軾爲將，定會擊敗西北少數民族的入侵。裕陵：宋人對宋神宗的習慣稱呼。神宗陵本名永裕陵，在河南省鞏縣西南。軾：蘇軾。湔：洗。西戎：西北少數民族的總稱。此指西夏。蘇軾《江城子·密州出獵》：「西北望，射天狼。」

〔七〕「卻教」二句：蘇軾烏臺詩案後被貶黃州，遂月夜載酒遊赤壁，寫下流傳千古的《赤壁賦》。其《前赤壁賦》云：「壬戌之秋，七月既望，蘇子與客泛舟游於赤壁之下。清風徐來，水波不興。舉酒屬客，誦明月之詩，歌窈窕之章。……於是飲酒樂甚，扣舷而歌之。……客有吹洞簫者，倚歌而和之。其聲嗚嗚然，如怨如慕，如泣如訴，餘音嫋嫋，不絶如縷。舞幽壑之潛蛟，泣孤舟之嫠婦。」

〔八〕九原：九泉，黄泉。周公瑾：周瑜，字公瑾。

〔九〕儋州禿鬢翁：指蘇軾。晚年被貶海南儋州。語自黄庭堅《病起荆州亭即事十首》其七：「玉堂端要直學士，須得儋州禿鬢翁。」宋人多用之，如韓淲《鷓鴣天·次韻昌甫》：「歲云暮矣江空晚，誰識儋州禿鬢翁。」宋釋善珍《題東坡儋耳書西江月》：「儋州禿鬢翁，老氣凌汗漫。」二句本蘇軾《念奴嬌·大江東去》「故國神游，多情應笑我，早生華髮」句。

送李經〔一〕

髯張元是人中雄〔二〕，喜如俊鶻盤秋空〔三〕，怒如怪獸拔枯松①〔四〕，老我不敢嬰其鋒〔五〕。更著短周時緩頰〔六〕，智囊無底眼如月〔七〕，斫頭不屈面如鐵〔八〕。一説未窮復一説，勍敵相扼已錚錚〔九〕。二豪同軍又連衡〔一〇〕，屏山直欲把降旂〔一一〕，不意人間有阿經〔一二〕。阿經瓌奇天下士〔一三〕，筆頭風雨三千字〔一四〕。醉倒謫仙元不死〔一五〕，時借奇兵攻二子〔一六〕。縱飲高歌燕市中〔二七〕，相視一笑生春風。人憎鬼妒愁天公，徑奪吾弟還遼東〔二八〕。短周醉別默無語，髯張亦作衝冠怒〔二九〕，阿經老淚如秋雨，只有屏山拔劍舞。拔劍舞，擊劍歌，人非麋鹿將如何〔三〇〕。秋天萬里一明月，西風吹夢飛關河〔三一〕。此心耿耿軒轅鏡〔三二〕，底用兒女肩相摩〔三三〕。有智無智三十里〔三四〕，眉睫之間見吾弟〔三五〕。張謂伯玉，周謂晦之。

【校】

① 枯：李本、毛本作「古」。

【注】

〔一〕李經：字天英。作詩極刻苦，喜出奇語，不蹈襲前人。李純甫譽爲「今世太白」。二試不中，歸遼東。《金史》卷一二六有傳，《中州集》卷五、《歸潛志》卷二有小傳。

〔二〕髯張：美髯公張瑴，字伯玉，許州臨潁（今河南省臨潁縣）人。美豐儀，有長髯至腹。少有俊才，爲人豪邁不羈。居許州郾城，有園囿，田宅甚豐。樂交遊，賓客滿門。好收古器物。年未五十，病腦疽死。《中州集》卷八有小傳附其兄後，《歸潛志》卷二有小傳。

〔三〕俊鶻：矯健之鶻，即金人所謂的海東青。盤秋空：在秋天的遼闊天空盤旋。句謂張瑴高興的時候如海東青在空中盤旋，視野開闊，瀟灑自在。

〔四〕「怒如」句：以怪獸拔枯松喻張瑴發怒時瞪目裂嘴咬牙的猙獰狀態。劉祁《歸潛志》卷二謂其「少不愜意，輒嫚駡。年四十餘不娶。有一妾，因小過以鐵簡殺之」。由此可見其性格之暴烈。

〔五〕嬰：觸碰。句謂張彀發怒時自己也不敢觸其鋒芒。

〔六〕更著：再加。短周：小個子周嗣明，字晦之，自號放公，周昂之侄。從其叔北征，軍敗，父子俱縊死。《中州集》卷四周昂小傳附其小傳，《歸潛志》卷二有小傳。緩頰：婉言勸解或代人講情。語自《史記・魏豹彭越列傳》：「（漢王）謂酈生曰：『緩頰往説魏豹，能下之，吾以萬户封若。』」《漢書・高帝紀上》引此文，顏師古注引張晏曰：「緩頰，徐言引譬喻也。」

〔七〕「智囊」句：謂短周引比設喻，慢言細語時，奇思妙想，智慧無窮。眼如月：語自蘇軾《吊李臺卿》：「看書眼如月，罅隙靡不照。」

〔八〕「斫頭」句：形容短周爭論時堅强不屈，神色嚴峻。

〔九〕勍敵：有力的對手，多謂才力相當的人。錚錚：象聲詞。常形容金、玉等物的撞擊聲。並喻聲名顯赫，才華出衆。

〔一〇〕二豪：指張彀與周嗣明。連衡：結盟，聯合。

〔一一〕屏山：李純甫自號。把降旌：舉白旗投降。謂認輸，甘拜下風。

〔一二〕不意：不料。阿經：對李經的昵稱。

〔一三〕瓌奇：美好特出，珍奇。語見《晉書・桓玄傳》：「（玄）及長，形貌瓌奇，風神疏朗。」天下士：才德非凡之士。《史記・魯仲連鄒陽列傳》：「始以先生爲庸人，吾乃今日知先生爲天下士也。」

〔一四〕「筆頭」句：謂李經下筆千言，揮灑自如，如天風海雨。語自蘇軾《別子由三首》其三：「憶昔汝翁如汝長，筆頭一落三千字。」

〔一五〕「醉倒」句：世傳李白因酒醉江中捉月溺死。句謂李白並没死，李經就是他的轉世後身。謫仙：《新唐書・李白傳》：「李白至長安，往見賀知章。知章見其文，歎曰：『子謫仙人也。』」

〔一六〕奇兵：古代作戰以對陣交鋒爲正，設伏掩襲等爲奇。故稱出乎對方意料，進行突然襲擊的軍隊爲奇兵。二子：指張嗀與周嗣明。

〔一七〕「縱飲」句：用荆軻「燕市歡飲悲歌」典故，表達朋友間情誼以及惜别情懷。《史記・刺客列傳》載：荆軻既至燕，愛燕之狗屠及善擊筑者高漸離。荆軻嗜酒，日與狗屠及高漸離飲于燕市，酒酣以往，高漸離擊筑，荆軻和而歌於市中，相樂也，已而相泣，旁若無人者。

〔一八〕吾弟：稱李經。還遼東：大安元年，李經二次下第後將歸遼東。

〔一九〕衝冠怒：怒髮衝冠，指憤怒得頭髮直豎，頂起帽子。比喻極度憤怒。典出《史記・廉頗藺相如列傳》：「王授璧，相如因持璧卻立，倚柱，怒髮上衝冠。」

〔二〇〕人非麋鹿：古人謂麋鹿無情，元好問《前高山雜詩七首》其七：「莫嫌麋鹿無情識，比似人間少愛憎。」句謂人重感情，分别之際倍感無可奈何。

〔二一〕「秋天」二句：用李白《聞王昌齡左遷龍標遥有此寄》：「我寄愁心與明月，隨君直到夜郎西。」

〔二二〕軒轅鏡：傳説爲黄帝所鑄之鏡。唐王度《古鏡記》：「侯生常云：『昔者吾聞黄帝鑄十五鏡，其第一横徑一尺五寸，法滿月之數也。以其相差各校一寸，此第八鏡也。」

〔二三〕「底用」句：用魏曹植《贈白馬王彪》：「丈夫志四海，萬里猶比鄰。恩愛久不虧，在遠分日親。何必同衾幬，然後展殷勤。」底用：何用。

〔二四〕「有智」句：即「愚智三十里」。比喻人和人之間智慧差距很大。用曹操與楊修觀賞曹娥碑典。曹娥碑陰有蔡邕所題「黄絹幼婦外孫齏臼」八字。曹操對此疑惑不解，而同行的主簿楊修則一看就懂。二人並轡同行三十里後，曹操才猜出「絶妙好辭」意。只好承認自己的才思與楊修相差三十里。事見晉裴啟《語林》。

〔二五〕眉睫之間：比喻近在眼前。句意同「萬里猶比鄰」。

爲蟬解嘲　獻臣、伯玉不平蟬解〔一〕

老蜣破衲染塵緇〔二〕，轉丸如轉造物兒〔三〕。道在矢溺傳有之〔四〕，定中幻出嬋娟姿〔五〕。金仙未解羽人屍〔六〕，吸風飲露巢一枝①〔七〕，倚杖而吟如惠施〔八〕，字字皆以心爲師〔九〕。千偈瀾翻無了時〔一〇〕，關楗不落詩人詩〔一一〕。屏山參透此一機〔一二〕，髯弟恐我凔卻西山秀，張有《登樓詩》：「昨日上高樓，西山翡翠堆。今日上高樓，西山如死灰。想見屏山老，療飢西山隈。凔卻西山色，高樓空崔嵬。」皤兄勸我吸卻壺盧溪。高有《壺溪》詩：「我觀壺盧溪②，未易以人得知。髯弟皤兄何見疑〔一三〕，此理入玄

蠡測③。大若溪上翁，有口吸不得。壺中别是一洞天，溪上翁即壺中仙。畢竟人間無着處，杖頭挑取屏山去。」因蟬倩

我問渠伊〔一四〕，快掉葛藤復是誰〔一五〕？鬅弟絶倒皤兄嘻〔一六〕。

【校】

①吸風飲露：毛本作「吸風呼露」；李本作「呼風飲露」。

②觀：原作「親」，據李、毛本改。

③未易以：毛本作「未可以」。

【注】

〔一〕獻臣：高庭玉，字獻臣，遼東恩州（今内蒙古赤峰市）人。大定末進士，官左司郎中。貞祐初，出爲河南府治中，被主帥福興構陷，寃死獄中。爲人豪爽重氣節，敢作敢爲，李純甫稱其爲真濟世材。詩有奇語，爲人所稱道。《中州集》卷五有小傳。伯玉：張瑴，字伯玉，許州臨潁（今河南省臨潁縣）人。美豐儀，有長髯至腹。少有俊才，爲人豪邁不羈。居許州郾城，有園囿，田宅甚豐。樂交遊，賓客滿門。好收古器物。年未五十，病腦疽死。《中州集》卷八有小傳附其兄後，《歸潛志》卷二有小傳。

〔二〕「老蜣」句：謂蜣螂的外表如破敗的黑色僧服。老蜣：蜣螂。俗稱「屎殼郎」。昆蟲，全身黑色，吃糞、尿或動物的屍體。因能團糞成丸而推，亦稱「推丸」。破衲：用破爛的布塊縫綴而成的衣服。緇：黑色。

〔三〕「轉丸」句：謂蜣蜋善於團糞爲丸。轉丸：晉崔豹《古今注·魚蟲》：「蜣蜋，能以土苞糞，推轉成丸，圓正無斜角。莊周曰，蛣蜣之智，在於轉丸。一曰蛣蜣，一曰轉丸，一曰弄丸。」造物兒：造物者的戲稱。古人認爲世間萬物由天地運轉、陰陽交合而成。而日月之出入，季節之輪回，循環往復，如同轉丸。句謂蜣蜋轉丸如造物神運轉天地。

〔四〕「道在」句：《莊子·知北遊》：「東郭子問於莊子曰：『所謂道，惡乎在？』莊子曰：『無所不在。』東郭子曰：『期而後可。』莊子曰：『在螻蟻。』曰：『何其下耶？』曰：『在稊稗。』……曰：『何其愈甚耶？』曰：『在屎溺。』東郭子不應。」矢溺：即屎尿。老莊認爲道生一，一生二，二生萬物，形而下的萬物皆寓有形而上之道，用「在屎溺」以證此哲理。

〔五〕定中：定，星名，即營室星。《詩·鄘·定之方中》：「定之方中，作于楚宮。」毛傳：「定，營室也。」鄭箋：「定星昏中而正，於是可以營制宮室。」句指蟬室。幻出：變出。嬋娟：姿態美好貌。

〔六〕金仙：金蟬。屍：指道士得道後遺棄肉體而仙去，或不留遺體，只假託一物（如衣、杖、劍）遺世而升天。

〔七〕吸風飲露：古人謂蟬高潔，吸風飲露，不食人間煙火。

〔八〕「倚杖」句：用莊子語。惠施：戰國時期善辯者，哲學家，名家思想代表人物。常與莊子辯論。惠子曰：「不益生，何以有其身？」莊子曰：「今子外乎子之神，勞乎子之精，倚樹而吟，據槁梧而瞑，天選子之形，子以堅白鳴！」見《莊子·德充符》。以上三句，言蟬雖也經蛻變，但它不懂得道之人脱胎换骨、羽化成仙後的超凡境地，仍然吸風飲露，倚樹而鳴，像惠施一樣，只重生理，未進入更高境界。

〔九〕以心爲師：即各抒其性情，搜求於心，標榜個性。

〔一〇〕千偈：《晉書·藝術傳·鳩摩羅什》：「羅什從師受經，日誦千偈，偈有三十二字，凡三萬二千言。」偈：梵語「偈佗」的簡稱，即佛經中的頌詞。通常以四句爲一偈。瀾翻：比喻言辭滔滔不絶。

〔一一〕關棙：關門的木門。横的叫關，豎的叫棙。喻事物的緊要處。以上三句言蟬鳴只重視其生理感受，悲鳴淒切，没完没了，雖千言萬語，却没有達到詩人之詩一唱三歎、言短意長之效。

〔一二〕參透：徹底領悟。

〔一三〕髯弟：即髯張，指張伯玉。皤兄：指高庭玉。

〔一四〕倩我：我請。渠伊：方言。他，他們。

〔一五〕葛藤：葛藤纏。禪林用語。指文字語言一如葛藤之蔓延交錯，本用來解釋説明事相，反遭其纏繞束縛。句言能迅速擺脱葛藤纏繞，從囉嗦繁冗的言語中抓住事物關鍵之處的又是誰呢？

〔一六〕絶倒：大笑不能自持。嘻：謂臉上露出笑容。

灞陵風雪〔一〕

君不見浣花老人醉歸圖，熊兒捉轡驥子扶〔二〕。又不見玉川先生一絶句，健倒莓苔三四五〔三〕。蹇驢駝著盡詩仙，短策長鞭似有緣〔四〕。政在灞陵風雪裏，管是襄陽孟浩然〔五〕。官家放歸殊不惡〔六〕，蹇驢大勝揚州鶴〔七〕。莫愛東華門外軟紅塵〔八〕，席帽烏靴老卻人〔九〕。

【注】

〔一〕詩題：此爲題畫詩。元人王惲有題《灞陵風雪圖》詩。明張岱《夜航船》：「孟浩然情懷曠達，常冒雪騎驢尋梅，曰：『吾詩思在灞橋風雪中驢背上。』」宋孫光憲《北夢瑣言》載有人問鄭綮：「相國近有新詩否？對曰：『詩思在灞橋風雪中驢子上，此處何以得之？』」灞橋風雪中騎驢覓詩，成爲寒峭苦吟文人的代表形象。灞陵：古地名，故址在今陝西省西安市東。漢文帝葬於此，故稱。

〔二〕「君不見」二句：宋陳師道《和饒節詠周昉畫李白真》：「君不見浣花老翁醉騎驢，熊兒捉轡驥子扶。」浣花老人：杜甫晚年居成都西郊浣花溪，故稱。「熊兒」、「驥子」：杜甫兒子宗文、宗武小字。

〔三〕「又不見」二句：玉川先生：盧仝，自號玉川子，范陽（治今河北省涿州市）人。唐代詩人。其《村醉》云：「昨夜村飲歸，健倒三四五。摩挲青莓苔，莫嗔驚著汝。」

〔四〕「蹇驢」二句：謂詩仙與蹇驢有緣。從晉人阮籍開始，到唐代孟浩然、杜甫、賈島、李賀、鄭綮，驢成爲詩人特有坐騎。「蹇驢」又與「駿馬」相對，體現了在野與在朝、布衣與搢紳之間的對立。元吳師道《跋跨驢覓句圖》云：「驢以蹇稱，乘肥者鄙之，特於詩人宜。」

〔五〕「政在」二句：孟浩然於灞橋風雪中，騎驢賞梅覓詩的清高士人形象，在唐宋詩人的吟詠下，早已深入人心，成爲經典。管是：必定是。

〔六〕「官家」句：用孟浩然放歸事。相傳王維曾私邀孟浩然入内署，適逢玄宗至，浩然驚避牀下。王維不敢隱瞞，據實奏聞，玄宗命出見。浩然自誦其詩，至「不才明主棄」之句，玄宗不悦：「卿不求仕，而朕未嘗棄卿，奈何誣我！」因命放歸南山，終身不仕。事見《新唐書·文藝傳》。殊不惡：很不錯。以孟浩然被明主所棄、未能賜官爲幸事。與此詩意相同者，如宋末鄭思肖《孟浩然歸隱圖》：「明主憐才若賜官，賓士微禄負家山。」

〔七〕「蹇驢」句：用蹇驢與揚州鶴相對，突出詩人雖然生活窘迫，但精神富有、志向清高的個性。「揚州鶴」典出殷芸《小説》：「有客相從，各言所志：或願爲揚州刺史，或願多貲財，或願騎鶴上升。其一人曰：『腰纏十萬貫，騎鶴上揚州。』欲兼三者。」

〔八〕「莫愛」句：用蘇軾語。其《薄薄酒》其二：「隱居求志義之從，本不計較東華塵土北窗風。」又《從駕景靈宫》詩自注：「前輩戲語，有西湖風月不如東華軟紅香土。」王文誥引趙次公注曰：「東華門，百官入朝所從出入之門也。」東華門：百官朝會出入之門。軟紅塵：指飛揚的塵土。形容繁華熱鬧。

〔九〕席帽：古帽名。以藤席爲骨架，形似氈笠。唐宋時儒士所用。《太平廣記》卷五百「京都儒士」引唐皇甫氏《原化記》曰：「遂於此壁下尋，唯見席帽，半破在地。」宋吴處厚《青箱雜記》卷二：「蓋國初猶襲唐風，士子皆曳袍重戴，出則以席帽自隨。」烏靴：官員所穿黑色之鞋。

贈高仲常〔一〕

借問高書記〔二〕，南征又北征〔三〕。從軍元自樂，遊子若爲情〔四〕。筆下三千牘〔五〕，胸中百萬兵〔六〕。傷弓良小怯〔七〕，彈鋏竟何成〔八〕。慘淡風塵際，悲涼鼓角聲。別家四十日，并塞兩三程〔九〕。斗絶牛皮嶺〔一〇〕，荒寒燕賜城〔一一〕。吟邊白鳥没〔一二〕，醉裏暮雲横。感慨悲王粲〔一三〕，顛狂笑禰衡〔一四〕。虎賁多將種〔一五〕，底用兩書生〔一六〕。

【注】

〔一〕高仲常：高憲，字仲常，遼東人。王庭筠外甥。長於外家，詩筆字畫有外舅家風範。天資穎悟，博學强記。喜文學，年未三十，已作詩千首，惜多散佚。泰和、大安間多次從軍，没於兵間。《中州集》卷五有小傳。

〔二〕高書記：唐邊塞詩人高適曾任哥舒翰幕府書記，杜甫有《寄高書記詩》。句用此典，指高仲常。書記：指軍中掌文秘工作之職者。

〔三〕「南征」句：高憲於泰和六年從軍南下伐宋，又於大安三年復從軍北征，抗擊蒙古入侵。此次北征，周昂、李純甫也皆入軍。秋，兵敗，周昂自殺，李純甫南走，高憲北歸遼陽。

〔四〕「從軍」二句：言原本以從軍爲樂，故雖離鄉並不想家。若爲：怎能。唐柳宗元《與浩初上人同看山寄京華親故》：「若爲化得身千億，散上峰頭望故鄉。」

〔五〕「筆下」句：《史記·滑稽列傳》載：「朔初入長安，至公車上書，凡用三千奏牘。」後用以指向皇帝進呈的長篇奏疏。三千：極言其多。蘇軾《次韻子由送千之姪》：「閉門試草三千牘，仄席求人少似今。」牘：本意爲書版、木簡，此處指軍中文書。

〔六〕「胸中」句：《宋史全文》卷七載：范仲淹任陝西經略安撫招討副使，兼知延州時，西夏人曾言：「今小范老子腹中自有數萬兵甲，不比大范老子可欺也。」小范老子指范仲淹。此處用以形容高憲的胸懷韜略。

〔七〕「傷弓」句：受過箭傷的鳥，聽到弓弦聲就會墜落。事見《戰國策·楚策》。比喻經過禍患，心有餘悸。良：誠。小怯：膽量小，缺乏勇氣。杜甫《歸雁》其二：「傷弓流落羽，行斷不堪聞。」

〔八〕「彈鋏」句：戰國齊人馮諼客孟嘗君時三次彈鋏而歌，孟嘗君三次滿足他的要求。事見《戰國策·齊策四》。句謂高憲雖與馮諼相近，在將帥帳下任書記，但卻未能得重用，施展才華。

〔九〕并塞：泛指山西、陝西、河北北部一帶。程：指以驛站郵亭或其他停頓止宿點爲起訖的行程段落。《東觀漢記·東平憲王蒼傳》：「置驛馬傳起居，以千里爲程。」

〔一〇〕斗絶：陡峭峻險。斗：通「陡」。牛皮嶺：嶺名，在大同東六十里處，置牛皮關。《大同府志》：「采涼山之南，聚樂之西，曰牛皮嶺，西距府治六十里，南連土坡山，兩崖對峙，若頹垣欲落，中通仄徑，即古牛皮關遺址。」

〔一一〕燕賜城：又稱「燕子城」。金初，在燕子城置柔遠鎮，不久升爲縣，後又改立撫州。今河北張北縣，位於張家口市北部，蒙古高原南緣，大漠出入中原之要道。金趙秉文《撫州二首》：「燕賜城邊春草生，野狐嶺外斷人行。」

〔一二〕吟邊：吟詩之際。

〔一三〕王粲：漢魏建安七子之一，在其《七哀詩》中對中原大亂，民生凋弊及自己南奔極爲感傷。句言高憲的才性境遇與王粲相似，故對他的感慨也抱有同情。

〔一四〕禰衡（一七三——一九八）：字正平，平原郡（今山東省臨邑縣）人，漢末名士。少有辯才，氣剛傲物，以顛狂著稱。孔融薦於曹操，操不能容，遣送劉表，表又轉送黄祖，爲黄祖所殺。有《鸚鵡賦》。句言禰衡不務經世致用，只以顛狂邀名傲世，甚爲可笑，不值得效仿。

〔一五〕虎賁：勇士。將種：將門後代。此當指女真之世襲猛安、謀克之後。

〔一六〕底用：何用，安用。兩書生：明指王粲與禰衡，暗喻高憲與李純甫自己。金後期多用女真貴族爲將帥，他們養尊處優，顢頇無能，臨陣多敗逃。末二句就此而言，感歎金朝不能任人惟賢。

真味堂〔一〕

問渠真味若爲言〔二〕，不著鹽梅也自全〔三〕。鼉鼎大夫徒染指〔四〕，麴車公子漫流涎〔五〕。胸中已有五千卷〔六〕，徽外更聽三兩絃〔七〕。此老清饞何所嗜〔八〕，宦名嚼蠟已多年〔九〕。

【注】

〔一〕真味：真實的意旨或意味。宋嚴羽《滄浪詩話·詩評》：「讀《騷》之久，方識真味。」

〔二〕渠：他，它。若爲：怎樣，如何。張相《詩詞曲語辭匯釋》「若爲」條：「亦有應作怎樣或如何解者。王縉《青雀歌》：『莫言不解銜環報，但問君恩今若爲？』言但問君恩怎樣耳。」

〔三〕「不著」句：鹽梅：鹽和梅子。鹽味鹹，梅味酸，古爲和羹調味必需品。《書·説命下》：「若作和羹，爾惟鹽梅。」孔傳：「鹽咸梅醋，羹須鹹醋以和之。」宋蘇軾《書黄子思詩集後》：「其（司空圖）論詩曰：『梅止於酸，鹽止於鹹。飲食不可無鹽梅，而其美常在鹹酸之外。』」句謂真味如同至味，不加鹽梅，諸香自全。元好問《趙吉甫西園》：「性情入吟詠，古澹無妖妍。酸鹹與世殊，至味久乃全。」

〔四〕「黿鼎」句：用鄭國大夫公子宋「染指黿鼎」典故。楚人獻黿於鄭靈公。公子宋與子公預言將有美味。及食黿時，靈公有意召子公而不召公子宋。公子宋怒，染指於鼎，嘗之而出。事見《左傳·宣公四年》。本謂用手指蘸鼎中黿羹，泛指品嘗某種食品以及品味欣賞某種藝術。

〔五〕「麴車」句：用汝陽王嗜酒典。語自杜甫《飲中八仙歌》：「汝陽三斗始朝天，道逢曲車口流涎，恨不移封向酒泉。」寫皇室貴胄汝陽王李璡望酒垂涎，嗜酒如命。麴：酒母。麴車，載酒之車。以上二句極譬真味之香及嗜好者之貪慕。

〔六〕五千卷：指書及學問之多。蘇軾《試院煎茶》：「不用撑腸拄腹文字五千卷，但願一甌常及睡足日高時。」

〔七〕「徽外」句：謂要聽絃外之音，絃外之意。《南史·范曄傳》：「吾於音樂，聽功不及自揮，但所精非雅聲爲可恨，然至於一絶處，亦復何異邪。其中體趣，言之不可盡。絃外之意，虚響之音，不知所從而來。」後喻語言中隱含的深意，含蓄不盡的言外之意。也即司空圖所標榜的味外之味。徽：繫琴絃的繩，後用作撫琴標記的名稱，古琴全絃共十三徽。徽外：最左的一徽（十三徽）之外。

〔八〕此老：指真味堂的主人。清饞：清妙高雅的審美取向。

〔九〕嚼蠟：比喻無味，没有興趣。《楞嚴經》卷八：「我無欲心，應汝行事，於橫陳時，味如嚼蠟。」

畫兔

三窟言何鄙〔一〕，中林計未疏〔二〕。貧而長衣褐〔三〕，老矣不中書〔四〕。搗藥元無死〔五〕，忘蹄始見渠〔六〕。子皮今尚在，遺像豈陶朱〔七〕。

【注】

〔一〕三窟：狡兔三窟：狡猾的兔子準備好幾個藏身的洞。用來比喻藏身的地方多或有多種避禍方法。語自《戰國策・齊策四・馮諼客孟嘗君》：「馮諼曰：『狡兔有三窟，僅得免其死耳。』」鄙：庸俗，淺薄。

〔二〕「中林」句：《詩・周南・兔罝》：「肅肅兔罝，施于中林。」全詩描寫一場大型的打樁設網、狩獵捕兔活動。中林：林野。未疏：周密，疏而不露。

〔三〕「貧而」句：《後漢書・趙典傳》：「身從衣褐之中。」李賢注：「褐，織毛布之衣，貧者所服。」唐韓愈《毛穎傳》：「今日之獲，不角不牙，衣褐之徒，缺口而長須，八竅而趺居。」知是句指兔。

〔四〕「老矣」句：韓愈《毛穎傳》：「上嘻笑曰：『中書君，老而禿，不任吾用。吾嘗謂君中書，君今不中書邪？』」句謂兔毛做成的筆，日久漸禿，摹畫不能稱意。

〔五〕「搗藥」句：晉傅玄《擬天問》：「月中何有，白兔搗藥。」句言所畫之兔如月中神兔，長生不老。

〔六〕「忘蹄」句：《莊子・外物》：「筌者所以在魚，得魚而忘筌；蹄者所以在兔，得兔而忘蹄。」蹄：兔網，捕兔的工具。

〔七〕「子皮」二句：《吴越春秋》：「勾踐滅吴，范蠡既去。越王使良工鑄金象范蠡之形，置於座側。」《漢書・貨殖列傳》載，范蠡滅吴後，恐勾踐誅殺功臣，「乃乘扁舟，浮江湖，變姓名，適齊爲鴟夷子皮，之陶爲朱公。」顔師古注：「鴟夷，皮之所爲，故曰子皮。」范蠡離開越國後，自齊國寄信給大夫文種，曰：「飛鳥盡，良弓藏；狡兔死，走狗烹。」事見《史記・越世家》。

貓飲酒

枯腸痛飲如犀首〔一〕，奇骨當封似虎頭〔二〕。嘗笑廟謀空食肉〔三〕，何如天隱且糟丘〔四〕。書生幸免翻盆惱〔五〕，老婢仍無觸鼎憂〔六〕。只向北門長卧護〔七〕，也應消得醉鄉侯〔八〕。

【注】

〔一〕「枯腸」句：寫貓的好飲。枯腸：飢渴之腸。犀首：本爲人名，後代指無事好飲之人。典出《史記·張儀列傳》：「陳軫曰：『公何好飲也？』犀首曰：『無事也。』」句言貓像犀首一樣有才而不被重用，只能以酒解愁。

〔二〕奇骨：非凡的形體相貌。漢王充《論衡·講瑞》：「以相奇言之，聖人有奇骨體，賢者亦有奇骨。」虎頭：形容王侯的貴相或武將相貌的威武。語自《東觀漢記·班超傳》：「超問其狀，相者曰：『生燕頷虎頭，飛而食肉，此萬里侯相也。』」句言貓頭似虎，也屬奇骨，當封萬里侯。

〔三〕「嘗笑」句：語本《左傳·莊公十年·曹劌論戰》：「十年春，齊師伐我。公將戰。曹劌請見。其鄉人曰：『肉食者謀之，又何間焉？』劌曰：『肉食者鄙，未能遠謀。』」

〔四〕天隱：稱隱而不仕之最高境界。隋王通《中説·周公》：「至人天隱，其次地隱，其次名隱。」阮逸注「天隱」謂：「藏其天真，高莫窺測。」糟丘：積糟成丘。極言釀酒之多，沉湎之甚。《韓詩外傳》：「桀爲酒池，可以運舟，糟丘足以望十里。」

〔五〕「書生」句：當出宋黄庭堅《答王道濟寺丞觀許道寧山水圖》：「舉杯意氣欲翻盆，倒卧虚樽將八九。」句言書生雖貧困無酒，卻也避免醉酒後翻盆摔碗發酒瘋的氣惱。

〔六〕「老婢」句：用唐盧延讓詩事。宋計有功《唐詩紀事·盧延讓》：「曾獻王建詩有『栗爆燒氊破，猫跳觸鼎翻。』後建冬夜與潘峭平章邊事，旋令宮人燒栗，俄有數栗爆出燒繡褥。時建多疑，嘗於爐中燒金鼎，命二徐妃親侍茶湯而已。是夜宮猫相戲，誤觸鼎翻。建良久曰：『栗爆燒氊破，猫跳觸鼎翻。』憶得盧延讓卷有此一聯，乃知先輩裁詩，信無虚境。」句言老伴也因家境貧寒而無觸鼎之憂。

〔七〕卧護：猶卧治。謂在卧病中監軍。多用於君王對老臣的信任、託付和挽留。《晉書·紀瞻傳》：「帝使謂瞻曰：『卿雖病，但爲朕卧護六軍，所益多矣。』」北門卧護語自《新唐書·裴度傳》：「度牢辭老疾，帝命吏部郎中盧弘宣諭意曰：『爲朕卧護北門可也。』」蘇軾《撫問知大名府馮京口宣》：「卿以元老，卧護北門。」

〔八〕消得：需要；須得。醉鄉侯：對好酒善飲者的美稱。唐皮日休《夏景沖淡偶然作》其二：「他年謁帝言何事，請贈劉伶作醉侯。」

天遊齋〔一〕

丈人未始出吾宗〔二〕，草靡波流盡太沖〔三〕。七竅鑿開無混沌〔四〕，六根消落盡圓通〔五〕。法身兔角聲聞外〔六〕，塵事牛毛夢幻中〔七〕。誰會天遊更端的〔八〕，瘦梅疏竹一窗風。

【注】

〔一〕天遊：取莊子「心有天遊」意。謂放任自然。《莊子·外物》：「胞有重閬，心有天遊。室無空虛，則婦姑勃谿；心無天遊，則六鑿相攘。」郭象注：「遊，不係也。」成玄英疏：「虛空，故自然之道遊其中。」

〔二〕丈人：古時對老人的尊稱。此處當指天遊齋的主人。未始：未曾。出吾宗：超出吾家祖宗老子之哲學思想。劉祁《歸潛志》卷九：「蓋屏山嘗言：『吾祖老子，豈敢不學老莊？』」

〔三〕草靡波流：比喻亂世。太沖：謂極其虛静和諧的境界。《莊子·應帝王》：「吾鄉示之以太沖莫勝，是殆見吾衡氣機也。」句謂主人能於亂世之中求得虛静和諧。

〔四〕混沌：中央之帝混沌，又稱渾沌，生無七竅，後被日鑿一竅，七日鑿成而死。比喻自然淳樸的狀態。見《莊子·應帝王》。《釋文》：「崔譔云：『渾沌，無孔竅也。』李頤云：『清濁未分也。』此喻自然。」句謂人們眼好色，耳好聲，口好味，就不會淳樸自然了。

〔五〕「六根」句：句謂人落盡六根，就不會爲物質所利誘，無憂無慮，自由自在，圓通無礙。六根：佛教語。謂眼、耳、鼻、舌、身、意。根爲能生之意，眼爲視根，耳爲聽根，鼻爲嗅根，舌爲味根，身爲觸根，意爲念慮之根。

〔六〕法身：佛教語。謂證得清淨自性，成就一切功德之身。亦指修煉得道之身。兔角：即禪宗「乳兔生角』。《楞嚴經》卷一：「無則同於龜毛兔角，云何不著？」」禪宗常用這些違背常理的意象組合，來啟發禪機，消除人們對物象的執著。聲聞：聲聞乘。趙樸初《佛教常識答問·僧伽和佛的弟子》：「四諦（苦、集、滅、道）的教法，能令人斷除見惑（我見、常見、斷見等錯誤的見解）和思惑（對世間事物而起的貪嗔癡等迷情），證得涅槃，叫作聲聞乘。」

〔七〕「塵事」句：謂世俗之事的紛繁雜亂、虚幻不定。佛教認爲人看到的外在事物皆爲幻影。以上二句謂除學佛證道爲真外，餘皆虚妄。

〔八〕會：理解，領悟。端的：確實。

孫卿子〔一〕

諸儒談性盡歸情〔二〕，誰信黄河徹底清〔三〕。未到崑崙源上見〔四〕，且休容易小荀卿〔五〕。

【注】

〔一〕孫卿子：即荀卿，名况。《史記·孟子荀卿列傳》：「荀卿，趙人。」司馬貞索隱：「名况。卿者，時人相尊而號爲卿也……後亦謂之孫卿子者，避漢宣帝諱改也。」

〔二〕「諸儒」句：性與情是儒家兩個重要的範疇，性是與生俱來的，孔孟認爲人性本善，荀子認爲人性本惡。《荀子·性惡》：「故順情性則不辭讓矣，辭讓則悖於情性矣。」後世對此爭論不已。句中所云當指當時儒者的看法。趙秉文《性道教説》：「性之説難言也。何以明之？上焉者，雜佛老而言；下焉者，兼情與才而言之也……荀卿曰『人性惡』，楊子曰『人性善惡混』，言其情也。」劉祁《歸潛志》卷九：「（李純甫）嘗論以爲宋伊川諸儒，雖號深明性理，發揚六經、聖人心學，然皆竊吾佛書者也。因此，大爲諸儒所攻。」

〔三〕「誰信」句：黄河在流經黄土高原匯合衆多支流之前，並不渾濁。黄河變黄，主要原因是支流中帶來大量的泥沙。古人認爲性是靜的，其被外物所感才産生情。故句以此爲喻，謂諸儒皆將性歸於情，未能追根溯源，如同觀中下游的黄河一樣，混濁不清。

〔四〕「未到」句：《爾雅·釋水》：「河出崑崙虚，色白。所渠并千七百一川，色黄。」句謂只有回到黄河的源頭，才可看到黄河的清澈。

〔五〕休：不要。容易：輕率。小：小瞧，輕視。二句謂只有回到性情之説的源頭，才能不敢小視荀子性惡説的偉大之處。

謝安石〔一〕

阿堅休道不英雄〔二〕，兒輩俄成蓋世功〔三〕。屐齒折時渠自省〔四〕，至今人解笑桓冲〔五〕。

【注】

〔一〕謝安石：謝安（三二〇——三八五），字安石，東晉名士、宰相。淝水之戰總指揮，以八萬兵力打敗了號稱百萬的前秦軍隊，成爲歷史上以少勝多的經典戰例。

〔二〕阿堅：苻堅（三三八——三八五）：字永固。十六國時期前秦皇帝，在位近三十年間，勵精圖治，使前秦基本統一了北方。後在伐晉的「淝水之戰」中大敗，一蹶不振，被部將羌人姚萇所殺。

〔三〕「兒輩」句：用謝安「小兒輩大破賊」語。《世説新語·雅量》：「謝公與人圍棋，俄而謝玄淮上信至，看書竟，默然無言，徐向局。客問淮上利害，答曰：『小兒輩大破賊。』意色舉止，不異於常。」句謂兒侄輩在短暫的時間中成就了當時最大的功業。

〔四〕屐齒折：形容内心喜悦之甚。典出《晉書·謝安傳》：「玄等既破堅，有驛書至，安方對客圍棋，看書既竟，便攝放牀上，了無喜色，棋如故。客問之，徐答云：『小兒輩遂已破賊。』既罷，還内，過户限，心喜甚，不覺屐齒之折，其矯情鎮物如此。」渠自省：指謝安石暗自思索。

〔五〕桓冲（三二八——三八四）：字幼子，大司馬桓温弟，譙國龍亢（今安徽省懷遠縣）人，東晉將領。苻堅攻占北方，威脅東晉，他自請解除揚州刺史職，讓謝安執政。後又與謝氏於東西兩邊協力防禦前秦的進攻，助東晉在淝水之戰中獲勝。《晉書·桓冲傳》：「初，冲之西鎮……時安已遣兄子玄及桓伊等諸軍，冲謂不足以爲廢興。召佐史，對之歎曰：『謝安乃有廟堂之量，不閑將略。今大敵垂至，方遊談不暇，雖遣諸不經事少年，衆又寡弱，天下事可知，吾其左衽矣。』俄而聞堅破，大勳克舉……冲本疾病，加以慚恥，發病而卒。」句指此。解：會。李白《月下獨酌》：「月既不解飲，影徒隨我身。」

魏徵〔一〕

健兒摇足據山東〔二〕，李氏家居太半空。貞觀力排封建議〔三〕，魏徵元只是田公〔四〕。

【注】

〔一〕魏徵（五八〇——六四三）：字玄成，鉅鹿（今屬河北）人，唐朝政治家。曾任諫議大夫、左光禄大夫，封鄭國公，以直諫敢言著稱，是中國史上最負盛名的諫臣，享有崇高的聲譽。著有《隋書》序論，《梁書》、《陳書》、《齊書》的總論等。其言論多見《貞觀政要》。

〔二〕健兒：唐代士兵的一種。唐代諸軍鎮置有健兒，其長住邊軍者，政策給以種種優待。參閲《唐六典·兵部尚書》。摇足：動足。舉動。《史記·蕭相國世家》：「且陛下距楚數歲，陳豨、黥布反，陛下自將而往，當是時，相國守關中，摇足則關以西非陛下有也。」山東：指華山或崤山以東。《漢書·趙充國辛慶忌傳贊》：「秦漢以來，山東出相，山西出將。」按健兒所屬諸軍鎮，句指安史之亂後藩鎮割據。

〔三〕「貞觀」句：指唐初魏徵等人力阻分封事。《新唐書·宗室傳贊》載：貞觀中，太宗李世民曾和蕭瑀等論封建，「喟然欲與三代比盛」。魏徵、李百藥等竭力反對，太宗覺悟，不再提此事。

〔四〕田公：農夫。喻見識短淺。元好問《族祖處士墓銘》：「人言田舍翁不通曉，果然。」二句謂假如唐朝實行分封制，使各諸侯國負起屏藩之任，唐末就不會出現分裂割據的局面。元好問《閑閑公墓銘》：「貞祐初公言時事三：一遷都，二導河，三封建……三代封建，外裔不能得中國之利。秦罷諸侯而郡縣之，無虜禍而有不及備之禍。喻如秦銷鋒鏑，令民間不得藏弓矢是也；墮名城，令腹内州軍不置樓櫓是也。在承平日若無患，及其弊，則天下有土崩之勢。秦之勝、廣，漢之張魯，唐之安、史，皆是也。房琯因禄山之亂，請出諸王，分置諸道。禄山聞之曰：『天下不可得矣。』」李純甫亦就此而言。

老蘇〔一〕

宋季人憂大瓠穿，敢留金幣不輸邊〔二〕。權書更信蘇家策〔三〕，剩費青苗幾倍錢〔四〕。

【注】

〔一〕老蘇：蘇洵。宋歐陽修《故霸州文安縣主簿蘇君墓誌銘》：「有蜀君子曰蘇君，諱洵，字明允，眉州眉山人也……以其父子俱知名，故號『老蘇』以别之。」

〔二〕「宋季」二句：宣和二年，宋金約盟聯合滅遼。雙方議定滅遼後，燕雲等地歸宋，宋把過去每年給遼的歲幣如數轉給金國。金人獨力攻取燕京後，先欲違約不予宋朝，幾經交涉，宋在原輸遼的三十萬匹絹、二十萬兩銀基礎上，又納燕京租税一百萬貫給金國，金人强遷民户，擄掠一空後，把燕京等交給宋朝。宋最終只得到幾座殘破不堪的空城。此前，有識之士趙隆、鄭居中等皆竭力反對。如宇文虚中曾言：「若我兵未能下燕，女真入關，一舉而拔掠爲空城。以城歸我，不唯繕守費力，又恐爲夷所輕，其利害如何？」見《三朝北盟會編》卷九。宋季：宋末。大瓠：喻大而無用之物。語自《莊子·逍遥遊》：「惠子謂莊子曰：『魏王貽我大瓠之種，我樹之成而實五石。以盛水漿，其堅不能自舉也。剖之以爲瓢，則瓠落無所容。非不呺然大也，吾爲其無用而掊之。』」此喻指宋末取占燕京等地事。

〔三〕權書：以權宜之策草擬國書。《漢書·匈奴傳下》：「又高皇后嘗忿匈奴，群臣庭議，樊噲請以十萬衆横行匈奴中，季布曰：『噲可斬也，妄阿順指！』於是大臣權書遺之，然後匈奴之結解，中國之憂平。」顔師古注：「以權道爲書，順辭以答之。」此指以權宜之計與金盟約輸納歲幣事。蘇家策：蘇洵《六國論》：「六國破滅，非兵不利，戰不善，弊在賂秦。賂秦而力虧，破滅之道也。」蘇文意在借古喻今，對宋代統治者自「澶淵之盟」以來對遼、西夏歲輸銀絹進行諷誡。

〔四〕剩：更。青苗：青苗法。宋王安石新法之一。以常平、廣惠倉所積錢糧爲本，在春夏青黄不接時出貸給民户，每期收息二分。旨在以低息限制豪强盤剥，減輕百姓負擔。事見《宋史·王安石傳》。句謂宋金之盟比「澶淵之盟」輸費更多，需更進一步對農民加收税賦。

偶得

包裹青衫已十年〔一〕，聰明更覺不如前。簿書叢裏先抽手〔二〕，鼓笛場中少息肩①〔三〕。瓶底剩儲元亮粟〔四〕，叉頭高掛老坡錢〔五〕。會須着我屏山下〔六〕，了卻平生不問天〔七〕。

【校】

① 笛：毛本作「角」。

【注】

〔一〕「包裹」句：指脱去青衫做官已近十年。李純甫自承安二年中進士，爲官十年後，應在泰和六年詔參淮上軍之際。青衫：古時學子所穿青色交領長衫。《詩·鄭風·子衿》：「青青子衿，悠悠我心。」毛傳：「青衿，青領也。學子之所服。」

〔二〕簿書：指公文。抽手：縮手。

〔三〕息肩：棲止休息。

〔四〕「瓶底」句：用陶淵明典。其《歸去來兮辭序》：「余家貧，耕植不足以自給。幼稚盈室，瓶無儲粟。」表明生活非常困苦，缺乏最基本的物質保障。

〔五〕「叉頭」句：用蘇軾典故寫生活之窘迫。宋羅大經《鶴林玉露》：「東坡謫齊安，日用不過百五十。

每月朔，取錢四千五百，斷爲三十塊，掛屋梁上。平旦用畫叉挑取一塊，即藏去。又以竹筒貯用不盡者，以待賓客。」老坡：蘇軾别號東坡居士，故稱。宋范成大《寄題永新張教授無盡藏》：「快誦老坡《秋望賦》，大千風月一毫端。」

〔六〕屏山：即玉屏山，李純甫所隱之處。一説在朔州（今山西省朔州市），一説在蔚州（今河北省蔚縣）。李純甫自号屏山居士。

〔七〕問天：謂心有委屈而訴問於天。二句謂何日辭官歸隱，將官場中所有的委屈和無奈通通抛開。

雜詩六首〔一〕

顛倒三生夢〔二〕，飛沉萬劫心〔三〕。乾坤頭至踵〔四〕，混沌古猶今〔五〕。黑白無真色〔六〕，宫商豈至音〔七〕。維摩懶開口〔八〕，枝上一蟬吟。

【注】

〔一〕雜詩：謂興致不一，不拘流例，遇物即言之詩。《文選》有雜詩一目，凡内容不屬獻詩、公宴、遊覽、行旅、贈答、哀傷、樂府諸目者，概列雜詩項。即有題如張衡《四愁》、曹植《朔風》等，内容相近，亦歸此項，如王粲、劉楨、曹植兄弟等作皆即以「雜詩」二字爲題，後世循之。《文選·王粲·雜詩》李善注：「雜者，不拘流例，遇物即言，故云雜也。」唐李周翰注：「興致不一，故云雜詩。」

〔二〕三生：佛教語。指前生、今生、來生。夢：佛教認爲人生如夢，塵世繁華如夢。唐牟融《送僧》：「三生塵夢醒，一錫衲衣輕。」句謂人生輪回，顛來倒去，皆屬夢幻。

〔三〕飛沉：指鳥與魚，喻自由自在的精神境界。晉陸機《贈從兄車騎》：「營魄懷此土，精爽若飛沉。」萬劫：佛經稱世界從生成到毀滅的過程爲一劫，萬劫猶萬世，形容時間極長。句謂自己嚮往自由自在的生存境界是長久不變的，前生、今生、來生皆如此。

〔四〕乾坤：天地。《易·説卦》：「乾爲天……坤爲地。」

〔五〕混沌：古代傳説中指世界開闢前元氣未分、模糊一團的狀態。合觀下句，混沌喻是非優劣之混淆難辨。二句言天地之間古往今來的一切事物皆混沌不清。

〔六〕真色：猶言本色。

〔七〕宫商：五音中的宫音與商音。《毛詩序》「聲成文」漢鄭玄箋：「聲成文者，宫商上下相應。」至音：最美妙的音樂。

〔八〕維摩：維摩詰。佛經中人名。《維摩詰經》稱他和釋迦牟尼同時，是毗耶離城中的一位大乘居士。嘗以稱病爲由，向釋迦遣來問訊的舍利弗和文殊師利等宣揚教義，爲佛典中現身説法、辯才無礙的代表人物。後常用以泛指修大乘佛法的居士。《維摩詰經》載，維摩詰居士於毗耶離城示疾，諸菩薩聚集，各説不二法門。至文殊問及維摩詰時，維摩詰默然無言，表示不二法門并非言詮所能宣示者。

又

乾坤大聚落〔一〕，今古小朝昏〔二〕。諸子蠅鑽紙〔三〕，群雄蝨處褌〔四〕。一心還入道〔五〕，萬物自歸根〔六〕。卻笑幽憂客〔七〕，空招楚些魂〔八〕。

【注】

〔一〕聚落：村落，人們聚居的地方。句謂天地之間就像一個大的村落。

〔二〕朝昏：早晚。喻時光短暫。

〔三〕諸子：指先秦至漢初的各派學者。蠅鑽紙：亦作「蜂鑽紙」，佛教用語，比喻埋首於佛經而泥古不化的宗徒。《五燈會元》卷四《古靈神贊禪師》記神贊偈語一首：「空門不肯出，投窗也大癡。百年鑽故紙，何日出頭時。」後多比喻迂腐、不懂變通的儒生。

〔四〕群雄：在時局混亂中稱王稱霸的人。蝨處褌：比喻身處濁世，局促難安。語出《晉書·阮籍傳》：「獨不見群蝨之處褌中，逃乎深縫，匿乎壞絮，自以爲吉宅也。行不敢離縫際，動不敢出褌襠，自以爲得繩墨也。然炎丘火流，焦邑滅都，群蝨處於褌中而不能出也。君子之處域内，何異夫蝨之處褌中乎！」

〔五〕入道：謂皈依宗教。

〔六〕歸根：歸於本原。《老子》：「致虛極，守靜篤，萬物並作，吾以觀復。夫物芸芸，各復歸其根。歸根曰靜。」王弼注：「各返其所始也。」

〔七〕幽憂：過度憂勞，憂傷。幽憂客：指屈原。

〔八〕招楚些魂：屈原《楚辭·招魂》是沿用楚國民間流行的招魂詞的形式而寫成，句尾皆有「些」字。後因以「楚些」指招魂歌，亦泛指楚地的樂調或《楚辭》。

又

丹鳳翔金鼎〔一〕，蒼龍戲玉池〔二〕。心源澄似水〔三〕，鼻息細於絲〔四〕。枕上山川好〔五〕，壺中日月遲〔六〕。神仙學道者〔七〕，那許小兒知。

【注】

〔一〕丹鳳：頭和翅膀上的羽毛爲紅色的鳳鳥。《禽經》「鸞」晉張華注：「首翼赤曰丹鳳。」金鼎：特指道士煉丹之鼎爐。

〔二〕蒼龍：傳説中的青龍。古傳青龍爲祥瑞之物。玉池：仙池。晉傅玄《擬楚篇》：「登崑崙，漱玉池。」

〔三〕心源：猶心性。佛教視心爲萬法之源，故稱。唐元稹《度門寺》：「心源雖了了，塵世苦憧憧。」

〔四〕鼻息：鼻腔出入的氣息。

〔五〕枕上：夢中。

〔六〕壺中日月：舊指道家悠閒清静的無爲生活。傳説東漢費長房爲市掾時，市中有老翁賣藥，懸一壺於肆頭，市罷，跳入壺中。長房於樓上見之，知非常人。次日復詣翁，翁與俱入壺中，唯見玉堂嚴麗，旨酒甘肴盈衍其中，共飲畢而出。事見《後漢書·方術傳下·費長房》。後用以謂仙境，勝境。

〔七〕學道：學習道行。指學仙或學佛。《漢書·張良傳》：「乃學道，欲輕舉。」顏師古注：「道謂仙道。」

又

空譯流沙語〔一〕，難參少室禪〔二〕。泥牛耕海底，玉犬吠雲邊〔三〕。仰嶠圓茶夢〔四〕，曹山放酒顛〔五〕。書生眼如月〔六〕，休被衲僧穿〔七〕。

【注】

〔一〕流沙語：指西域地區翻譯的佛經。宋子温《自題畫葡萄》：「曾向流沙取梵書，草龍珠帳滿征途。」古代佛經先傳至西域譯成當地語，南北朝時中原所譯佛經多由西域人士翻譯而來。

〔二〕參：探究，領悟。少室禪：指達摩禪法。天竺僧達摩於南朝梁普通元年入中國，梁武帝迎至建康。後渡江往北魏，止嵩山西峰少室山少林寺，面壁九年而化，傳法於慧可。達摩遂爲中華禪宗初祖。二句謂禪宗講求頓悟，一味死讀佛經，只從文字語言入手是難以參透達摩禪的。

〔三〕「泥牛」二句：用佛典。泥牛耕海底：即禪宗活句「泥牛渡水」。泥土做的牛像，一旦沉入海底，經水消融，不復存在。宋釋道原《景德傳燈録》卷八：「我見兩個泥牛鬥入海，直至如今無消息。」玉犬吠雲邊：即禪宗活句「玉犬吠日」。二者皆爲世間不可能發生的事情。佛家常用這些反常、荒誕、違背常理的組合，來闡明禪理，啟發禪機，消除人們對存在和現象的執著。

〔四〕「仰嶠」句：用佛家仰山（仰嶠）、香嚴圓夢事。宋黄庭堅《題默軒和遵老》：「松風佳客共，茶夢小僧圓。」任淵注引《傳燈録》：「潙山謂仰山曰：『我適來得一夢，汝試爲我原看。』仰山取一盆水與師洗面。少頃，香嚴乃點一椀茶來。師云：『二子見解，過於鶖子。』原夢或作『圓夢』。按《南唐近事》馮僎舉進士時，有徐文幼能圓夢云云。」潙山、仰山、香嚴俱爲高僧名。鶖子：舍利弗，佛十大弟子之一，以智慧著稱。因其母之眼似鶖鷺，故稱。

〔五〕「曹山」句：出自佛教公案「曹山孝滿」。唐代曹山本寂禪師以居喪期滿比喻悟道時心身脱落的自在境界。《從容録》第七十三則：僧問曹山：「靈衣不掛時如何？」山云：「曹山今日孝滿。」僧云：「孝滿後如何？」山云：「曹山愛顛酒。」顛酒：謂酒後態度狂放。亦指酒後態度狂放的人。二句引禪宗兩名師爲證，説明以非理性思維悟道及得道以後隨心所欲而不逾矩的境界。

〔六〕眼如月：洞悉明察之意。如蘇軾《吊李臺卿》：「看書眼如月，罅隙靡不照。」

〔七〕衲僧：和尚，僧人。穿：穿鼻，即聽信別人，讓人誤導。二句謂參禪學佛就要直指心地，明心見性，豁達頓悟，不能被那些死啃經書的僧人牽着鼻子走。

又

狡兔留三窟〔一〕，獮猴戲六窗〔二〕。情田鋤宿草〔三〕，心月印澄江〔四〕。酒戒何曾破〔五〕，詩魔先已降〔六〕。雄蜂雌蛺蝶，正自不成雙〔七〕。

【注】

〔一〕「狡兔」句：喻藏身處多，便於避禍。語出《戰國策·齊策四》：「狡兔有三窟，僅得免其死耳。」

〔二〕「獮猴」句：禪宗公案。宋普濟《五燈會元》卷三載，仰山慧寂問：「如何得見佛性義？」洪恩禪師曰：「我與汝説個譬喻：如一室有六窗，内有一獮猴，外有獮猴，從東邊喚猩猩，猩猩即應，如是六窗俱喚俱應。」六窗喻六根（眼、耳、鼻、舌、身、意），一猿喻心識。猿與六窗，喻六識（眼識、耳識、鼻識、舌識、身識、意識）之心與六根之關係。

〔三〕情田：指心地。語自《禮記·禮運》：「故人情者聖王之田也，修禮以耕之，陳義以種之，講學以耨之，本仁以聚之，播樂以安之。」宿草：隔年的草。句喻爲道日損，泯滅世俗欲望之修心過程。

〔四〕心月：佛教語。謂明淨如月的心性。語本《菩提心論》：「照見本心，湛然清淨，猶如滿月，光遍虛空，無所分别。」澄江：清澈的江水。合觀以上四句，前兩句言人爲嗜欲保命，故其心不能清静。後二句言人如從心中剔除欲望，其心就會如澄江一樣平静澄澈。

〔五〕酒戒：佛教五戒之一，不飲酒。

〔六〕詩魔：猶如入魔一般的强烈的詩興。唐白居易《醉吟》其二：「酒狂又引詩魔發，日午悲吟到日西。」

〔七〕「雄蜂」兩句：化用宋黄庭堅《戲答王定國題門兩絶句》其二：「花裹雄蜂雌蛺蝶，同時本自不作雙。」黄詩源於唐李商隱《柳枝》：「花房與蜜脾，蜂雄蛺蝶雌。同時不同類，那復更相思。」以上四句謂自己嗜酒如命，作詩入魔，但這正如濟公之酒肉穿腸過，是大隱隱於市的高超境界，這與怕經受不住酒色財氣誘惑而隱於山林的小隱者相較，就像蜂蝶繞花，雖同時而不同類。

又

道義富無敵〔一〕，詩書貴不貲〔二〕。浮生幾兩屐〔三〕，狂樂一絇絲〔四〕。豪俠非吾友〔五〕，臞儒即我師〔六〕。誰知茅屋底，元自有男兒。又作「元有丈夫兒」。

【注】

〔一〕道義：道德義理。

〔二〕不貲：不可比量，不可計數。《史記·貨殖列傳》：「其先得丹穴，而擅其利數世，家亦不訾。」司馬貞索隱：「謂其多，不可訾量。」貲通訾。

〔三〕「浮生」句：用阮孚以蠟塗屐自得其樂的典故。晉裴啟《語林》：「阮遥集（阮孚）好屐，并常自經營……或有詣阮，正見自蠟屐，因歎曰：『未知一生當著幾量屐？』神甚閑暢。」《世説新語·雅量》、《晉書・阮孚傳》皆有記載。「幾量」又作「幾兩」「幾緉」。後遂用指對常物愛之過甚的癖好，或歎息時光白流逝。宋周密《浩然齋視聽鈔》：「平生能着幾緉屐，長日惟消一局棋。」浮生：以人生在世，虚浮不定，因稱人生爲「浮生」。語本《莊子・刻意》：「其生若浮，其死若休。」

〔四〕「狂樂」句：用張昌儀典故。唐劉餗《隋唐嘉話》卷下：「張昌儀兄弟恃易之、昌宗之寵，所居奢溢，逾於王主，末年有人題其門曰：『一絇絲，能得幾日絡？』昌儀見之，遽命筆書其下曰：『一日即足。』」一絇：猶一束。多用於稱少量之絲。以上二句謂人生應自得其樂，即使至今日有酒今日醉之狂亦可。劉祁《歸潛志》卷九載李純甫因縱酒而死，其個性之任性顛狂由此可見。

〔五〕非：豈非；莫非。《書・大禹謨》：「可愛非君，可畏非民。」孔穎達疏：「言民所愛者，豈非君乎？言君所畏者，豈非民乎？」李純甫生性豪俠，又喜與高庭玉、雷淵、張彀等豪傑交，故有此句。也爲末句「有男兒」之本。

〔六〕臞儒：清瘦的儒者。含隱居不仕之意。語本《漢書・司馬相如傳下》：「相如以爲列僊之儒居山澤間，形容甚臞，此非帝王之僊意也。」

趙宜之愚軒〔一〕

羿窮射殺金畢逋〔二〕，老盧磔殺玉蟾蜍〔三〕。朝夕相避崑崙墟〔四〕，忽見天公一目枯〔五〕塵昏土眯萬萬古〔六〕，雲眵雨淚寒模糊〔七〕。嗟哉區中人〔八〕，幺麽如蚍蜉〔九〕。書生不惜兩瞳子，長使看書如老奴〔一〇〕。水部一奇士〔一一〕，西河君子儒〔一二〕。二公正坐詩作祟〔一三〕，得句令人不敢書。先生有膽乃許大〔一四〕，落筆突兀無黄初〔一五〕。軒昂學古澹〔一六〕，家法出關雎〔一七〕。暗中摸索出奇語〔一八〕，字字不減瓊瑶琚〔一九〕。神憎鬼妒天公怚①〔二〇〕，戲將片雲翳玄珠〔二一〕。九竅鑿開混沌死〔二二〕，罔象未必輸離朱〔二三〕。静掃空花萬病除〔二四〕，一片苦心含太虚〔二五〕。屏山有眼不如無〔二六〕，安得恰似愚軒愚，安得恰似愚軒愚〔二七〕。

【校】

①怚：毛本作「且」，李本作「祖」。

【注】

〔一〕趙宜之：趙元，字宜之，號愚軒，定襄（今山西省定襄縣）人。舉進士不第。以年及調鞏西主簿。未幾失明。貞祐兵亂，寓居河南宜陽、登封等地。自少攻書，作詩有規矩。元既以眼疾廢，萬慮一歸於詩，故詩益工；其五言平淡處，爲他人所不易及。《中州集》卷五有小傳。愚軒：趙元居室名，因自號愚軒居士。

〔二〕羿窮：即后羿，上古夷族的首領，善射。相傳夏太康沉湎於遊樂，羿推翻其統治，自立爲君，號有窮氏，故稱。見《書·五子之歌》、《左傳·襄公四年》、《楚辭·離騷》、《史記·吴世家》。金畢逋：即金烏。太陽。「畢逋」合音爲「烏」。古代神話又謂堯時十日併出，植物枯死，封豕長蛇爲害，羿射去九日，射殺封豕長蛇，民賴以安。見《淮南子·本經訓》、《淮南子·覽冥訓》。

〔三〕老盧：盧仝，中唐詩人。其《月蝕詩》：「臣心有鐵一寸，可刳妖蟆癡腸。」又「衆星盡原赦，一蟆獨誅磔。」蟆：食月的蟾蜍。

〔四〕崑崙墟：崑崙山。在新疆、西藏之間，西接帕米爾高原，東延入青海境内。勢極高峻，多雪峰、冰川。古代神話傳説，崑崙山上有瑶池、閬苑、增城、縣圃等仙境。李白《贈崔侍御》：「風濤儻相因，更欲凌崑墟。」句謂早晚日月出入，兩者在崑崙山前後輪流如互相躲避。

〔五〕天公一目枯：唐盧仝《月蝕詩》有「傳聞古老説，蝕月蝦蟆精。」又「皇天要識物，日月乃化生。走天汲汲勞四體，與天作眼行光明。此眼不自保，天公行道何由行」語。元好問《蟾池》有「老蟆食月絶復吐，天公一目頻年瞖」語。

〔六〕「塵昏」句：反用盧仝《月蝕詩》句：「願天完兩目，照下萬方土。萬古更不瞖，萬萬古，更不瞖。」

〔七〕眵：眼睛分泌出來的液體凝結成的淡黄色的東西。俗稱「眼屎」，亦稱「眵目糊」。上三句謂天公一目枯後，另一隻眼因「塵昏土眯」「雲眵雨淚」而看不清楚。

〔八〕區中：人世間。

〔九〕幺麽：微細貌。蚍蜉：大蟻。《禮記·學記》「蛾子時術之」漢鄭玄注：「蛾，蚍蜉也。蚍蜉之子，微蟲耳，時術蚍蜉之所爲，其功乃復成大垤。」

〔一〇〕「書生」二句：謂趙元由於長期看書不愛惜自己的眼睛而兩眼失明。

〔一〕水部：指中唐詩人張籍。歷任太常寺太祝、水部員外郎等職，故人稱張水部。曾患目疾，幾于失明，後痊癒。唐孟郊《寄張籍》有「窮瞎張太祝」句。

〔二〕「西河」句：指孔子弟子子夏。《論語·雍也》：「子謂子夏曰：『女爲君子儒，無爲小人儒。』」孔子去世後，子夏居西河講學。晚年因哭子而失明。

〔三〕詩作祟：謂詩魔在作怪、搗亂。宋楊萬里《和蕭伯和韻》：「睡去恐遭詩作祟，愁來當遣酒行成。」

〔四〕許大：這般大，特別大。

〔五〕突兀：特出，奇特。黄初：詩體之一。具有建安風格。宋嚴羽《滄浪詩話·詩體》：「以時而論，則有建安體、黄初體。」原注：「魏年號，與建安相接，其體一也。」亦省稱「黄初」。

〔六〕軒昂：形容文字雄健。唐韓愈《盧郎中雲夫寄示送盤谷子詩兩章歌以和之》：「開緘忽覩送歸作，字向紙上皆軒昂。」古澹：即古淡，古樸淡雅。

〔七〕家法：指學術、文藝流派的風格、傳統。《關雎》：《詩經》三百篇之首，代指《詩經》。二句謂趙元詩歌古樸淡雅，文風雄健，繼承的是詩經的傳統。

〔八〕暗中摸索：在黑暗中尋找探索。亦比喻無人指引，獨自探求。典出唐劉餗《隋唐嘉話》卷中：「許敬宗性輕傲，見人多忘之。或謂其不聰。曰：『卿自難記，若遇何、劉、沈、謝，暗中摸索着亦可識。』」此處一語雙關，趙元在作詩的道路上，既獨自探索，又兩眼幾近失明，整天生活於黑暗之中，故云。

〔一九〕 瓊瑤琚：皆爲美玉，比喻美好的詩文。

〔二〇〕 「神憎」句：謂趙元才氣被鬼神、老天所嫉妒。怚：《集韻》：「千余切，音疽。妒也。」

〔二一〕 雲翳：本指雲，引申爲眼角膜病變後遺留下來的疤痕組織。《醫宗金鑒·眼科心法要决·因他患後生翳》：「因患病後生雲翳，赤爛日久翳遮瞳。」玄珠：指黑色眼珠。

〔二二〕 「九竅」句：用神話混沌典故。古代傳説中央之帝混沌，生無七竅，日鑿一竅，七日鑿成而死。典出《莊子·應帝王》。

〔二三〕 罔象：同「象罔」。莊子寓言中的人物。《莊子·天地》：「黄帝遊乎赤水之北，登乎崑崙之丘而南望，還歸，遺其玄珠。使知索之而不得，使離朱索之而不得，使喫詬索之而不得也。乃使象罔，象罔得之。」一本作「罔象」。王先謙集解引宣穎曰：似有象而實無，蓋無心之謂。離朱：即離婁。傳説中視力特强的人。《孟子·離婁上》：「孟子曰：『離婁之明，公輸子之巧，不以規矩，不能成方圓。』」焦循正義：「離婁，古之明目者，黄帝時人也。黄帝亡其玄珠，使離朱索之。離朱，即離婁也，能視於百步之外，見秋毫之末。」二句意謂失明者未必輸於眼明者。

〔二四〕 空花：亦作「空華」。佛教語。指隱現於病眼者視覺中的繁花狀虚影。比喻紛繁的妄想和假相。《楞嚴經》卷四：「亦如翳人，見空中華；翳病若除，華於空滅。忽有愚人，於彼空華所滅空地，待華更生，汝觀是人，爲愚爲慧？」

〔二五〕 太虚：謂宇宙。二句意與蘇軾《送參寥師》「静故了群動，空故納萬境」同，謂趙元失明，排除了紛繁妄假世事的干擾，可以潛心於天地間的學問。苦心：指辛勤地消耗在某种工作上的心力。

〔二六〕屏山：李純甫號。

〔二七〕「安得」二句：表示對趙元的羨慕之情。元好問《愚軒爲趙宜之賦》：「令人卻羨愚軒愚。」

子端山水同裕之賦〔一〕

遼鶴歸來萬事空〔二〕，人間無地着詩翁〔三〕。只留海嶽樓中景〔四〕，長在經營慘澹中〔五〕。

【注】

〔一〕子端：王庭筠，字子端。大定十六年進士，仕至翰林修撰。金中期著名詩人，又工書善畫，山水墨竹享譽當世。裕之：元好問，字裕之。元好問有《王子端内翰山水同屏山賦二詩》，其一云：「鄭虔三絶舊知名，付與時人分重輕。遼海東南天一柱，胸中誰比玉崢嶸。」其二云：「萬里承平一夢間，風流人物與江山。眼明今日題詩處，卻見明昌玉筍班。」此詩據狄寶心《元好問詩編年校注》，作於興定四年。

〔二〕「遼鶴」句：用丁令威化鶴典故。舊題晉陶潛《搜神後記》卷一：丁令威，遼東人，學道於靈虛山。後化鶴歸遼，集城門華表柱。時有少年，舉弓欲射之。鶴乃飛，徘徊空中而言曰：「有鳥有鳥丁令威，去家千年今始歸。城郭如故人民非，何不學仙冢纍纍。」後人常以此歎世事變遷。句指王庭筠卒後魂歸故里，家鄉已面目全非。

〔三〕着：安放，落脚。詩翁：指負有詩名而年事較高者。後亦爲對詩人的尊稱。元好問《山郵風雨扇頭》：「總爲詩翁發興新，直教畫筆亦通神。」此處代指王庭筠。

〔四〕海嶽樓：在王庭筠家鄉熊嶽縣，或爲其父王元仲所建，時賢多有賦詠。金王寂《鴨江行部志》：「次熊嶽縣，宿興教寺。晚登經閣，南望王元仲海嶽樓，不及一牛鳴。但以謁禁，不得一登覽焉。舊聞京師名公皆有題詠，已刻石於樓下。命借副本，因得詳觀。蓋玉照老人劉鵬南爲之序，平章公張仲澤首唱『通』字韻詩，自餘賡和者，張御史壽甫、鄭侍講景純、蔡濰州正父、李禮部致美，如此凡二十五人。」王元仲，即王庭筠父王遵古字。《中州集》卷八王璹下附其弟王汝玉《王元仲海嶽樓同諸公賦》詩，應在二十五人之列。

〔五〕經營慘澹：指對藝術創作的苦心構思。宋辛棄疾《鷓鴣天·和昌父》詞：「花餘歌舞歡娱外，詩在經營慘澹中。」

馬圖同裕之賦

韓筆，定襄霍益之家物〔一〕。

天馬飛來不苦難〔二〕，雲屯萬騎開元間〔三〕。太平有象韓生筆〔四〕，曾見真龍如此閑〔五〕。

【注】

〔一〕裕之：元好問，字裕之。韓筆：韓幹所畫。韓幹，京兆藍田（今陝西省西安市）人，一作大梁（今河南省開封市）人。唐代畫家。擅繪肖像、人物、花竹，尤工畫馬，曾師曹霸而重寫生。蘇軾《韓幹馬十四匹》：「老髯奚官騎且顧，前身作馬通馬語。」霍益之：定襄人，餘不詳。

〔二〕天馬：駿馬的美稱。《史記·大宛列傳》：「初，天子發書《易》，云『神馬當從西北來』。得烏孫馬好，名曰『天馬』。及得大宛汗血馬，益壯，更名烏孫馬曰『西極』，名大宛馬曰『天馬』云。」三國魏阮籍《詠懷》其五：「天馬出西北，由來從東道。」苦難：困難，艱難。

〔三〕雲屯：如雲之聚集。形容盛多。開元：唐玄宗李隆基年號（七一三——七四一）。

〔四〕太平有象：太平景象，喜象升平。韓生：韓幹。唐玄宗年間被召入宫爲「供奉」，遍繪宫中及諸王府之名馬。所繪馬匹，體形肥碩，態度安詳，比例準確，創造了富有盛唐時代氣息的畫馬新風格。

〔五〕真龍：稱駿馬。杜甫《丹青引贈曹將軍霸》：「斯須九重真龍出，一洗萬古凡馬空。」

瓢庵〔一〕

書生只合飽黄虀〔二〕，大嚼屠門計似癡〔三〕。壁上七絃元自雅〔四〕，囊中五字更須奇〔五〕。横陳已覺如嚼蠟〔六〕，皆醉何妨獨啜醨〔七〕。此味欲談舌本强①〔八〕，如人飲水只渠知〔九〕。

【校】

①談：李本作「淡」。

【注】

〔一〕瓢庵：簡陋的小屋。

〔二〕黄虀：鹹醃菜。宋朱敦儒《朝中措》詞：「自種畦中白菜，醃成饔裏黄虀。」常借指艱苦的生活。

〔三〕大嚼：大口咬嚼。屠門：肉市。《文選・曹植・與吴季重書》：「過屠門而大嚼。」李善注引桓譚《新論》：「知肉味美，對屠門而大嚼。」以上二句謂只知讀書、著書的書生就應該安於清貧，飽食粗劣之食，若謀圖以此賺大錢，食美味，就近似癡人説夢，想入非非。

〔四〕七絃：古琴的七根絃。亦借指七絃琴。漢應劭《風俗通・聲音・琴》：「今琴長四尺五寸，法四時五行也；七絃者，法七星也。」代琴。

〔五〕五字：五個字。指詩文中五字句，五言詩。後亦泛指作詩。

〔六〕横陳：合觀李純甫《真味堂》「宦名嚼蠟已多年」，此指横置公案的公文書簿。

〔七〕「皆醉」句：本《楚辭・漁父》：「漁父曰：『聖人不凝滯於物，而能與世推移。世人皆濁，何不淈其泥而揚其波；衆人皆醉，何不餔其糟而歠其釃。』」釃：味道不濃烈的酒。

〔八〕舌本：舌根。强：殭，通「僵」。僵硬，不靈活。

〔九〕「如人」句：即如人飲水，冷暖自知。本指水之冷暖，飲者自知。佛教禪宗用以喻證悟的境界，亦以喻體會深淺，心中自明。慧能《六祖大師法寶壇經》：「今蒙指示，如人飲水，冷暖自知。」

劉宋〔一〕

六十衰翁血打圍〔二〕，深山赤手搏熊羆〔三〕。子孫只解相魚肉〔四〕，辛苦知他爲阿誰〔五〕。

【注】

〔一〕劉宋：南朝宋（四二〇——四七九）。劉裕取代東晉政權而建立，定都建康。因皇族姓劉，也稱「劉宋」。

〔二〕六十衰翁：指劉裕。建立劉宋時五十八歲，二年後去世，享年六十。打圍：打獵。因須多人合圍，故稱。代打仗。劉裕用二十多年時間南征北戰，對内平定戰亂，先後消滅劉毅、盧循、司馬休之等分裂割據勢力；對外致力於北伐，消滅桓楚、西蜀、南燕、後秦等國。最終廢晉恭帝，自立爲帝。

〔三〕「深山」句：於深山之中空手擊殺猛獸。謂勇士。語自司馬相如《上林賦》：「搏豺狼，手熊羆。」

〔四〕「子孫」句：指劉裕子孫爲爭奪帝位相互殘害事。先有劉劭弒父篡位，在位僅三月，武陵王劉駿自立爲帝，號召討逆，將其殺死。劉駿繼位後擔心藩王奪權，不惜骨肉相殘，先後將宗室南郡王劉義宣、南平王劉鑠、竟陵王劉誕、武昌王劉渾、海陵王劉休茂等殺害。劉彧殺侄稱帝後，殺死反叛的晉安王劉子勛、臨海王劉子頊、尋陽王劉子房。對宗室極不信任，便繼續大興殺戮，將文帝其餘十二個兒子無端殺死，宋劉氏遭此慘劫後，宗族勢力迅速衰敗。相魚肉：比喻相互欺凌，殘害，自相殘殺。

〔五〕阿誰：疑問代詞。猶言誰，何人。《樂府詩集·紫騮馬歌辭》：「十五從軍征，八十始得歸。道逢鄉里人，家中有阿誰？」句謂劉裕拼死打下的江山，卻引來子孫們自相殘殺之禍，不知他爲誰辛苦爲誰戰？

哭黄華〔一〕

士價五羊皮〔二〕，人生忝一炊〔三〕。蓋棺那可忍〔四〕，掛劍不勝悲〔五〕。向上誰曾到〔六〕，而今渠得知〔七〕。侍臣傷立本〔八〕，老姥怒羲之〔九〕。作病無如酒〔一〇〕，窮愁正坐詩〔一一〕。中郎猶有女〔一二〕，少傅竟無兒〔一三〕。散落真行帖〔一四〕，飄零騷雅辭〔一五〕。儒林頓憔悴〔一六〕，未敢哭吾私。

【注】

〔一〕黄華：王庭筠，字子端，號黄華山主。大定十六年進士，仕至翰林直學士。金中期著名詩人，又工書善畫，山水墨竹享譽當世。卒於泰和二年。

〔二〕「士價」句：五羊皮：即五羖皮。五張公羊的皮。《史記·秦本紀》：「（秦繆公）聞百里奚賢，欲重贖之，恐楚人不與，乃使人謂楚曰：『吾媵臣百里奚在焉，請以五羖羊皮贖之。』楚人遂與之。」後因以「五羖皮」比喻低賤之士。句謂王庭筠雖才華橫溢，卻未得到應有的重視。

〔三〕「人生」句：謂人生如黄粱一夢。比喻榮華富貴如夢一場，短促而虛幻。盧生就枕入夢，遂歷盡人間富貴榮華。夢醒，店主蒸黄粱未熟。典出唐沈既濟《枕中記》。句指王庭筠壽命短促。王卒年四十七，故云。

〔四〕蓋棺：封棺。

〔五〕「掛劍」句：典出《史記·吴太伯世家》：春秋時，吴王少子季札出使路過徐國。徐國國君愛其劍。季札已心許，擬返回時送他。待其返回時，徐君已死。季札把劍掛在徐君墓上，内心悲愴。後用作懷念亡友或守信之典。

〔六〕向上：指向上一路。佛教禪宗謂不可思議的徹悟境界。《碧巖録》卷二：「向上一路，千聖不傳。學者勞形，如猿捉影。」亦泛指高超的境界。此就王氏的文藝造詣而言。

〔七〕渠：他。此代王庭筠。

〔八〕「侍臣」句：《舊唐書·閻立本傳》載：唐太宗嘗與侍臣學士泛舟於春苑，池中有異鳥，隨波容與。太宗擊賞，數詔座者爲詠，召立本令寫焉。時閣外傳呼云：「畫師閻立本。」時已爲主爵郎中，奔走流汗，俯伏池側，手揮丹粉，瞻望座賓，不勝愧赧。退誡其子曰：「吾少好讀書，倖免面牆，緣情染翰，頗及儕流。唯以丹青見知，躬斯役之務，辱莫大焉！汝宜深誡，勿習此末伎。」句用此典，言王因畫藝高超在朝中被視爲畫師，如倡優畜之，而没有發揮其治世才能。

〔九〕「老姥」句：用王羲之「書六角扇」事。東晉書法家王羲之嘗在蕺山見一老姥，持六角竹扇賣之。羲之書其扇，各爲五字。姥初有愠色，羲之因謂姥曰：「但言王右軍書，以求百錢耳。」姥如其言，人競買之。他日，姥復見羲，求其書之，羲之笑而不答。事見《晉書·王羲之傳》。

〔一〇〕作病：致病。

〔一一〕坐：因爲。句用宋歐陽修「詩窮而後工」典，以耽詩致窮説明黄華詩文成就之高。

〔一二〕「中郎」句：蔡邕，官郎中。有女蔡琰，字文姬，能傳其家學。王庭筠有女三人，長女從淨，以能詩召見。次女入侍掖庭。故以蔡琰比之。

〔一三〕「少傅」句：白居易，官少傅，無子。王庭筠有三子，皆早卒。故用白傅比之。

〔一四〕散落：散失。宋葉適《黄子耕墓誌銘》：「魯直遺墨散落，收拾未盡爾。」真行：楷書與行書。真行帖：指王庭筠的書法作品。

〔一五〕飄零：散失。《北史·儒林傳下·劉炫》：「故友飄零，門徒雨散。」騷雅辭：代其詩文作品。

〔一六〕儒林：指儒家學者。《史記》有《儒林列傳》，後亦泛指士林、讀書人的圈子。頓：急遽。憔悴：凋零枯萎。句言金朝文壇因王氏之卒而黯然失色。

怪松謡

阿誰栽汝來幾時〔一〕，輪囷擁腫蒼虬姿〔二〕。鱗皴百怪雄牙髭〔三〕，拏空夭蟜蟠枯枝〔四〕。疑是秘魔巖中老慵物〔五〕，旱火燒天鞭不出。睡中失卻照海珠，羞入黄泉蜕其骨〔六〕。石鉗沙錮汗且僵，埋頭卧角政摧藏〔七〕。試與摩挲定何似〔八〕，怒我根觸鬚髯張〔九〕。壯士囚縛不得住，神物世間無着處〔一〇〕。隄防夜半雷破山，尾血淋漓飛卻去〔一一〕。

【注】

〔一〕阿誰：猶言何人。汝：你，指怪松。

〔二〕輪囷：盤曲貌。《文選·鄒陽·獄中上書自明》：「蟠木根柢，輪囷離奇。」李善注引張晏曰：「輪囷離奇，委曲盤戾也。」擁腫：隆起，不平直。《莊子·逍遥遊》：「吾有大樹，人謂之樗。其大本擁腫，而不中繩墨，其小枝捲曲，而不中規矩。」

〔三〕鱗皴：像鱗片般的皺皮或裂痕。

〔四〕拏空：凌空；抓向空中。夭蟜：木枝屈曲貌。《漢書·揚雄傳上》：「蹻夭蟜，娭澗門。」顔師古注：「夭蟜，亦木枝曲也。」蟠：屈曲，環繞，盤伏。

〔五〕秘魔巖：即秘魔寺，秘密寺，因唐朝秘魔和尚在此講經説法而得名。《清涼山志》載：「秘密寺在西臺外秘密巖，巖谷幽深，隱者星布，唐木叉和尚於此藏修，始建寺。」相傳秘密巖爲文殊菩薩指令五百神龍潛修之所。老慵物：年老懶散之物。

〔六〕「睡中」二句：謂潛修的神龍因貪睡弄丢了脖下的照海神珠，故不好意思到深谷泉水中脱骨變回原形。照海珠：傳説海中寶珠。宋王禹偁《酬安秘丞歌詩集》：「自言失卻照海珠，至今黑坐驪龍窟。」蜕骨：脱骨。《初學記》卷三十引三國魏曹植《神龜賦》：「蛇折鱗於平皋，龍蜕骨於深谷。」唐李紳《靈蛇見少林寺》：「已應蜕骨風雷後，豈效銜珠草莽間。」

〔七〕「石鉗」二句：描繪由神龍化成的怪松之生存環境與外部形態。被石頭夾住，遭沙土掩蔽，大汗淋浪，全身發僵，埋頭卧角地把自己隱藏。摧藏：收斂，隱藏。

〔八〕摩挲：撫摸。

〔九〕棖觸：觸犯，觸動。句謂因我的撫摸而生氣發怒，鬚髯盡張。鬚髯：喻怪松的松針。

〔一〇〕無著處：没有着落、安身之處。

〔一一〕「隄防」二句：《莊子·齊物論》：「至人神矣……疾雷破山、飄風振海而不能驚。」唐張彦遠《歷代名畫記》卷七：「（梁）武帝崇飾佛寺，多命僧繇畫之……金陵安樂寺四白龍不點眼睛，每云：『點睛即飛去。』人以爲妄誕，固請點之。須臾，雷電破壁，兩龍乘雲騰去上天。」隄防：防備。

虞舜卿送橙酒〔一〕

屏山持律不作詩〔二〕，硯塵筆秃縈蛛絲。枯腸燥吻思戛戛〔三〕，法當以酒疏瀹之〔四〕。何物督郵風味惡〔五〕，棖觸閑愁無處着〔六〕。苦思新釀壓橙香，世間那有揚州鶴〔七〕。乞詩送酒并柴門〔八〕，瀛洲仙裔令公孫〔九〕。肺腸憒癢芒角出①〔一〇〕，傾瀉長句如翻盆〔一一〕。怪汝胸中雲夢大〔一二〕，老我眼皮危塞破〔一三〕。徑呼短李與黔王〔一四〕，快取錦囊收玉唾〔一五〕。欽叔、士衡。

【校】

①癢：原作「庠」，據毛本改。

【注】

〔一〕虞舜卿：據詩中「令公孫」，當爲虞仲文之孫。橙酒：用橙子釀的酒。

〔二〕屏山：李純甫號。持律：猶持戒。

〔三〕枯腸：飢渴之腸。燥吻：乾燥的嘴唇。蘇軾《次韻袁公濟謝芎椒》：「燥吻時時着酒濡，要令卧疾致文殊。」戛戛：艱難貌。

〔四〕疏瀹：疏浚，澆灌。南朝梁劉勰《文心雕龍·神思》：「疏瀹五藏，澡雪精神。」

〔五〕何物：輕蔑語。督郵：平原督郵，次酒，劣酒。典出《世説新語·術解》：「桓公有主簿，善別酒，有酒輒令先嘗。好者謂青州從事，惡者謂平原督郵。青州有齊郡，平原有鬲縣；從事言到臍，督郵言在鬲上住。」

〔六〕棖觸：觸碰，觸動。

〔七〕揚州鶴：騎鶴下揚州，謂升官、發財、得道成仙。殷芸《小説》：「有客相從，各言所志，或願爲揚州刺史，或願多貲財，或願騎鶴上升。其一人曰：『腰纏十萬貫，騎鶴上揚州。』欲兼三者。」

〔八〕柴門：用柴木做的門。言其簡陋。

〔九〕瀛洲：傳説中的仙山。《列子·湯問》：「渤海之東，不知幾億萬里……其中有五山焉，一曰岱輿，二曰員嶠，三曰方壺，四曰瀛洲，五曰蓬萊……所居之人，皆仙聖之種。」令公：古代對中書令的尊稱。此處當指虞仲文（一〇六九——一一二三），字質夫，武州寧遠人。幼時即善詩，人以神童目之。善畫人馬墨竹。七歲作詩，十歲能屬文，日記千言，刻苦學問。仕遼官參知政事，同中書門下平章事。仕金官樞密使、侍中。謚文正，贈兼中書令。令公孫：指虞舜卿。

〔一〇〕「肺腸」句：謂虞舜卿憤激感慨，詩興大發。肺腸：比喻内心，心思。《詩・大雅・桑柔》：「自有肺腸，俾民卒狂。」鄭玄箋：「自有肺腸，行其心中之所欲，乃使民盡迷惑。」芒角：棱角。指人的鋒芒鋭氣。明宋濂《送部使者張君之官山西憲府序》：「胸中森然芒角，必盡吐出乃已。」

〔一一〕「傾瀉」句：謂詩句傾瀉而出，如傾盆大雨。杜甫《白帝》：「白帝城中雲出門，白帝城下雨翻盆。」長句：指七言古詩。杜甫《蘇端薛復筵簡薛華醉歌》：「近來海内爲長句，汝與山東李白好。」傾瀉：傾吐，傾訴。翻盆：喻氣勢很猛，形容氣盛。

〔一二〕雲夢：古大澤名。

〔一三〕「老我」句：謂虞氏的胸中之物自己從未見識過，遠遠超出自己的眼界，表達對虞氏才華的欣賞。眼皮：眼界。

〔一四〕徑呼：直呼，急呼。短李：李欽叔。李獻能，字欽叔，河中（今山西省永濟縣）人。貞祐進士。《金史》卷一二六有傳，《中州集》卷六、《歸潛志》卷二有小傳。黔王：王士衡。王權，字士衡，真定人，又名之奇。從屏山遊，屏山稱之。爲人跌宕不羈，博學，無所不覽。《歸潛志》卷二有小傳。

〔一五〕錦囊：用錦製成的袋子。古人多用以藏詩稿。《新唐書·文藝傳下·李賀》：「每旦日出，騎弱馬，從小奚奴，背古錦囊，遇所得，書投囊中。」玉唾：喻傑作、佳句。